古典文學研究輯刊

二四編

曾永義 主編

第6冊

「三言」評點教化研究

柳志傑 著

國家圖書館出版品預行編目資料

「三言」評點教化研究／柳志傑 著 -- 初版 -- 新北市：花木蘭文化事業有限公司，2021〔民 110〕

目 4+182 面；19×26 公分

（古典文學研究輯刊　二四編；第 6 冊）

ISBN 978-986-518-568-8（精裝）

1. 通俗小說 2. 文學評論

820.8　　110011658

古典文學研究輯刊

二四編　第六冊　　ISBN：978-986-518-568-8

「三言」評點教化研究

作　　者　柳志傑
主　　編　曾永義
總 編 輯　杜潔祥
副總編輯　楊嘉樂
編　　輯　許郁翎、張雅淋、潘玟靜　美術編輯　陳逸婷
出　　版　花木蘭文化事業有限公司
發 行 人　高小娟
聯絡地址　235 新北市中和區中安街七二號十三樓
　　　　　電話：02-2923-1455／傳真：02-2923-1452
網　　址　http://www.huamulan.tw 信箱 service@huamulans.com
印　　刷　普羅文化出版廣告事業
初　　版　2021 年 9 月
全書字數　159795 字
定　　價　二四編 20 冊（精裝）台幣 45,000 元　

「三言」評點教化研究

柳志傑 著

作者簡介

柳志傑，師大國文系畢業，高師大國文碩士，曾任教於臺南聖功女中、北門高中，現為臺南女中教師。興趣是搞笑、除草、打掃，所以小時候的志願是希望長大可以當小丑、園丁、清潔隊員。教書後，某天猛然意識到，既然我喜歡在校園整理環境，活脫是個清潔隊員，而教學要活潑不就像個小丑？何況教師正是教育的園丁！所以當了老師，人生三個志願一次滿足！

提　　要

在馮夢龍廣泛收集、編修宋元以降的話本與擬話本小說，甚至自行創作下，共有一百二十篇白話短篇故事的「三言」，成了明末擬話本小說集的代表作。

帶有評點文字的「三言」，才是馮夢龍時代的讀者所閱讀到的完整文本，然而研究「三言」者多，其評點內容卻往往被忽略。

「三言」評點文字頌揚教化觀念，且在論述時夾入天命說、報應觀、佛道論、和情教說；一方面批判世風低落，一方面建立道德標準；其風格是雅俗共賞的；其特色是以真為上，以妙奇為趣為快，以憐憫為嘆；其作用在評論「三言」小說劇情，提出小說虛構性，並分析小說的筆法。

本論文共分六章。第一章說明本論文的研究動機與目的，繼則解釋研究的方法與範圍，最後作文獻探討，分別羅列以「小說評點」、「小說教化」、「三言」、「馮夢龍」為對象的研究及其成果。第二章探究「三言」通俗性的教化意義。從小說教化觀的演變切入，觀照「三言」序言的教化理論，再論述「三言」評點的教化落實層面。先藉評點反推「三言」的評者為馮夢龍，其次針對評點所提供的生活智慧與所示現的人物道德之正反評價，作出評述。第三章提出「三言」評點的教化準則以及批判、感慨。說明馮夢龍以天命、果報的觀念，以及佛道輔教的方式，協助宣揚道德教化。並且講述他掀發官場弊端，批訴世風墮落，且慨嘆自我的際遇。第四章論及「三言」評點的教化內涵。「三言」既有批判性評論，亦有道德標準的建立。從社會風尚、家庭倫理、朋友交往、英雄豪俠、才能發揮、情愛欲望等六大面向，可看出馮夢龍在「三言」評點裡建構的理想社會、國家。第五章為「三言」評點的美學觀。分別闡明「三言」評點的風格、特色與作用。第六章為結論。指出「三言」評點研究的成果、局限與展望。

謝　誌

論文《「三言」評點教化研究》終於完成。

首先感謝指導教授林雅玲老師，在我確定研究主題、蒐集資料、分析探究文本、擬定大綱，到整個論文寫作上，長時間給予指導與鼓勵，讓我更有信心地完成這部著作。

感謝口試的謝明勳老師和顏美娟老師提點，使我明白研究時可以更細微地思考，探求更精準的分析。

感謝在研究所求學階段北門高中和臺南女中的同事們鼎力相助，以及可愛的學生們乖巧體貼，使我在教學之餘，可以專注在論文的研究與寫作上。

感謝一直支持我的家人、親人、同學、朋友。

感謝父親教導我「不後悔」的人生觀。感謝母親，一輩子任勞任怨，是我的精神模範。

感謝岳父、岳母，幫忙我在工作時照顧活潑的一對兒女，使我可以無後顧之憂。

最感謝內人菁妤。常在我焦頭爛額時，帶孩子們出去晃晃；在夜半時分，照顧當時喝奶、翻身的 Chris、Doris；在我百思不得其解時，端來一盤盤茶點、水果，給我動人的微笑。你的溫柔、你的良善，你的堅持，你的體貼，無一不是支持我奮鬥下去的力量。謝謝你的溫暖懷抱。

我明白，實際上這本論文還有很多可以延伸發揮，以及修改潤飾的地方，學習、研究都是無止盡的，我永遠也不會停下來。

目次

表目錄

第一章　緒　論

第一節　研究動機與目的

初讀馮夢龍「三言」，只是站在單純閱讀小說集的立場，企望從一百二十個故事裡，觀看一百二十個人生風景。愈讀，卻愈見異中有同。明明是滋味百態的故事，可是卻有價值觀相似的評點文字，以及各種教化的論述和批判在提點、叮嚀讀者。「三言」中奇異、感人、生動的情節，既吸引且令人興發感懷，那麼馮夢龍加諸其中的評點文字，其指標與目的又是什麼？何以百般交代？何以需要注入道德思想？何以廣泛地應用天命觀、報應說？何以參雜佛道觀念於情節中？又何以有某些評點文字附會或指正正文？

如果沒有將自身投入馮夢龍的思想、論述中，則對於「三言」的價值觀，不無誤讀、誤判的可能。為了掌握「三言」的具體意涵，在閱讀的同時，還應順勢了解馮夢龍的生平，掌握大體的資料，並思索多人研究的「教化觀」、「情教說」。可是筆者發現，不論是對「馮夢龍」，或「三言」，或「教化觀」，或「情教說」，評價都有不一的情況。為何歷來的讀者，對「三言」的解讀會有歧見？怎樣的閱讀，才能完整體現馮夢龍創作「三言」時的思維？筆者尋思對「三言」作全面了解的可能，評點也許是較能公允理解「三言」的一條道路。

關於小說評點，宋莉華認為：

> 評點不僅是依附於文本內容所作的批評，而且通過評點者增飾、改訂等再創作的活動，與文本融為一體，作為文本不可分割的一部分在讀者中流傳。這樣評點本的傳播功能就大大超過了其他版本。張

竹坡《竹坡閑話》:「我自做我之《金瓶梅》,我何暇與人批《金瓶梅》也哉!」哈斯寶《新譯〈紅樓夢〉·回評·總錄》稱:「摘譯者是我,加批者是我,此書便是我另一部《紅樓夢》。」這標示著評點已獲得了獨立的文本價值。〔註1〕

在過往的研究裡,「三言」的故事、題材、人物、教化觀、女性觀等一再受到研究者的青睞,但「三言評點」卻未受到足夠的看重。僅少部分眉批被引用來印證序者與評點者皆是馮夢龍,少部分被引用來簡介說明「三言」的婚姻觀、真贗說(小說虛實觀)、果報觀,多數研究者仍認為「三言評點」僅是對世情的抒發,並無小說文法、章法等系統性的闡發。因其條文既少,故一般認為「三言」評點本身並無太大價值。〔註2〕然而有評點文字的「三言」,是馮夢龍時代的讀者所閱讀到的完整讀本,將評點與小說正文合成一體,是理解「三言」整體敘述脈絡與馮夢龍思維觀點的路徑。故筆者以為若想全面領會「三言」,勢必不能捨棄評點,評點有其獨特的功用與內涵。

細讀「三言」評點,筆者發現其中充斥大量的教化文字。筆者以為,道德訓誡在不同的文學作品中,都有其獨特的價值,與存在的理由。推崇教化、肯定情欲,皆是編輯「三言」的馮夢龍,對他自己生命與人格的肯定。以今觀之,亦不能斷然認定是思想落後的表現。況且,除了道德教化評文外,「三言」評點中也含有馮夢龍的小說敘事概念。這些評文,雖非長篇大論,然其存在,也是不爭的事實。

基於以上說明與理由,本論文試從「三言」的通俗性教化意義出發,解析其評點道德批判及教化準則內涵,進一步闡述其評點的美學觀。

第二節　研究方法與範圍

一、研究方法

(一)文本分析法

本論文在探討、整理「三言」評點時,普遍運用「文本分析法」,以求精

〔註1〕宋莉華:《明清時期的小說傳播》(北京:中國社會科學出版社,2004年7月),頁120~121。

〔註2〕如譚帆的《中國小說評點研究》(上海:華東大學出版社,2001年4月),頁189、191、194。

確掌握「三言」及其評點的本義。先細讀「三言」的一百二十則故事，釐清其人物、情節等敘事內涵，且順勢將「三言」的評點予以分類，諸如天命說、報應說、貞節觀、豪俠觀、佛道論等，以作探討之用。

（二）文獻探討法

筆者另收集相關專書、篇章，如評論「三言」的序文、評點、教化觀、主題思想等著作及研究論文。廣集諸家看法，有理者、有實證者皆納入參考，以「文獻探討法」加以析察、核對、比較，以求公正允當地判別。

二、研究範圍

本論文的研究範圍，當以馮夢龍編纂的「三言」為主。但在分析、比對時，由於論及馮夢龍所纂述的評點及其思想見解，所以亦有旁及馮夢龍的相關代表性著作，例如《情史》、《三教偶拈》、《智囊補》、《壽寧待志》、《太霞新奏》、《山歌、掛枝兒》等。

至於「三言」的版本，較為複雜，筆者加入「三言」的序者、編者、評者，將之統整成表，以資比較如下：

表 1-1：「三言」序者、編者、評者、版本〔註 3〕

書名	《喻世明言》（古今小說）	《警世通言》	《醒世恆言》
初版	疑明光宗泰昌元年（1620），馮夢龍 47 歲。或明熹宗天啟元年（1621），馮夢龍 48 歲。	明熹宗天啟四年（1624），馮夢龍 51 歲。	明熹宗天啟七年（1627），馮夢龍 54 歲。
序者	綠天館主人	豫章無礙居士	隴西可一居士

〔註 3〕依孫楷第：《中國通俗小說書目》（台北：木鐸出版社，1983 年 7 月），頁 105～108；繆咏禾：《馮夢龍和三言》，頁 1～6、23；胡萬川：〈馮夢龍所編話本小說三言的版本與流傳〉及〈關於三桂堂刊本警世通言第四十卷〉，皆收於其著：《話本與才子佳人小說之研究》（台北：大安出版社，1994 年 2 月），頁 61～111；徐文助：〈喻世明言考證〉，收於其校注：《喻世明言》（台北：三民書局，2003 年 1 月），頁 1～17；徐文助：〈警世通言考證〉，收於其校注：《警世通言》（台北：三民書局，2008 年 6 月），頁 1～16；廖吉郎：〈醒世恆言考證〉，收於其校注：《醒世恆言》（台北：三民書局，2007 年 1 月），頁 1～8；程國賦：《三言二拍傳播研究》（北京：中國社會科學出版社，2006 年 12 月），頁 2～7。

評者	綠天館主人評次	可一主人評，無礙居士較	可一居士評，墨浪主人較
編者	序言：茂苑野史氏 （茂苑為蘇州之別稱）	序言：隴西君 書本封面題識：「茲刻出自平平閣主人手授」	（序中未明言）
版本	1. 天許齋初版 40 卷，書名《古今小說》，存於日本內閣文庫。 2. 衍慶堂刊行 24 卷，書名《喻世明言》，但 2 卷錄自《恆言》，1 卷錄自《通言》，題「可一居士評，墨浪主人較」，存於日本內閣文庫。 3. 映雪齋刊行 14 卷，書名《古今小說》，題「七才子書」，存於大連圖書館。 4. 馬隅卿藏本 3 卷，書名《喻世明言》，不知其板刻源流，今剩卷 4、5、6。	1. 金陵兼善堂本 40 卷，存於日本名古屋的蓬左文庫和東京大學東洋文化研究所的倉石武四郎文庫。 2. 衍慶堂本，有兩種： （1）「二刻增補」40 卷，雜入《明言》4 卷，卷第亦多不同，題「可一居士評，墨浪主人較」，存於大連圖書館。 （2）24 卷，雜有《明言》1 卷，存於日本天理大學的鹽谷溫文庫。 3. 三桂堂本，有兩種： （1）缺卷 37～40。 （2）40 卷。卷 40〈旌陽宮鐵樹鎮妖〉改作〈葉法師符石鎮妖〉。	1. 金閶葉敬池本 40 卷，存於日本內閣文庫。 2. 金閶葉敬溪本 40 卷，存於大連圖書館。 3. 衍慶堂本，有兩種： （1）40 卷。巴黎國家圖書館、英國博物院各藏一部。 （2）39 卷。將卷 23〈金海陵縱欲亡身〉刪去，析卷 20 為上下兩篇，充當卷 20 與卷 21，而以原卷 21 補為卷 23。

其中《古今小說》的天許齋本，《警世通言》的金陵兼善堂本，《醒世恆言》的金閶葉敬池本，版框上皆附有評點，普遍被認為是「三言」目前時代最早、保留最完整的文本。〔註 4〕故在研究版本的選擇上，為了要考察「三言」

〔註 4〕依孫楷第：《中國通俗小說書目》（台北：木鐸出版社，1983 年 7 月），頁 105～108；繆咏禾：《馮夢龍和三言》，頁 1～6、23；胡萬川：〈馮夢龍所編話本小說三言的版本與流傳〉及〈關於三桂堂刊本警世通言第四十卷〉，皆收於其著：《話本與才子佳人小說之研究》（台北：大安出版社，1994 年 2 月），頁 61～111；徐文助：〈喻世明言考證〉，收於其校注：《喻世明言》（台北：三民書局，2003 年 1 月），頁 1～17；徐文助：〈警世通言考證〉，收於其校注：《警世通言》（台北：三民書局，2008 年 6 月），頁 1～16；廖吉郎：〈醒世恆言考評點，本論文以世界書局據之印行的「三言」為主。〔註5〕但因書裡評點文字有些已漫漶不清，因此再輔助對照劉世德、陳慶浩、石昌渝等主編《古本小說叢刊》中所收錄的「三言」，〔註6〕魏同賢主編的上海古籍版《馮夢龍全集》，〔註7〕以及三民書局的版本。〔註8〕

關於本論文註解的方式，凡引用「三言」的卷名及評點文字，其後皆括號註明，不再另行加註。其中凡指稱「古今小說」、「喻世明言」，為求簡潔，除另有說明的需求外，一律以「喻」字為省稱；同理，「警世通言」、「醒世恆言」以「警」、「醒」為簡稱。如〈陳御史巧勘金釵鈿〉（喻2），如眉批：「世情可恨，所以貪吏不止。」（喻2，頁124）。

體例名稱方面，本論文述及「話本」與「擬話本」之間的區別，「入話」與「得勝頭迴」的界定，皆採用陳大康《明代小說史》的說法。陳大康以魯迅之說為根底，認為「擬話本」是模擬「話本」而寫成的作品，但反對魯迅的三個必要條件說。他認為擬話本不須講論近世之事，非十之八九有得勝頭迴，也不一定要引證詩詞，例如「三言」裡演述近世之事的作品便不多。至於「入話」，是對所引證詩詞略作解釋，以引入正話作準備；「頭迴」又稱「得勝頭

證〉，收於其校注：《醒世恆言》（台北：三民書局，2007年1月），頁1～8；程國賦：《三言二拍傳播研究》（北京：中國社會科學出版社，2006年12月），頁2～7。

〔註5〕此「三言」是世界書局在1958年依據李田意至日本所攝而影印成，《古今小說》是內閣文庫所藏的天許齋本，《警世通言》是名古屋蓬左文庫所藏的兼善堂本，《醒世恆言》是內閣文庫所藏的葉敬池刊本。另外葉敬池本的卷12、26有缺頁，以衍慶堂本補之。分見楊家駱：〈影印珍本宋明話本叢刊提要——古今小說四十卷〉，收於馮夢龍編，李田意編校：《古今小說》（台北：世界書局，1991年3月），頁3；楊家駱：〈影印珍本宋明話本叢刊提要——警世通言四十卷〉，收於馮夢龍編，李田意編校：《警世通言》（台北：世界書局，1991年3月），頁1；楊家駱：〈影印珍本宋明話本叢刊提要——醒世恆言四十卷〉，收於馮夢龍編，李田意編校：《醒世恆言》（台北：世界書局，1983年1月），頁1、11。

〔註6〕（明）馮夢龍編：《古今小說》、《警世通言》、《醒世恆言》，分別收於劉世德、陳慶浩、石昌渝等主編：《古本小說叢刊》（北京：中華書局，1991年10月），第31、32、33輯。

〔註7〕（明）馮夢龍，魏同賢主編：《馮夢龍全集》（上海：上海古籍出版社，1993年6月）。

〔註8〕分別為（明）馮夢龍編撰，徐文助校注：《喻世明言》（台北：三民書局，2003年1月）；徐文助校注：《警世通言》（台北：三民書局，2008年6月）；廖吉郎校注：《醒世恆言》（台北：三民書局，2007年1月）。

迴」，一般由一則或兩三則小故事組成，從正面或反面映襯正話。含有「入話」和「頭迴」是擬話本的重要特徵，但在擬話本的發展過程中逐漸被省略或走樣。〔註 9〕

第三節　文獻探討

「三言」的討論，已有前行研究者引領風潮。本論文主題在探究馮夢龍編輯的「三言」之「評點」與「教化」，故以下合先說明，前人以「小說評點」、「小說教化」、「三言」、「馮夢龍」為對象的研究及其成果。

一、「小說評點」相關研究

本論文主要參考的對象，有葉朗的《中國小說美學》，〔註 10〕其書以李贄、葉晝、馮夢龍為古典小說美學的先驅。孫琴安的《中國評點文學史》，〔註 11〕介紹中國評點文學的來源及分期，以唐代為形成期，宋元為發展期，明代為全盛期，明末清初為群星璀璨期，清代為轉變期，並列舉多名代表人物；其中雖有馮夢龍，但可惜並未提及「三言」的評點。林崗《明清之際小說評點學之研究》，〔註 12〕則以明清之際的小說評點，是繼魏晉南北朝的詩文理論闡發後，中國文論史上的第二次文學自覺；且以結構論、文理章法論、修辭論為評點家探討的三個層次。張世君的《明清小說評點敘事概念研究》，〔註 13〕以《水滸傳》、《三國演義》、《金瓶梅》、《紅樓夢》四書為主，分析空間性、間架、一線穿、脫卸、戲曲、書法、山水畫、字法、句法、章法等小說敘事的概念。譚帆的《中國小說評點研究》，〔註 14〕除介紹小說評點源流，還針對小說評點的型態、類型、價值作出分析，且以編年的方式，收錄並評判從明嘉靖、萬曆年間之萌興期、明末至康熙之繁盛期、清雍正至嘉慶之延續期，到清末轉型期的小說評點本。

〔註 9〕陳大康：《明代小說史》（北京：人民文學出版社，2007 年 4 月），頁 546～556。

〔註 10〕葉朗：《中國小說美學》（台北：里仁書局，1987 年 6 月）。

〔註 11〕孫琴安：《中國評點文學史》（上海：上海社會科學院出版社，1999 年 6 月）。

〔註 12〕林崗：《明清之際小說評點學之研究》（北京：北京大學出版社，1999 年 11 月）。

〔註 13〕張世君：《明清小說評點敘事概念研究》（北京：中國社會科學出版社，2007 年 8 月）。

〔註 14〕譚帆：《中國小說評點研究》（上海：華東大學出版社，2001 年 4 月）。

相關的論文方面，有張曼娟《明清小說評點之研究》，〔註 15〕評析李贄、袁宏道、湯顯祖、馮夢龍，到金聖嘆、毛宗崗、張竹坡、脂硯齋等人的小說觀點；江海鷹《敘事視角下的明清小說評點》，〔註 16〕認為小說評點是以歷史文化為背景，遠則襲取敘事傳統，近則受明代時文風氣影響所致，而從敘事的角度闡明小說評點的獨特性和價值。唐婷《論明清通俗小說評點》，〔註 17〕綜論小說評點的背景、特點和功用。孫建永《明清小說評點的文學闡釋學研究》，〔註 18〕則從解釋學的角度著眼，說明小說評點的型態、特徵與缺失，也極具參考價值。

二、「小說教化」相關研究

小說裡的「教化」觀念，尤其在通俗小說裡頻繁地出現。陳大康認為《三國演義》和《水滸傳》有率先示範的作用，而且通俗小說的作者大多是不得意的文人，提倡教化，得以輔助經傳，也可以抒發對社會現實的不滿。〔註 19〕

這方面的專書，從歷史發展來說，有張惠芬主編的《中國古代教化史》可資參考。〔註 20〕相關研究以柯瓊瑜的《三言教化功能之研究》為代表。〔註 21〕柯瓊瑜析論教化功能的推動背景，再引以論述「三言」教化功能的實際內涵，且針對教化宣傳的方法，諸如善惡報應、天命有定模式，以及教化功能的意義提出探討。中國大陸的曹月，其《明代話本小說的教化功能》，〔註 22〕也點出了因果報應觀、宿命論。金艷《論三言的教化色彩》，〔註 23〕以真實性、趣味性、通俗性等闡述「三言」實踐教化的途徑。曲成艷《三言的教化藝術——馮夢龍對民間信仰的利用》〔註 24〕亦是從因果報應、天命變化的角度立說。

〔註 15〕張曼娟：《明清小說評點之研究》（台北：東吳大學中國文學研究所博士論文，1990 年 5 月）。

〔註 16〕江海鷹：《敘事視角下的明清小說評點》（廣州：華南師範大學碩士論文，2002 年）。

〔註 17〕唐婷：《論明清通俗小說評點》（烏魯木齊：新疆大學碩士論文，2008 年）。

〔註 18〕孫健永：《明清小說評點的文學闡釋學研究》（西寧：青海師範大學碩士論文，2008 年）。

〔註 19〕陳大康：《明代小說史》，頁 109～116。

〔註 20〕張惠芬主編：《中國古代教化史》（太原：山西教育出版社，2009 年 5 月）。

〔註 21〕柯瓊瑜：《三言教化功能之研究》（台北：國立台灣師範大學國文研究所碩士論文，1995 年 6 月）。

〔註 22〕曹月：《明代話本小說的教化功能》（西安：陝西師範大學碩士論文，2005 年）。

〔註 23〕金艷：《論三言的教化色彩》（呼和浩特：內蒙古大學碩士論文，2005 年）。

〔註 24〕曲成艷：《三言的教化藝術——馮夢龍對民間信仰的利用》（長春：東北師範大學碩士論文，2006 年）。

期刊論文則有王啟忠的〈試論中國古代小說崇尚教化的傳統〉，〔註25〕和楊力的〈試論「教化為先」的文學傳統觀念對中國古代小說的影響〉，〔註26〕皆具參考價值。

三、「三言」相關研究

針對「三言」的研究，專書較具代表性的有王鴻泰的《三言二拍的精神史研究》，主要從文化史的角度，藉「三言」與「二拍」探討命運、情欲、禮法和生命。〔註27〕溫孟孚的《三言話本與擬話本研究》，〔註28〕先劃分「三言」中的話本與擬話本，再採對比的方式，說明人物、情節、主題的差別。其餘諸如楊永漢的《虛構與史實——從話本「三言」看明代社會》，〔註29〕以文化為著眼點；程國賦的《三言二拍傳播研究》，〔註30〕探究「三言」傳播的心理、文學流派、地域、環境等種種影響因素；劉果的《「三言」性別話語研究——以話本小說的文獻比勘為基礎》，〔註31〕由性別層次剖析，對馮夢龍「情」的理解，相當深入；與從敘事學角度切入的羅小東的《「三言」「二拍」敘事藝術研究》，〔註32〕都是獨當一面的著作。

研究「三言」的碩博士論文，則多達76篇，故筆者以年度為序，以最近者先，列表呈現如下，再舉例說明：

〔註25〕王啟忠：〈試論中國古代小說崇尚教化的傳統〉，《南京社會科學》（南京：南京社科院，1995年4月）。

〔註26〕楊力：〈試論「教化為先」的文學傳統觀念對中國古代小說的影響〉，《現代語文》（曲阜：曲阜師範大學，2006年8月）。

〔註27〕王鴻泰：《三言二拍的精神史研究》（台北：台大出版委員會，1994年6月）。

〔註28〕溫孟孚：《三言話本與擬話本研究》（北京：中國社會科學出版社，2005年6月）。

〔註29〕楊永漢：《虛構與史實——從話本「三言」看明代社會》（台北：萬卷樓，2006年5月）。

〔註30〕程國賦：《三言二拍傳播研究》（北京：中國社會科學出版社，2006年12月）。

〔註31〕劉果：《「三言」性別話語研究——以話本小說的文獻比勘為基礎》（北京：中華書局，2008年10月）。

〔註32〕羅小東：《「三言」「二拍」敘事藝術研究》（北京：中國社會科學出版社，2010年6月）。

表 1-2：研究「三言」的論文〔註 33〕

序號	年度	題　目	研究生	學校系所
01	2011	投射與倒影：「三言」女性形象的二元建構	洪欣怡	中興中文
02	2011	《三言》所映射之時代女性觀研究	黃麗夙	玄奘中文
03	2010	《三言》人物形象研究——以違反道德為例	吳珮嫣	屏教大中文
04	2010	俗與雅的辯證——馮夢龍三言美學探究	張惠玲	明道中文
05	2010	「三言」異類故事及其常民文化心理之研究	鍾杏	玄奘中文
06	2010	從《三言》故事看明代刑律中「姦罪」之規範	陳怡初	東吳法律
07	2010	馮夢龍作品中的姦僧淫尼——以《三言》為例的一個分析	游棨淞	中央中文
08	2009	《三言》《二拍》中的三姑六婆	韓卓君	中山中文
09	2009	明代小說中「儒商」之研究——以《三言》《二拍》為依據	陳穎吉	雲科大漢學
10	2009	三言二拍中的官吏形象研究	黃昭憲	高師大國文
11	2009	《三言》中小人物的功用——從「人物形象」及「情節安排」切入	何萃菉	高師大國文
12	2009	《三言》娼妓故事探討	石朝菁	中山中文
13	2009	《三言》案獄訴訟故事研究	蔣慈玲	南大國文
14	2009	傳承與嬗變——從「三言」探析儒家榮辱道德觀	毛金素	玄奘中文
15	2009	「三言」福禍始徵觀念研究（博論）	林漢彬	東華中文
16	2009	《三言》、《二拍》推理成分之研究	徐筠絜	台師大國文
17	2008	「三言二拍」中的士人處境	劉樹斌	政大歷史
18	2008	「三言二拍一型」中「三姑六婆」形象研究	王瀚珮	南大國文
19	2008	「三言」小說中的民俗題材研究——以節日、婚俗、數術為中心	張倩雯	台大中文
20	2008	《三言》的青樓故事研究	張詩萱	南華文學
21	2008	《三言》、《情史》共同本事作品之比較研究	蔡佩潔	台師大國文
22	2007	《三言》娼妓故事研究	黃玉君	中央中文
23	2007	三言果報觀研究	王芊月	玄奘中文

〔註 33〕表內各論文資料皆引自「臺灣博碩士論文知識加值系統」，http://ndltd.ncl.edu.tw/cgi~bin/gs32/gsweb.cgi?o=dwebmge，2012 年 6 月 1 日。

24	2007	《三言》中的士商關係	陳雅紅	彰師大國文
25	2007	《三言》中才德觀研究——以才子佳人小說為例	白素鐘	彰師大國文
26	2007	馮夢龍《三言》小說寫作藝術之研究（博論）	王珍華	文化中文
27	2006	「三言」人物心態研究	陳曉蓁	文化中文
28	2006	馮夢龍《三言》商人形象研究	劉文婷	市北教中文
29	2006	《三言》中儒釋道思想與庶民文化試探	許雪珠	中興中文
30	2006	「三言」他界書寫的時空型研究	林真瑜	中興中文
31	2006	《三言》《二拍》僧侶形象研究	林裕肱	南華文學
32	2006	《三言》中商人形象的研究	楊砉華	南華文學
33	2005	《三言》、《二拍》商人形象研究	黃惠華	政大中文
34	2005	三言兩拍的女性生活空間探究	陳映潔	東海中文
35	2005	城與人——《三言》中的臨安研究	戴為淑	中央中文
36	2005	馮夢龍「三言」故事源流察考	鄭文裕	玄奘中文
37	2005	「三言」詈罵語探討	許雪芬	玄奘中文
38	2005	明清新倫理論述的建構——以「三言」等小說文本為場域的分析	阮寧	文化史學
39	2005	《三言》貞節觀研究	劉純婷	雲科大漢學
40	2004	《三言》中女性角色的形象塑造與婚姻愛情觀——以《三言》中明代小說為主體的考察	王世明	南華文學
41	2004	馮夢龍《三言》裡的士子與商人	陳薏安	台師大國文
42	2004	《三言》異類故事之研究	楊孟儒	南大國文
43	2004	《三言》公案小說所反映的明末社會現象	詹淑杏	彰師大國文
44	2004	《三言》幻異故事研究	許懿丰	台師大國文
45	2004	《情史》與《三言》對應篇目研究	陳琬瑜	高師大國文
46	2003	《三言》、《兩拍》愛與死故事探討	陳嘉珮	中興中文
47	2003	邊緣人物的功能與意義——馮夢龍三言中的配角研究	廖珮芸	東海中文
48	2003	「三言二拍」佛道人物形象研究	劉翊群	台大中文
49	2002	《三言》中的諺語研究（博論）	王筱蘋	南師國文
50	2002	《三言》之越界研究	吳玉杏	政大中文

51	2001	《三言》公案故事計謀之研究	倪連好	台師大國文
52	2000	「關鍵意象」在小說結構中的地位研究——以《三言》為觀察文本的探討	林漢彬	南華文學
53	1999	《三言二拍一型》之戒淫故事研究	馮翠珍	文化中文
54	1999	《三言》、《兩拍》情色探究	陳秀珍	東海中文
55	1999	《三言》與《十日譚》婚姻愛情故事之比較研究（博論）	蔡蕙如	高師大國文
56	1999	細緻與奇巧──「三言」的細節、情節與心理描寫	陳裕鑫	輔仁中文
57	1998	《三言》幽媾故事研究	楊凱雯	中央中文
58	1998	《三言》的死亡故事探討	金明求	政大中文
59	1997	根據三言二拍一型見證傳統的女性生活	陳國香	成大中文
60	1995	《三言二拍一型》的貞節觀研究	劉素里	文化中文
61	1995	三言二拍一型中的婦女形象研究	劉灝	文化中文
62	1995	《三言》「發跡變泰」題材之研究	王吟芳	台師大國文
63	1995	「三言二拍」中的游民探析	賴文華	政大中文
64	1994	《三言二拍》中的女性研究	林麗美	中央中文
65	1994	三言教化功能之研究	柯瓊瑜	台師大國文
66	1994	《三言》中的婚姻與戀愛	蔡蕙如	高師大國文
67	1994	《三言》公案小說的罪與法	霍建國	政大中文
68	1993	啖蔗、三言二拍與今古奇觀比較研究	任明玉	文化中文
69	1993	馮夢龍編作三言的社會經濟基礎	黃明芳	中山中文
70	1991	「三言二拍」的精神史研究	王鴻泰	台大歷史
71	1990	三言人物研究	柳之青	台師大國文
72	1989	三言獄訟故事研究	郭靜薇	輔仁中文
73	1984	三言題材研究	崔桓	台大中文
74	1982	三言愛情故事研究	咸恩仙	輔仁中文
75	1980	古今小說研究	陳妙如	文化中文
76	1979	三言主題研究	王淑均	輔仁中文

由上表的排序，大略可看出「三言」的研究集中在「主題故事」、「人物形象」、「思想觀念」、「寫作藝術」這四大項，且從 1979 年到現今 2012 年的三十餘年間，在研究上並無所謂的時代共同趨向。以下列舉代表性論文，略作說明。

「主題故事」方面，楊孟儒的《三言異類故事之研究》，〔註 34〕以神仙、鬼、妖精為異類，論述與之相關的婚戀、公案、果報、俠義等故事。金明求《三言的死亡故事探討》，〔註 35〕以「義」與「愛」切入，討論捨身取義、為愛而死、生離死別等面向。蔣慈玲《三言案獄訴訟故事研究》，〔註 36〕先簡述明代與馮夢龍的思想背景，再研判官吏和智慧人物的形象，進一步深入案獄訴訟故事中以倫理與婚戀為主的討論。蔡佩潔《三言、情史共同本事作品之比較研究》，〔註 37〕則站在比較的立場，探論「三言」與馮夢龍另一作品《情史》之間的人物形象、故事主題、敘事模式、情愛教化。由於《情史》的故事很多與「三言」相關，故兩者關聯的討論，對於研究有很大的啟示意義。

「人物形象」方面，劉翊群《三言二拍佛道人物形象研究》，〔註 38〕認為佛道人物在「三言」中或能指點迷津，或能斬妖除魔，或是奇能異士，但也指出色僧、淫尼、邪道在社會律法上的負面意義。黃昭憲《三言二拍中的官吏形象研究》，〔註 39〕除講述官吏的一般正面、負面形象，也充分論說其燕居時的狀況，另外還附帶說明科舉、法律等問題。陳曉蓁《三言人物心態研究》，〔註 40〕細分人物的正、負面心態，且講論其呈現的方式，順勢著墨人物心態的表現藝術。

「思想觀念」方面，劉純婷《三言貞節觀研究》，〔註 41〕析論貞節、失貞的情節，再討論馮夢龍情教觀、教化觀與情節衝突的化解問題，有助於釐清、

〔註 34〕楊孟儒：《三言異類故事之研究》（台南：國立台南大學國語文學系國語文教學碩士論文，2004 年）。

〔註 35〕金明求：《三言的死亡故事探討》（台北：國立政治大學中國文學碩士論文，1998 年）。

〔註 36〕蔣慈玲：《三言案獄訴訟故事研究》（台南：國立台南大學國語文學系碩士論文，2009 年）。

〔註 37〕蔡佩潔：《三言、情史共同本事作品之比較研究》（台北：國立台灣師範大學國文學系碩士論文，2008 年）。

〔註 38〕劉翊群：《三言二拍佛道人物形象研究》（台北：國立台灣大學中國文學研究所碩士論文，2003 年）。

〔註 39〕黃昭憲：《三言二拍中的官吏形象研究》（高雄：國立高雄師範大學回流中文碩士論文，2009 年）。

〔註 40〕陳曉蓁：《三言人物心態研究》（台北：中國文化大學中國文學研究所在職專班碩士論文，2006 年）。

〔註 41〕劉純婷：《三言貞節觀研究》（斗六：國立雲林科技大學漢學資料整理研究所碩士論文，2005 年）。

理解馮夢龍的相關觀點。林漢彬《「三言」福禍始微觀念研究》，〔註 42〕大體區分敘述性與非敘述性話語，以探討人物內在心性、外在因素在行動與事件中，發生福報或禍報的原因和特色。

「寫作藝術」方面，陳裕鑫《細緻與奇巧——「三言」的細節、情節與心理描寫》，〔註 43〕先論述馮夢龍的小說理論，再針對「三言」中細節、心理、情節等描寫的作用與特色作一番探究。王珍華《馮夢龍三言小說寫作藝術之研究》，〔註 44〕為博士論文，由「三言」的形成背景、題材、人物、主題、情節、語言等面向作細微的探討。張惠玲《俗與雅的辯證——馮夢龍三言美學探究》，〔註 45〕從明代心學、文學潮流、話本小說、明代社會經濟切入，再從語言形式和創作內涵來談論「三言」，說明「化雅從俗」與「提俗向雅」的雅俗文學觀。

此外，值得關注的是陳妙如的《古今小說研究》。〔註 46〕該論文探究《古今小說》的眉批，對照馮夢龍其他著作中和《古今小說》故事情節相映的批語，證實《古今小說》的眉批作者確實是馮夢龍，且以此探究馮夢龍的人生觀、宗教觀、道德觀和社會觀。只可惜研究集中在《古今小說》，未擴大到整個「三言」。

以上皆是代表性的論文，並對本論文研究時的觀念釐清，提供確切的幫助。

四、「馮夢龍」相關研究

至於「三言」的編著者馮夢龍，以之為對象的整體考察與研究亦是不少。王凌的《畸人‧情種‧七品官——馮夢龍探幽》，〔註 47〕以為《情史》著於「三

〔註 42〕林漢彬：《三言福禍始微觀念研究》（花蓮：國立東華大學中國語文學系博士論文，2009 年）。

〔註 43〕陳裕鑫：《細緻與奇巧——「三言」福禍始觀念研究」》（台北：輔仁大學中文系碩士論文，1999 年）。

〔註 44〕王珍華：《馮夢龍三言小說寫作藝術之研究》（台北：中國文化大學中國文學研究所博士論文，2007 年）。

〔註 45〕張惠玲：《俗與雅的辯證——馮夢龍三言美學探究》（彰化：明道大學中國文學系碩士論文，2010 年）。

〔註 46〕陳妙如：《古今小說研究》（台北：文化大學中國語文學系碩士論文，1980 年）。

〔註 47〕王凌：《畸人‧情種‧七品官——馮夢龍探幽》（福州：海峽文藝出版社，1992 年 3 月）。

言」之前，對馮夢龍生平，如尋訪故居、官宦生涯考察，作一生平簡編，並有李贄思想略談等。陸樹侖的《馮夢龍散論》對「三言」的編纂者、序者、評點者、版本、馮夢龍的小說理論有一番考論。〔註 48〕傅承洲的《馮夢龍與通俗文學》有篇章言及「三言」的因果報應思想，亦有反思研究馮夢龍七十年來的諸多問題。〔註 49〕聶付生的《馮夢龍研究》則對馮夢龍作了全面、細微的考察，從社會背景和晚明思潮出發，兼論馮夢龍的人生經歷和情教、文藝思想，並以大篇幅論述馮夢龍的代表性著作。〔註 50〕高洪鈞編著的《馮夢龍集箋注》收集馮夢龍的相關詩詞，和著作的序文等資料，是比較、了解馮夢龍的重要參考書籍。〔註 51〕

論文方面，蔣美華的博士論文《馮夢龍文學研究》，〔註 52〕和胡萬川《馮夢龍生平及其對小說之貢獻》，〔註 53〕皆從整體性著眼，論述的範圍也較為廣大。其中胡萬川有提及「三言」的眉批，但未作主題式的歸納整理。他在〈「說話」與「小說的糾纏」——馮夢龍《三言》、《石點頭》序言、批語的話本小說觀〉一文中，以為馮夢龍的話本小說眉批，是對「三言」序言的教化觀作提示性的呼應，〔註 54〕且認為「眉批的重點，卻從來不在文章義法，而只在內容的人物與事件。」〔註 55〕胡萬川另有一篇〈三言敘及眉批的作者問題〉，〔註 56〕與陸樹侖的〈三言序的作者問題〉〔註 57〕皆比對馮夢龍「三言」和其他所編之書的評點，視「三言」的編者和評者為馮夢龍；所不同者，乃陸樹侖以為「三言」校者「墨浪主人」是另有其人。

〔註 48〕陸樹侖：《馮夢龍散論》（上海：上海古籍出版社，1993 年 5 月）。

〔註 49〕傅承州：《馮夢龍與通俗文學》（鄭州：大象出版社，2000 年 8 月）。

〔註 50〕聶付生：《馮夢龍研究》（上海：學林出版社，2002 年 12 月）。

〔註 51〕高洪鈞編著：《馮夢龍集箋注》（天津：天津古籍出版社，2006 年 5 月）。

〔註 52〕蔣美華：《馮夢龍文學研究》（台中：東吳大學中國文學研究所博士論文，1993 年）。

〔註 53〕胡萬川：《馮夢龍生平及其對小說之貢獻》（台北：國立政治大學中國文學系研究所碩士論文，1972 年）。

〔註 54〕胡萬川：〈「說話」與「小說」的糾纏——馮夢龍《三言》、《石點頭》序言、批語的小說觀〉，《真假虛實——小說的藝術與現實》（台北：大安出版社，2005 年 5 月），頁 329。

〔註 55〕胡萬川：〈「說話」與「小說」的糾纏——馮夢龍《三言》、《石點頭》序言、批語的小說觀〉，《真假虛實——小說的藝術與現實》，頁 343。

〔註 56〕胡萬川：〈三言敘及眉批的作者問題〉，《話本與才子佳人小說研究》（台北：大安出版社，1994 年 2 月），頁 123～138。

〔註 57〕陸樹侖：〈三言序的作者問題〉，《馮夢龍散論》，頁 60～73。

羅列以上攸關「三言」的資料，筆者觀察到，截至 2012 年 6 月以前，並沒有一本專門的論文或著作詳細考論「三言」的評點內涵及特色。故本論文以此為主題，在前人研究的基礎上，探究馮夢龍利用評點，在「三言」裡呈現的教化思想與觀念。

第二章 「三言」通俗性的教化意義

第一節 小說教化觀的演變

小說在中國文學的早期發展上地位不高，甚至唐傳奇確定文言短篇小說體裁後，其流行也多侷限在文人階層。宋元話本小說興起，則進一步通俗化。接著明清時代長篇、短篇小說皆大盛，批評體系發展成熟，〔註 1〕獲得更多社會大眾的欣賞。小說裡蘊含的「教化」，也隨著時代演進而豐富，而備受強調。到了馮夢龍的「三言」出現，開啟了擬話本小說領頭說教化的潮流，從明末風起，持續到清康熙年間才衰歇。

一、小說教化功能的形成

「教化」在中國古代思想或文學典籍裡，早有被提及，如《戰國策．衛策》。衛嗣君時，胥靡逃到魏國，衛君願以百金贖回。被拒後，衛君希望能用衛國之城邑左氏贖回胥靡，卻引起群臣諫阻。衛君說：「治無小，亂無大。教化喻於民，三百之城，足以為治；民無廉恥，雖有十左氏，將何以用之？」〔註 2〕此言表達教化百姓的作用，或許是「教化」一詞最早連用之始。〔註 3〕漢代的〈毛詩序〉亦有言及：「風，風也，教也。風以動之，教以化之。」

〔註 1〕林崗稱明清之際的小說評點是中國文論史上第二次文學的自覺，確立小說在文體學上的獨立地位，也闡釋了小說的文本特性和小說的敘事技巧，建立起大致完整的小說批評體系。見林崗：《明清之際小說評點學之研究》，頁 7。

〔註 2〕（漢）劉向集錄：《戰國策》（台北：里仁書局，1990 年 9 月），頁 1166。

〔註 3〕張惠芬採此說，見張惠芬主編：《中國古代教化史．前言》，頁 1。

〔註 4〕又說：「故正得失，動天地，感鬼神，莫近於詩。先王以是經夫婦，成孝敬，厚人倫，美教化，移風俗。」〔註 5〕張造群則認為「教化」一詞始於《荀子》〔註 6〕。漢武帝崇儒後，儒家的經典更是為知識份子看重。總之，至遲到漢代，教化觀已然在實體典籍裡舞動身姿。

馮秀軍指出傳統教化理論的基本特徵，有「政教合一」、「德性中心」、「外在規訓與內在修養相結合」、「家族教化社會教化與學校教化緊密結合」、「教化方法選擇與人性認識相結合」等五項。〔註 7〕筆者想補充一點，在「政教合一」的部分，除了執政者推行的教化政策、法令外，經典的教化思想，往往也透過知識份子影響人民。因為知識份子長期受文學或思想作品的教化觀薰染，在他所身處的社會環境裡，或進一步從政服務時，無形中會觸發他，將他習以為常的道德觀，施化於親人、友朋、治理的人民身上。簡化來說，就是「經典的教化→知識份子→人民」的流程。

依這個傳遞教化的流程結構，那麼身為一個小說創作家或編輯者，當然有可能利用小說為媒介，來達到推廣教化的目的。

小說作為文學的一部分，在明中葉以後，其教化的內涵高漲。依柯瓊瑜之說，小說教化功能理論分為三期，一是先秦至唐，屬混沌未明時期；二是宋代至明萬曆之前，屬萌芽時期；三是明萬曆之後，屬深入強化時期。〔註 8〕所謂事出必有因，明萬曆之後，隨著政治更形黑暗、世風日下，配合都市興起、三教合一思潮流貫、小說觀念深化、小說地位提升，在這些背景因素下，馮夢龍的「三言」會以教化觀為重要的編輯內涵，是再自然不過的事。

二、話本與擬話本影響教化流行

除了小說地位以外，小說的表現形式也促使教化功能得以發展。宋元時期說話風行，影響聽者的程度無法計量。教化思想隨說書人道出，其內涵也在話本小說裡保存下來。

〔註 4〕（清）阮元校勘：《詩經》，《十三經注疏》（台北：藝文印書館，2001 年 12 月），頁 12。

〔註 5〕（清）阮元校勘：《詩經》，《十三經注疏》，頁 14～15。

〔註 6〕張造群：《禮治之道——漢代名教研究》（北京：人民出版社，2011 年 7 月），頁 13。

〔註 7〕馮秀軍：《教化．規約．生成：古代中華民族精神化育研究》（北京：中國社會科學出版社，2009 年 10 月），頁 131～137。

〔註 8〕柯瓊瑜：《三言教化功能之研究》，頁 31～39。

到了明代，為延續小說的教化功能，話本未消失殆盡，擬話本跟著興起。按曹月的分法，明代話本小說分為三個階段，第一階段在明萬曆以前，其教化觀承繼前人，未有多大創新。第二階段為「三言二拍」出現，話本的質和量皆可觀，且展現新時代的道德觀念。第三階段為陸一龍《型世言》和之後的作品，接近於赤裸裸的說教。〔註 9〕此說標舉「三言二拍」，認為是明代話本、擬話本小說教化標新的領頭之作。

董國炎《明清小說思潮》點出「三言」的關鍵地位：

> 一般小說的發展規律是，由不成熟到成熟，逐漸演進中，出現大家。擬話本小說卻不是這樣，開創人物馮夢龍的「三言」，代表它的最高成就。……短篇小說優點很多，各國均很發達，惟中國竟然出現夭亡，原因實堪深思。筆者以為，主要原因就在於教化至上的文學追求。〔註 10〕

董國炎的意思是，「三言」一出，已是擬話本的高峰，後來追隨者所編寫的擬話本小說，皆效仿大量說教，幾近於公式化而死板，遂逐漸走下坡。因為千篇一律的作法，一味「教化至上」，使得擬話本的寫作越來越少可看性。〔註 11〕依此論說，則「三言」的教化代表性，與首開先例的典範作用，殊為顯著。

第二節 「三言」序言的審美觀：教化的理論

「三言」的序言以及眉批，經胡萬川與陸樹侖考證，證明同為馮夢龍一人所作。〔註 12〕站在此基礎上，筆者檢視序言與評點文字的內涵，試圖理出馮夢龍的小說創作理論及教化內涵。以下先從序言分析。

〔註 9〕曹月：《明代話本小說的教化功能》，頁 5～6。

〔註 10〕董國炎：《明清小說思潮》（太原：山西人民出版社，2004 年 3 月），頁 247。

〔註 11〕多篇研究有同樣的看法，見柯瓊瑜：《三言教化功能之研究》，頁 39。王啟忠：〈試論中國古代小說崇尚「教化」的傳統〉，收於《南京社會科學》（南京：南京社科院，1995 年 4 月），頁 51～54。楊力：〈試論「教化為先」的文學傳統觀念對中國古代小說的影響〉，收於《現代語文》（曲阜：曲阜師範大學，2006 年 8 月），頁 27～28。

〔註 12〕胡萬川：〈三言敘及眉批的作者問題〉，《話本與才子佳人小說研究》，頁 123～138。及陸樹侖：〈三言序的作者問題〉，《馮夢龍散論》，頁 60～73。兩人皆比對馮夢龍「三言」和其他所編之書的評點，視「三言」的編者和評者為馮夢龍；所不同者，乃陸樹侖以為「三言」校者「墨浪主人」是另有其人。

簡要來說，《喻世明言》的部分敘及小說的分期，強調一時代有一時代之文學，並提出小說在具備通俗性的優勢下，更容易達到教化人心的功用。〔註13〕《警世通言》則論述「真贗說」，並舉例說明通俗性會影響人心，而小說能佐助經書史傳之窮。〔註14〕《醒世恆言》統整地表示「三言」乃一貫成書，欲「觸里耳而振恆心」，以輔助經史來醒世。三篇序言共通性的主題，即是馮夢龍所取之書名——喻世、警世、醒世，藉世情故事來教化人心。〔註15〕

筆者融合三篇序言，以「通俗性加強教化性：感同身受」及「小說創作的審美標準：教化為先」兩方面，來討論「教化」與「通俗」在「三言」序言中所呈現的意義。

一、以通俗加強教化：感同身受

自漢武帝獨尊儒術，雖日後有道教的興起與佛教的傳入，大體而言，儒家學說還是逐漸站穩中國思想界。元代中期以後，更以尊儒的朱熹（1130～1200）之《四書章句集注》為科舉考試的標準解釋。儘管佛教與道教的表現與影響力日漸透徹民心，但在「仁義道德」這塊領域，儒術始終是獨領風騷，因而在政治、經濟、社會等多方面影響世人甚鉅。於是儒家的經典書籍，往往被士人奉為行事準則與心靈圭臬。

然而，人生大道理常人雖知之，卻未必能「感同身受」地看待。那是因為聖人之言彷彿一座座高塔，矗立於前，明示你要如何該如何，民眾經常是被動的、被要求的，只能仰觀，嘆己弗如，而未能真誠的感悟。於是，若有淺易近人的故事被傳誦，好像故事裡的人物與情節就發生在眼前一般，似乎放耳即可聽聞其情時，百姓的心裡會容易這麼想：故事裡的人物與我們一樣，同是小人物，卻有曲折離奇的一生；眼看是聖賢豪傑，竟有不為人知的八卦與趣事；更何況還有那些偷拐搶騙的案例，在故事裡被生動地搬演出來；又或是姦夫淫婦的互通有無，卻落得低俗不堪的下場；再如原本高高在上、不可攀及的官員，盛氣凌人，原來只是為了遮掩自己的罪行；更有那賢妻良母的慈愛，忠友志士的義行，甚至是好漢朗朗自如的風範與不畏權勢的胸襟；

〔註13〕（明）馮夢龍編，李田意編校：《喻世明言．序》（台北：世界書局，1991年3月），頁3～10。

〔註14〕（明）馮夢龍編，李田意編校：《警世通言．序》（台北：世界書局，1991年3月），頁3～13。

〔註15〕（明）馮夢龍編，李田意編校：《醒世恆言．序》（台北：世界書局，1983年1月），頁1A～4B。

諸如此類，皆歷歷在目地透過文字，在讀者腦海裡上演一齣齣的好戲。如此，又怎麼不令人為之心動，為之憤恨，為真情流露而擊節，為奸邪受報應而拍案，為冤屈抱不平，為離奇而叫好，為義節感動，為人生的無奈慨嘆呢？

《喻世明言》的序言，即舉說話人的當場演出為例，點出了小說故事對讀者的影響力：

> 試今說話人當場描寫，可喜可愕，可悲可悌，可歌可舞；再欲捉刀，再欲下拜，再欲決脰，再欲捐金；怯者勇，淫者貞，薄者敦，頑鈍者汗下。雖日誦《孝經》、《論語》，其感人未必如是之捷且深也。噫，不通俗而能之乎？〔註16〕

《孝經》的中心意涵是「孝」字，《論語》則為「仁」。而「孝」與「仁」，不正是儒家道德涵養的最高標準嗎？由此開拓出去的種種道德規範，不正是儒家弟子行事的原則嗎？故此處藉《孝經》、《論語》來與小說作比較，明顯是要強調其「道德教化」這方面。尤其以《孝經》、《論語》「其感人未必如是之捷且深」，所凸顯的即是——因為通俗小說的創作筆法較儒家典籍淺易，閱讀時不必深思專研便能獲得最直接的道德觀念與刺激，易令人感同深受，教化功能才能快捷、深入地發揮影響力。

《警世通言》的序言也舉出一例說明：「里中兒代庖而創其指，不呼痛，或怪之。曰：『吾頃從玄妙觀聽說《三國志》來，關雲長刮骨療毒，且談笑自若，我何痛為！』」〔註17〕一般人的身體遭刀子劃傷，定有痛覺，甚至多會皺眉驚呼。可是例子裡的鄉里小兒，在廚房創傷其手指後，竟不呼痛。究其原因，乃是他聽了說書人講關羽刮骨療傷而談笑自如的故事，心神嚮往，而以之為偶像效法。此處，馮夢龍再次以說話人表演時予人的感動、激發，來論證小說必須具備通俗性，才會深刻地將教化性納入人心，〔註18〕使之「觸性性通，導情情出」。〔註19〕

〔註16〕（明）馮夢龍編，李田意編校：《喻世明言・序》，頁8～9。

〔註17〕（明）馮夢龍編，李田意編校：《警世通言・序》，頁8～9。

〔註18〕胡萬川以為，馮夢龍在序言中舉例論述時，往往將「說話」、「話本」或「話本小說」混為一談。把說話當場聽聞的感動，視同於閱讀話本小說的感動，而有理路糾纏的情況。因為「說話」感不感人，不僅得看內容好不好、用語通不通俗，還得看說話人當場發揮得如何，這與閱讀者只看書面文字所得到的感受，是截然不同的事。但馮夢龍畢竟為小說必須通俗，找到了看似極為有理的論據，故才有後來《三言》的形成。見胡萬川：〈「說話」與「小說」的糾纏——馮夢龍三言、石點頭序言、批語的話本小說觀〉，《真假虛實——小說的藝術與現實》，頁329～334。

〔註19〕（明）馮夢龍編，李田意編校：《警世通言・序》，頁10。

當然，隨著各代世風流行不同，小說的傳布與內涵也大不相同。《喻世明言》的序中有言：「（南宋皇帝）喜閱話本，命內璫日進一秩，……然一覽輒置，卒多浮沉內庭，其傳布民間者，什不一二耳。然如《翫江樓》、《雙魚墜記》等類，又皆鄙俚淺薄，齒牙弗馨焉。」〔註20〕可知，南宋時代話本多被獻入宮廷，而民間流傳佳作少。

到了明代：「皇明文治既郁，靡流不波。即演義一斑，往往有遠過宋人者。而或以為恨乏唐人風致，謬矣。」〔註21〕此言乃謂明代的各類型小說皆繁榮發展，即使是演義類，往往有些遠勝宋代。而對於有人評價通俗小說缺乏唐人風韻，馮夢龍則辯白：「唐人選言，入於文心。宋人通俗，諧於里耳。天下之文心少而里耳多，則小說之資於選言者少，而資於通俗者多。」〔註22〕一時代有一時代的文學特色，唐傳奇的文言特質，和宋話本的俚俗風格，畢竟有極大差異。序言一來表明文人是少數，民眾是多數；二來強調通俗性能讓市民大眾理解、接受、感動。相似的意涵，《醒世恆言》的序裡也出現：「尚理或病於艱深，修詞或傷于藻繪，則不足以觸里耳而振恆心。」〔註23〕道理講太深，修辭太雕琢，都無法達到觸動、引領民眾的功效。惟有通俗，能使平凡的多數讀者接納，讓人感同深受，自然小說的教化流傳便能更廣泛深遠。

綜合言之，「通俗性」有助「教化性」的推展。所謂的「通俗性」，是指馮夢龍在編輯「三言」時，修改宋元話本及創作擬話本，將小說「內容雅化、文句俗化」。所謂「教化性」，其實就是「內容雅化」，將「鄙俚淺薄，齒牙弗馨」及「淫譚褻語，取快一時，貽穢百世」作典雅化的處理，注入道德因子，達成教化的效果。至於「文句俗化」，不是指變得低俗庸劣，而是改成適合市民階級閱讀的通俗，減低「尚理或病於艱深，修詞或傷于藻繪」的弊病。因此，小說的「通俗性」，才能藉由「內容雅化，文句俗化」，達成令人感同身受的「教化性」，〔註24〕如此對小說流傳才具有正面效益。

〔註20〕（明）馮夢龍編，李田意編校：《喻世明言・序》，頁4～5。
〔註21〕（明）馮夢龍編，李田意編校：《喻世明言・序》，頁6～7。
〔註22〕（明）馮夢龍編，李田意編校：《喻世明言・序》，頁7～8。
〔註23〕（明）馮夢龍編，李田意編校：《醒世恆言・序》，頁1A。
〔註24〕陳洪以為，馮夢龍的通俗不僅是文字的淺顯，「還包含了適應大眾的心理狀態、感情需要的一層意義，所以通俗小說可以當場打動人心。」見陳洪：《中國小說理論史》（天津：天津教育出版社，2006年1月），頁101。

二、小說創作的審美標準：教化為先

人世多混亂，人心多不滿，沉溺其中，有如酒醉。《醒世恆言》之序言以為：「自昔濁亂之世，謂之天醉。天不自醉而人醉之，則天不自醒人醒之。以醒天之權與人，而以醒人之權與言。言恆而人恆，人恆而天亦得其恆，萬世太平之福，其可量乎？」〔註 25〕為了要使萬世得以太平，所以「醒天之權與人，醒人之權與言」，此「人」是「眾人皆醉我獨醒」的小說作者，此「言」便是指含有教化性的小說。何以在馮夢龍的觀念中，小說必須如此強調教化？顯然教化有一定功效，它能「醒人」，能影響人心，改易風俗。觀「三言」之序，《喻世明言》：「史統散而小說興。」〔註 26〕《警世通言》：「而通俗演義一種，遂足以佐經書史傳之窮。」〔註 27〕《醒世恆言》：「六經國史之外，凡著述皆小說也。」又說：「以明言、通言、恆言為六經國史之輔，不亦可乎？」〔註 28〕以上在在標明，小說在教化上佐助六經國史的地位。〔註 29〕既然儒家以六經國史來教化民心，一方面通俗、易使讀者感同深受，一方面又具教化性的小說，自然可為輔助。

因此馮夢龍編輯「三言」實有其意義，「教化」確乎為他小說立意的準則、刪修的標準。〔註 30〕《醒世恆言》的序言裡明白指出，之所以將「三言」命名為《喻世明言》、《警世通言》、《醒世恆言》，用意是：「明者，取其可以導愚也。通者，取其可適俗也。恆則習之而不厭，傳之而可久。三刻殊名，其義一耳。」〔註 31〕於是小說的教化精神及標竿十分清楚：不論是創作或編修小說，

〔註 25〕（明）馮夢龍編，李田意編校：《醒世恆言．序》，頁 3A～B。
〔註 26〕（明）馮夢龍編，李田意編校：《喻世明言．序》，頁 3。
〔註 27〕（明）馮夢龍編，李田意編校：《警世通言．序》，頁 6。
〔註 28〕（明）馮夢龍編，李田意編校：《醒世恆言．序》，頁 3B～4A。
〔註 29〕小野四平以為：「馮夢龍說過『六經國史之外，凡著述皆小說也』的話。自古以來沒有明確過的『小說』這概念，被他極端擴大了，確是不經意的粗暴的結論。但是我們應該理解，這個說法相對當時知識分子的狂妄態度，是一種強烈的對抗。……雖然他有六經國史之外統稱小說的說法，但實質上他推崇的僅僅是白話小說，對於當時知識分子高度評價的文言小說，他幾乎是視而不見。」見（日）小野四平著，施小煒等譯：《中國近代白話短篇小說研究》（上海：上海古籍出版社，1997 年 10 月），頁 26。
〔註 30〕陳大康舉多例印證：「應當認為『教化為先』幾乎是從明初的《三國演義》與《水滸傳》直至清末的那些作品的共同特點，儘管它們在不同時期、不同流派中表現的方式並不一致。」見陳大康著：《明代小說史》，頁 109～113。
〔註 31〕（明）馮夢龍編，李田意編校：《醒世恆言．序》，頁 1B。

要「導愚」，要「適俗」，並且要「習之而不厭，傳之而可久」。依此得出的小說，才有了審美上的標準價值。

此外，值得一提的是，馮夢龍雖為儒教中人，思想上卻不偏執。佛、道在當時已深入民間，故二教之理亦多為其所採。《醒世恆言‧序》便說：「崇儒之代，不廢二教，亦謂導愚適俗，或有藉焉。以二教為儒之輔可也。」〔註 32〕此言佛、道思想中亦有「導愚適俗」的功效，可為儒家教化之輔。

馮秀軍把中國傳統教化論分為兩個階段：第一階段主要是儒家道德主義、法家法制主義、道家自然主義，這三種教化思想的互動互補；第二階段，則是儒家入世主義和佛、道出世主義教化思想的衝突與融合。〔註 33〕從馮夢龍的「三言」序，知其教化觀當位處第二階段。在一部分編輯動機為推廣教化的情況下，「三言」的教化觀除搭配儒家本有道德勸戒、天命說、報應說，也混雜佛教因緣、輪迴和道教神仙度化、修煉升天等教化誘因與方式。

總結「三言」的三篇序言，大體上馮夢龍是以小說「通俗性」和「教化性」為立論依據，同時也是以之為小說創作的具體標竿。通俗讓人輕易地感同深受，達成小說教化導引讀者群為善的目的，此乃「三言」序言一致的、通貫的理念。

第三節　「三言」評點的教化落實

為了解「三言」評點的教化作用，筆者先從確定評點者開始，進一步釐清評點生成的意識，再探究「三言」評點的著重點於何處。

一、評點者

如前文所述，「三言」的序者、評者已由胡萬川、陸樹侖證明同是馮夢龍一人所作。筆者在分析「三言」的評點時，還發現一些可供佐證的相關資料。如〈吳保安棄家贖友〉（喻 8）有眉批：「蘇州人尤甚，可恨，可笑。」（喻 8，頁 325），〈眾名姬春風弔柳七〉（喻 12）有眉批：「此等行業，吳中張幼于頗似之。」（喻 12，頁 488），〈崔待詔生死冤家〉（警 8）有眉批：「今吳中賞人，亦云喝賜，是古來之語。」（警 8，頁 288），〈桂員外途窮懺悔〉（警 25）有眉

〔註 32〕（明）馮夢龍編，李田意編校：《醒世恆言‧序》，頁 3B。
〔註 33〕馮秀軍：《教化‧規約‧生成：古代中華民族精神化育研究》，頁 126～131。

批：「施公疑非吳人。」(警25，頁144)。蘇州古稱「吳」，又有「吳中」、「吳門」、「吳都」、「東吳」、「茂苑」、「姑蘇」等多個別稱。因此，這四條眉批凸顯了一點：評點者極熟悉蘇州人生活習性，甚至可能根本就是蘇州人。

馮夢龍生於明神宗萬曆二年（1574），約卒於清順治三年（1646），享壽七十三。〔註34〕據馮夢龍自撰的《壽寧待志》卷下〈官司〉篇：「馮夢龍，直隸蘇州府吳縣籍長洲縣人。」〔註35〕依《新唐書．地里志》，長洲在唐代武則天萬歲通天元年（696）從吳縣分出設置。〔註36〕再看〈皂角林大王假形〉(警36)，中有眉批說：「行李人從都不見了，卻問他告箚文憑，豈不可笑？往時長洲地方異稱河內，有無頭死屍，縣令某問屍有傷否，事頗類此。」(警36，頁 625～626）此眉批道出長洲的異稱「河內」，可知評者熟知長洲的歷史演變。此外〈白玉孃忍苦成夫〉(醒19）有眉批：「絕好情節，可恨村學究妄造《分鞋記》傳奇，弄得雪淡。」(醒19，頁10B）其中的《分鞋記》傳奇，作者乃是生平早於馮夢龍的陸采（1497～1537)，他和馮夢龍同是明代蘇州府長洲人。〔註37〕觀眉批呼之「村學究」的語氣，以及憾恨陸采把「絕好情節」「弄得雪淡」來看，評點者應是長洲人，而且是個對傳奇創作有相當理解的人。馮夢龍正好符合這兩個條件。

另外，馮夢龍《三教偶拈》中的第三篇〈許真君旌陽宮斬蛟傳〉，〔註38〕其正文內容與《警世通言》的〈旌陽宮鐵樹鎮妖〉(警40）一模一樣，是修改自明代萬曆年間鄧志謨的《新鍥晉代許旌陽得道擒蛟鐵樹記》。〔註39〕至於眉

〔註34〕繆咏禾：《馮夢龍和三言》(台北：萬卷樓圖書有限公司，1993年6月)，頁1～6。

〔註35〕(明）馮夢龍著，陳煜奎校：《壽寧待誌》(福州：福建人民出版社，1983年6月)，頁92。

〔註36〕(宋）歐陽脩、宋祁撰：〈地里志〉，《宋本新唐書》，收於文懷沙主編：《四部文明——隋唐文明卷》(西安：陝西人民出版社，2007年)，頁287。

〔註37〕譚嘉定編：《三言兩拍資料》(台北：民主出版社，1983年9月)，頁474。及(明）沈德符撰：《顧曲雜言》，收於（清）永瑢、紀昀等纂修：《影印文淵閣四庫全書》(台北：台灣商務印書館，1986年3月)，頁391～392。

〔註38〕(明）馮夢龍：《三教偶拈》，收於魏同賢主編：《馮夢龍全集》(上海：上海古籍出版社，1993年6月)，頁381～547。

〔註39〕(明）鄧志謨：《新鍥晉代許旌陽得道擒蛟鐵樹記》，收於古本小說集成編委會編：《古本小說集成》(上海：上海古籍出版社)。有關馮夢龍對鄧志謨《鐵樹記》的改寫，可參見李豐楙：《許遜與薩守堅——鄧志謨道教小說研究》(台北：台灣學生書局，1997年3月)，頁123～170。

批，〈旌陽宮鐵樹鎮妖〉可見的有二十四則，〈許真君旌陽宮斬蛟傳〉有十二則；其中可辨識而兩邊相同者，高達十條。此相同的十條眉批分別是：

銅符鐵券乃修煉文書。（警 40，頁 746；斬蛟傳，頁 388）

計斬二子。（警 40，頁 807；斬蛟傳，頁 449）

□女色皆炭婦也，被染者自不覺耳。（警 40，頁 809；斬蛟傳，頁 451）

鋪敘富麗，亦是小說家能品。（警 40，頁 830；斬蛟傳，頁 472）

長老為行不使人疑，何不明告之？（警 40，頁 845；斬蛟傳，頁 487）

六子一孫俱平。（警 40，頁 850；斬蛟傳，頁 492）

功亦可准□□之約，而鎮之如三蛟故事可也。意者如七擒孟獲，服其心而後釋乎？（警 40，頁 863～864；斬蛟傳，頁 505～506）

教人杜患□密。（警 40，頁 870；斬蛟傳，頁 512）

五解之中，璞為兵解，亦名金遁。（警 40，頁 888；斬蛟傳，頁 530）

名言。（警 40，頁 893；斬蛟傳，頁 535）

兩篇小說相似度幾達百分之百，再加上傅承洲已證明《三教偶拈》的序者、編者「東吳畸人七樂生」是馮夢龍，〔註 40〕可知是馮夢龍將〈旌陽宮鐵樹鎮妖〉（警 40）的小說原文，在原封不動的情況下編入《三教偶拈》，且保留了約半數的眉批。在這兩篇小說是同一個編者、同一個評者的情況下，說《警世通言》的編者、評者是馮夢龍，進一步輔助胡萬川和陸樹侖之說，推導「三言」的評點者為馮夢龍，應不為過。

二、評點意識的生成

「評點」一詞，為「評」與「點」組成。「評」是指與文本聯結在一起的批評文字，「點」則是圈點。若要細分，評點的形式大致可包含：「序跋」、「讀法」、「眉批」、「夾批」（雙行夾注）、「旁批」（側批）、「總評」、「圈點」。〔註 41〕但在「三言」裡，除序跋與每篇皆有的圈點，以及極少量的側批外，絕大多數是眉批。本論文論述的「評點」，將以「三言」中的「眉批」、「側批」文字為中心。

〔註 40〕傅承洲：〈王陽明先生出身靖亂錄作者小考〉，〈南京師範大學文學院學報〉第 2 期（南京：南京師範大學，2007 年 6 月）。

〔註 41〕譚帆：《中國小說評點研究》，頁 6。

其中〈錢秀才錯占鳳凰儔〉（醒 7）是「三言」裡唯一無眉批文字的，而眉批最多的是〈金海陵縱慾亡身〉（醒 23），計達六十五條之多。〈金海陵縱慾亡身〉同時也是「三言」裡少數具有側批的，總共有五條，皆為一個字。注解阿里虎遭自己的女兒搶走海陵寵幸的前後情緒起伏時，側批分別是：「拂」、「激」、「痴」、「恨」、「躁」（醒 23，頁 6A）。〈白玉孃忍苦成夫〉（醒 19）也有兩條側批，一是程萬里在與白玉孃分別後「誓不再娶」，側批評：「是」（醒 19，頁 23A）；一是白玉孃出家為尼二十餘年，在程萬里派人請回下，「終不肯出」，側批評為：「高」（醒 19，頁 23A）。至於〈李玉英獄中頌冤〉（醒 27）則有一條側批，小說的入話提到子女受後母虐待，「受凍捱寒，也不敢在他面前說個冷字，那幾根頭髮，整年也難得與梳子相會」（醒 27，頁 4A），側批評：「說得可憐」（醒 27，頁 4A）。還有兩條出現在〈李道人獨步雲門〉（醒 38）：一心求道的老人李清從仙境返回，送行童子卻在半途就離去，因而他心生懷疑。返回青州城後，覺得家鄉的風貌已變得他都認不得了，有側批曰：「絕好一曲□」（醒 38，頁 18B），並在猜疑青州城是新建時，側批注解：「不是」（醒 38，頁 18B）。

所以，譚帆在《中國小說評點研究》中以為馮夢龍的「三言」，與其他三本馮夢龍編或評的《新列國志》、《石點頭》、《新平妖傳》皆是「一序一眉」，〔註 42〕並稱此為「墨憨齋體」，〔註 43〕明顯是有錯誤的。可能是「三言」的側批實在太少，故閱讀時容易被忽略所致。〔註 44〕但，順此來說，既然「三言」裡絕大多數都用眉批作評注，何以仍有極少量的側批？觀照整個「三言」的評點，筆者認為其側批應是為了注解行文中的短句，或因同一行中有不同批注，而不得不如此的例外。至於，為何「三言」的側批全分布在《醒世恆言》

〔註 42〕譚帆：《中國小說評點研究》，頁 52。但在頁 212，又分析《新列國志》的評點有「眉批」、「旁批」、「雙行夾注」三種，可見譚帆的前後論述亦有矛盾處。查《新列國志》確實有「旁批」（側批）、「雙行夾注」（夾批）這些評點形式，且馮夢龍另一部作品《三教偶拈》，屬於譚帆界定的小說，評點實不只「一眉一序」，也有「雙行夾注」（夾批），如該書頁 16，以「漢馬援封伏波將軍」，注解「伏波將軍廟」；頁 48「鏊」字下有夾批「音激」。見（明）馮夢龍：《新列國志》，收於魏同賢主編：《馮夢龍全集》（上海：上海古籍出版社，1993 年 6 月）。及（明）馮夢龍：《三教偶拈》，收於魏同賢主編：《馮夢龍全集》。

〔註 43〕譚帆：《中國小說評點研究》，頁 52。

〔註 44〕如宋莉華，同本論文一樣採用「葉敬池刊本」的《醒世恆言》，但認定該書只有眉批、圈點。見宋莉華：《明清時期的小說傳播》（北京：中國社會科學出版社，2004 年 7 月），頁 116。

中後半部的卷 19、23、27、38，《喻世明言》與《警世通言》裡一則側批也沒有，原因不明。興許是因《醒世恆言》為「三言」最晚編輯刊行，馮夢龍或該刊印書商至此始有意為之。

以下就「三言」評點，說明除「強調教化」之外的兩點生成意識：

（一）廣告效果

「三言」的評點具有廣告功效，從書本的銷售策略來看，不難理解。畢竟有名家推薦，自然對作品的內容作出了品質保證，一般讀者容易受到慫恿，有助於書籍的推銷。

陳大康認為通俗小說特點有三：一是語言淺顯，二是描述大眾喜聞樂見的故事，三是適合大眾欣賞習慣與審美趣味的形式。〔註 45〕又說：

> 評點與序跋是我國古代小說理論的主要闡述形式，而在書坊主眼裡，這都是招徠顧客的手段。他們深知「時尚評點，以便初學觀覽」，因而最先評點小說，儘管往往只是釋義注意且又不高明，但畢竟開了小說評點的先河。……書坊主刊出小說時，一般總要懇請名士撰寫序跋，想藉此抬高作品身份，以便打開銷路，而撰稿者也常藉此機會分析總結作品的特點，從而為小說理論的發展增添了新的內容。〔註 46〕

可見得小說附有評點文字，是出版時的重要推銷、廣告方式。程國賦也有相似的看法，他在《明代書坊與小說研究》裡以明代書坊小說為探討對象，分析小說評點興盛的三種原因：第一，科舉時文的批選，為小說評點提供了範本。第二，小說評點是考慮讀者閱讀需要、溝通讀者與作者的重要橋樑。第三，從書坊角度來看，小說評點不僅是一種編輯工作，也是一種廣告促銷手段。〔註 47〕因此，進一步來說，評點者是誰，影響銷量的程度當然不同。

馮夢龍作為明末編書大家，在出版「三言」之前，已有編寫《掛枝兒》（童痴一弄）、傳奇《雙雄記》、《山歌》（童痴二弄）、《笑府》（童痴三弄）、《古今笑》、《麟經指月》、《北宋三遂平妖傳》等作品，〔註 48〕所以在蘇州當

〔註 45〕陳大康：〈論通俗小說的雙重品格〉，收於其著：《古代小說研究及方法》（北京：中華書局，2006 年 12 月），頁 108～109。

〔註 46〕陳大康：〈論通俗小說的雙重品格〉，頁 115。

〔註 47〕程國賦：《明代書坊與小說研究》（北京：中華書局，2008 年 10 月），頁 299～305。

〔註 48〕高洪鈞編著：《馮夢龍集箋注》，頁 372～382。

地應為人所識，有一定的名氣。當然小說評點史上也不乏託名之例，但這正好證明了評點者名氣的重要，印證小說評點有廣告功能。〔註 49〕

（二）內容引導

蔡鎮楚指出明代的小說批評以序文、評點為主，除盛極一時的小說評點，沒有一部系統性的小說批評專書。所以，認定明代小說批評尚處於草創階段。〔註 50〕不過即便如此，評點對於引導讀者參與小說內容的作用還是不容忽視。評點能為讀者解釋生難字詞，補充說明小說的情節、人物的性格，甚至提出評點者的價值判斷。「三言」評點文字，可以說是「三言」的解說者、導讀者。當故事情節發展有了起伏、轉折，或是出現容易被忽略的細微處、不易了解處，馮夢龍便站出來為讀者解說、點醒。「三言」字數不多的評點，比起枯燥的理論趣味多了，增多了小說的易解性，進而有利於吸引讀者閱讀，加速「三言」的傳播。

另外有一點值得注意的是，一般讀者可藉評點更了解小說文本，然而當研究評點時，必須反從小說文本去推究、分析評點的內涵。因為評點與小說文本之間，有著密切結合的關聯。林崗便認為：

> 古人採取的批評形式使它就像是寄生在小說文本裡面一樣。寄生一詞並不僅指形式上評點附著於小說文本，它離不得小說文本，而且更重要的是批評文本的釋義往往需要結合、參照小說文本才能語義完整，並獲得理解。〔註 51〕

觀照「三言」的小說內文，可以更明確發現評點文字在「三言」裡扮演的角色。細讀「三言」的評點文字，可以更精準掌握「三言」故事的背景、動機、延伸韻味。兩者是相輔相成的。

上論兩點是「三言」評點的生成意識，至於教化理論如何在小說評點裡落實，以下筆者從「提供生活智慧的參考」和「重視人物道德的評價」兩方面舉例來談。

三、教化的落實之一：提供生活智慧的參考

評點者先行閱讀了小說文本，將自己的觀點記錄在讀者不得不接受之處，

〔註 49〕宋莉華：《明清時期的小說傳播》，頁 113～116。
〔註 50〕蔡鎮楚：《中國文學批評史》（北京：中華書局，2006 年 7 月），頁 315。
〔註 51〕林崗：《明清之際小說評點學之研究》，頁 9。

不管評點者和編寫者是不是同一人，這種作為看似破壞了原本小說的整體性。但當眉批文字墨印於故事上頭的板框後，評點文字其實已然成了文本的一部分。讀者看到這些評點者生活智慧的亮光，比單只讀到原先的小說內文，還會多受刺激而獲得不少的領悟。

（一）假之為害

以假亂真，必然有害。例如，〈陳御史巧勘金釵鈿〉（喻 2）中，管家婆因先認假扮的梁尚賓為真的魯學曾，等到看了真正的魯學曾後，竟以為魯學曾是假的。於是她對老夫人說，這名公子是假的，跟前天晚上看到的臉不同。眉批便評曰：「認假為真，定然認真為假。」（喻 2，頁 140）其實這種說法，在比《喻世明言》還晚幾年付梓的《醒世恆言》中仍然出現。像〈小水灣天狐詒書〉（醒 6），主角王臣因擊傷二狐，得到一蝌蚪文書，遭二狐報復。他的兄弟王宰返家，拿走天書。後來才知此王宰是狐所變，王臣因連番受騙而氣到生病。所以當真正的王宰也被狐狸騙返家，卻遭家人誤以為又是假的，而被棍棒亂打。此時正文上頭有眉批曰：「以假為真，定復以真為假。俗眼顛倒，豈獨王臣哉？」（醒 6，頁 21A）這無非是在說明人性，人往往會被表面的假相所騙。人既不可辨出人的真假，同樣的道理，事之真者必然容易被掩飾，事之假者必然容易矇混過去。

相似意涵的眉批可見〈皂角林大王假形〉（警 36）。趙再理任滿回家，卻被認為是假貨，因為兩個月前已有一位「趙再理」先返家了。爭議中，再理的母親表示真的趙再理的脊背下有個紅色胎記。沒想到真的趙再理有，先歸的假趙再理也有。眉批忍不住評論：「有心假，也要假得像，不似今人假得全不像。」（警 36，頁 624）馮夢龍評劇情，還延及世情，略帶譏嘲地批評世人虛假的一面。其實在道德角度而言，他真正要講的是：不該作假。

後來兩個趙再理同到開封府待辨明白。假的趙再理與開封府大尹坐下來談是說非，結果大尹相信了，反而痛罵真的趙再理。眉批：「□賓館談是說非者，皆假也，不信者幾人哉。」（警 36，頁 625）這則眉批有字模糊，不過大體還是可以看出，馮夢龍不以談是說非的造假者為然。

小說末尾，真的趙再理掀開從龍宮取來的盒子，風雨大作後，皂角林大王假扮的趙再理登時不見身影。趙再理終於得以返家，母親和妻子都號啕大哭，說怎知趙再理是真的；三十幾個僕人都答覆，說怎知當初催促他們提早起程返家的是假的。眉批道：「一假而母不認子，妻不知夫，僕不辨主，假之為害如此。」（警 36，頁 636）從故事情節來看，作假之害居然會到了使自己最親密的家人、僕人都無法分辨的地步，其隱含的意思就是，世上的人情事理若造假者，將害人不淺。

與此類故事相呼應的還有〈十五貫戲言成巧禍〉（醒 33），不過真假的認定標準，是由「看」改成了「說」。故事說劉貴窮困，某次赴丈人生日宴，丈人出資十五貫錢要助劉貴開店。劉貴喝酒回家後，對二老婆陳二娘開玩笑說，已把她賣了十五貫錢。陳二娘信以為真，後因此惹出殺身之禍來。眉批評曰：「戲而不已即真。」（醒 33，頁 6B）真真假假，假假真真，人世裡到底有什麼是一定的呢？正如此話的結尾詩所言：「勸君出話須誠實，口舌從來是禍基。」（醒 33，頁 22A）讀者讀至此，大略也在心頭上波動了好一會兒。

假若亂真，則假者成真，真者反被視為假。明眼人看得清，俗眼人則受盡假所帶來之禍害。馮夢龍重視真假之辨，必是從生活中得到的體驗。

（二）認錯為上

俗謂「知錯能改，善莫大焉。」馮夢龍以認錯之人為上，實也教人認清局勢。

〈趙伯昇茶肆遇仁宗〉（喻 11）則是講「認錯」。內容大意是，趙旭參加殿試時，考卷裡將「唯」的「口」字邊寫成「厶」字邊，他回答宋仁宗說是通用字，仁宗卻認定是錯字，故後來趙旭名落孫山。末了，趙旭哀嘆而題多詩詞，被微服的宋仁宗看到，知趙旭已肯認錯而拉拔他做官。正文裡宋仁宗對苗太監說：「此人原是上科試官取中的榜首，文才儘好，只因一字差誤，朕怪他不肯認錯，遂黜而不用，不期流落於此。」（喻 11，頁 455）眉批批曰：「不肯認錯的人，原自無用，學問全在認錯中開展。」（喻 11，頁 455）其實小說裡宋仁宗初看試卷，問試官，試官也回答「口」字邊的與「厶」字旁的，是通用字。宋仁宗未罰試官，卻因趙旭不察聖意，也回奏字可通用，未能即時認錯而引起宋仁宗不悅。在當時，正確與否是皇帝說了算的，趙旭之舉，讓馮夢龍進一步感嘆要認錯才能使學問更上層樓，之所以如此評價，畢竟是要讀者懂得「世故」。

和此相仿尚有〈陳可常端陽仙化〉（警 7）。和尚陳可常被誣陷與新荷有染，使新荷懷孕。長老懷疑事有蹊蹺，到郡王府為陳可常說話，且認為此事日久自明。沒想到郡王不開心，退入後堂後便再也不出來，另一位長老說郡王是因為不肯認錯才如此。眉批說：「不肯認錯，正是大錯。富貴人作惡業多坐此病。」（警 7，頁 255）馮夢龍同樣從反面訴說認錯的道理，而且還點名富貴人士多有不認錯的弊病。「不肯認錯」亦是一執，但此執不能解決事情，在違背人情事理下，實際上是錯上加錯，讓錯誤拖延、增生。

再如〈玉堂春落難逢夫〉（警 24），講的是王三官年輕，因愛妓女玉堂春，將三萬兩投入，沒錢後被老鴇用計遺棄。幸得玉堂春資助返家，求得父親原諒，要立志讀書。將要讀書時，卻只一心想著玉堂春，心猿意馬。忽然聞到一股氣，聽到一些聲音，自思「原來鼻聞乃是脂粉氣，耳聽即是箏板聲」（警 24，頁 89），心底念念不忘的終究是在妓院裡和玉堂春快活的日子。王三官後來走出門，見了門上祖父所題對聯「十年受盡窗前苦，一舉成名天下聞」，想到祖父官至侍郎，父親官至尚書，也有了繼承父祖之志的念頭。又見一門聯「不受苦中苦，難為人上人」，便回書房將淫書燒了，和玉堂春約為信物的破鏡分釵收起，發憤讀書。所以有眉批：「心猿意馬，終無了日；敗子回頭便作家，只要狠心一鞭。」（警 24，頁 89）評點警醒讀者，一味三心二意，不肯認錯，將永遠無法奮起；惟有不顧一切地下定決心，才能在苦海裡回頭。

馮夢龍既以「不肯認錯」為病為無用，自然以「認錯改過」為可貴。學問循此增多，惡業由此減少，人生便能再度奮揚。

（三）利口中耳

耳根子軟的人容易上當，輕信人言。尤其當話說得好聽，近似有理，一不注意便受影響，揮棄原先的原則。

如〈張淑兒巧智脫楊生〉（醒 21），寫舉人楊元禮，和同年六人一起去參加會試。六人中四人皆有錢，所攜行李及僕從多，到寶華蓮寺遊玩，引起寺中和尚覬覦。和尚勸留寺中過夜，說幾位公子都是千金之軀，不如過夜，明日再早點出門，差不了多少時程，但安穩許多。眉批說此：「大凡近理之言，容易入耳，小人所以中君者，往往如此。」（醒 21，頁 5B）近似有理的話，很容易聽進去，也就經常忘了要小心謹慎，忽略了細節，自己原本堅持的原則也因而放下。像楊元禮懷疑和尚有異，但跟從的人，看見寺裡有熱茶熱水，也懶得趕路了。果然和尚設宴款待，酒肉不忌，在其中下了藥。一喝便覺上口甘香，吃了便覺神思昏迷，四肢腳軟。這幾個要參加會試的，路上喝慣了劣酒、淡酒、苦酒、臭酒，如今喝濃釀香酒，益發有興致了。眉批再批：「易入耳者，必非嘉言；好上口者，必非佳味。願人凡事須得意處斟酌。」（醒 21，頁 6B～7A）小說意在警告讀者，出門在外要小心謹慎，留心提防，眉批且為

之再三叮嚀。恰如正文所言：「大凡出路的人，第一是老成二字最為緊要。一舉一動，俱要留心。」（醒 21，頁 3A）

〈李汧公窮邸遇俠客〉（醒 30）的房德誤當強盜，受縛送官後，被畿尉李勉看重而私下放走。李勉卻因此被罷免而貧窮。二年後李勉巧遇已成縣令的房德，房德拜謝，且慇懃招待他。房德妻子貝氏不滿贈太多財物給李勉，於是鼓惑丈夫，說李勉居心不良。此處有眉批說：「利口中耳，巧言入愚心。」（醒 30，頁 22A）貝氏會說話，講得有理有據，遂使懼妻的房德心念動搖，做出謀害李勉的壞事來。固然房德愚昧，但貝氏的利口顯然極容易說服人。馮夢龍眉批未說的話，應是要讀者以此為鑑，觀聽人言時不得不慎。

因人言而揮棄原先原則，事件本身便容易被導引至無法收拾的境地，想來即是馮夢龍念茲在茲，提點讀者的原因。

（四）貪吝得禍

「人心不足蛇吞象」，但貪欲旺熾，每每招來禍端。這是因為受欲望蒙蔽的情況下，人容易失去準則、判斷，甚至招致惡人的介入。

〈宋四公大鬧禁魂張〉（喻 36）宋四因看不慣開當鋪的張富張員外慳吝，決定要好好修理他。先是偷了張富庫房裡的錢，後又夥同趙正、侯賢、王秀等一夥強盜賊偷用計。偷錢大王府庫裡的錢，和一條暗花盤龍羊脂白玉帶，再讓侯興扮作禁衛內官，拿白玉帶去張富當鋪低價典當。張富貪吝，見有利息，不問來由，便交錢典收了贓物。眉批道：「吝者必貪，禍所從來矣。」（喻 36，頁 573）果然其後宋四差人報知錢大王贓物下落，引來張富被官府威逼，承認己過而賠錢大王損失，落得自縊的下場。

〈王嬌鸞百年長恨〉（警 34）中王忠的大女兒嬌鸞十八歲尚未婚嫁，和曹姨相伴。隔鄰的周廷章見到嬌鸞盪鞦韆而喝采，並翻牆到王家園子撿拾嬌鸞遺落的手帕，引來嬌鸞索討，因而兩人互通詩稿。周廷章託人求親，王忠也有意，但平日他仗嬌鸞相幫文書，故遲疑未許。廷章心生一計，想認王母為姑，使兩家得以自然往來，便跟父親周司教商量。小說說周司教是個糊塗的人，想討些小便宜，就答應廷章的要求。眉批認為：「要討便宜，便是糊塗之本。」（警 34，頁 542）這句話的意思不難解，因為討便宜極易招引惡事發生。當禍事出現，要後悔就來不及，徒然落得被評糊塗的下場。

吝者不肯輕易捐出，等同於貪戀己財己物，故吝者必貪，往往見小利則生貪心。馮夢龍以貪吝一體，貪吝生事，實是洞明生活學問。

（五）富父定生敗兒

所謂「富不過三代」，除了命運難說，主要是因為有錢後未重視後代品性，致使坐享其成者多，易生敗家子，流於坐吃山空。

〈張孝基陳留認舅〉（醒 17）說漢末有一位富翁過善，很節儉，五十多歲，只有兒女二人。雖然過善見兒子過遷人材出眾，有意讓他讀書，但又吝嗇，不肯請家教，只送他到親戚家附學。過善自以為兒子用功，自然沒去查考。沒想到過善有如看財童子，兒子過遷卻是個敗家子，一味浮浪。眉批評註：「富父定生敗兒，一聚一散，自然之理也。」（醒 17，頁 3A）馮夢龍可能是社會經驗富足，常聽聞類似狀況，才有此評。但依常理推斷，「富父定生敗兒」確實有其道理。因為上一代白手成家，曾經困厄窮乏，富有後懂得安置錢財，不致浪費；可是自小生活在富裕環境的第二代，習慣享受，自然容易傾向奢靡浮誇。加上如蠅苟附的酒肉朋友一多，慫恿風流，浪擲千金所在多有，於是導致敗壞家產的便多了。

〈徐老僕義憤成家〉（醒 35）裡的徐家老三徐哲病死，老大徐言和老二徐召都不想養他的妻子顏氏和二男三女，還在分家時虧待他們。老僕阿寄被分給三房，但他立志掙起事業來。顏氏集了本錢讓阿寄出去做生意，竟然真的賣漆大賺。阿寄建議顏氏買田產，恰好一位財主有個敗家子，因愛玩樂而賣出土地一千畝，要價三千多兩。阿寄買到了。眉批說：「『出一個財主，便生一個敗子』，此其故何也？請做財主的自想。」（醒 35，頁 21B）這則眉批同樣嘆「富父定生敗兒」，不過沒有解釋，反要作財主的富父細心思量到底為何會如此。「三言」讀者群裡應當少不了有錢人，馮夢龍的這則評點，自然是對他們而發，勸戒他們教育好下一代。

享樂慣了，要由奢入儉便有難度。家道中落，往往是因後代人沉於奢華糜爛而致不可收拾。馮夢龍提醒讀者，未說的是，固然「兒孫自有兒孫福」，但前提是勿忘教化子弟。

（六）得意事莫再做

既然遇事得意，為何不能繼續？〈臨安里錢婆留發跡〉（喻 21）有例子。黃巢亂起，杭州刺史董昌募兵，鍾明、鍾亮與錢鏐願意去立功。在山路險隘的石鑑鎮探聽到賊兵不遠，錢鏐與二鍾商議宜出奇兵，於是自領弓弩手二十名埋伏，果然大勝。但錢鏐馬上想到這回是僥倖之計，只能用一次。眉批說：「得意之事莫再做，得意之地莫再往。」（喻 21，頁 826）得意事有可能是自己打拚來的，但也可能有幾分好運加持。假使一再操弄，未必每回狀況都會相同，有時成功，有時或許會跌倒到翻不了身的地步。評點的叮嚀，是有很高的生活智慧的。

〈勘皮靴單證二郎神〉（醒 13）裡的韓夫人被二郎神勾引到失魂落魄的地步，一再藉口生病而不入宮。照顧她的太尉和夫人皆疑心有異，甚至真的看見韓夫人房裡有二郎神。太尉請來王法官作法，卻不敵，只好再請潘道士對付。如果這個假冒以騙色的二郎神識相，應該在已獲利且太尉府裡已驚覺的情況下，早早脫身，也就沒事。但偏偏嘗了甜頭，又不識時務。小說模擬說書人的口吻說：「得意之事，不可再作；得便宜處，不可再往。」（醒 13，頁 15B）眉批便評：「名言。」（醒 13，頁 15B）既以之為名言，便代表馮夢龍支持這個論點。所謂物極必反，一再縱情，得意事也難免會成了失意事。

得意者易驕，輕忽事件發展的狀況是常事，加上得意事處久，細心人見得著，事件的原由、動機就容易爆發出來，徒然落得不堪的下場罷了。因此，馮夢龍多處藉評點講明得意事莫再做的立場。

以上所引故事與眉批，談的是「世事洞明皆學問」，想要在社會上不吃虧，無非要老成，要懂得人情世故。評點者作為解釋者與分享者的立場，多處提供了生活智慧與經驗，而此通俗性的評點，灌注讀者腦中，有助於拉近文本內涵與讀者思想的距離，亦是生活教化自然切入的落實。〔註 52〕

四、教化的落實之二：示現人物道德的正反評價

人物是小說裡的精神指標，其內在性情、思索觀點、分析判斷、行事準則、實際作為等，在在導引了情節的走向。因此，由評點者對小說人物的評價，或許可協助讀者了解該人物的種種面向，為他們下一注解；進一步來說，評點者也是為該人物發聲，彷彿戲劇裡的旁白，以背景聲在不知不覺中穿透讀者的感官，使讀者無形中接受或觸發其思考。

在評價人物方面，「三言」的評點者臧否小說人物的舉止作為，以道德為依據，或無奈地為其感嘆，悲鳴；或興奮地為其擊節叫好，大聲稱快；或引他喻論述，張揚或貶低其人；或以其他小說戲劇的人物為準的，標舉其風采。

〔註 52〕蔡鎮楚以為：「小說評點正是為了使小說更好地『入於里耳』而又能「諧於里耳」而發明的一種審美鑒賞方式；通俗性、趣味性、欣賞性，乃是小說評點的審美特性，是作者—作品—讀者之間互相溝通的理想性藝術橋樑。」見蔡鎮楚：《中國文學批評史》，頁 317。

凡此臧否，所在多有，茲分「負面教材」、「行事典範」兩個面向，舉數例為證：

（一）負面教材

小說裡的負面人物，多是指在道德修養上有所虧欠者。讀者容易因負面人物的作為而憤慨，甚至轉而憐惜受害的正面人物。因而，假使評點者指出負面人物的盲點或批判其不是之處，進一步寫出惡有惡報的下場，往往能獲得讀者的支持與認同。以下舉「短視近利者」、「陷害忠良者」、「馬泊六」和「惡妻」為例。

1. 短視近利者

短視近利雖有謀得利益之可能，但危機四伏的情況或許更為嚴重。〈木綿菴鄭虎臣報冤〉（喻 22）裡馮夢龍評價多人，其中談到賈似道誤國，欺瞞天子蒙古兵已圍襄陽樊城三年的事實。賈似道雖知國危，仍縱情於行樂，清明節遊湖作絕句：「寒食家家插柳枝，留春春亦不多時。人生有酒須當醉，青塚兒孫幾箇悲？」（喻 22，頁 47）在此眉批曰：「讀此詩乃知似道心事，其所為，皆不終日之計。」（喻 22，頁 47）由「留春春亦不多時」句可見賈似道亦知國難當頭，但「人生有酒須當醉」一句，則足見他只顧眼前享受。故「其所為，皆不終日之計」可謂評得恰當。

同樣評其所為是「不終日之計」的，還有〈杜十娘怒沉百寶箱〉（警 32）中的李甲。李甲為杜十娘花盡了錢財，老鴇幾回要以言語激怒他離開，偏偏「公子性本溫克，詞氣愈和。」眉批評他：「就是沒志氣的朽東西。」（警 32，頁 440）似乎已見著他個性上的弱點。後來杜十娘與老鴇約定十日內籌措三百金，即可贖身。十娘建議李甲向城內親友借貸，李甲以為親友雖不喜他留戀青樓而不援助，但若做起身模樣，坦言路費欠缺，倒是可能借得到銀子。針對李甲的判斷，眉批批曰：「果然僥倖成事，後來活計如何，亦是不終日之計。李甲蠢物，不知十娘何以眷之？」（警 32，頁 444）此條眉批講明了接踵而來的情節發展，認定李甲是短視近利者；同時以提出懸問的方式，一方面罵李甲蠢物，一方面批判杜十娘不該眷愛李甲。

關於上條評語是否妥當，筆者認為，李甲確實不是有遠見、有長期規畫之人；可是故事開頭杜十娘眼底所見的他，是「俊俏龐兒，溫存性兒，又是撒漫的手兒，幫襯的勤兒」（警 32，頁 439）；所以在未認情李甲本性之前，這些就足以成為杜十娘眷戀他的理由。一個在風塵裡打滾多年的女子，是多麼需要人真心關懷、安慰，李甲適時出現，加上溫柔體貼的舉止，杜十娘動心是極可能的。〔註 53〕因此，「李甲蠢物，不知十娘何以眷之？」這問題，筆者認為是應情節需要，才有杜十娘愛上他的安排，且愛上他的理由十足合宜。如此杜十娘後來在船上痛罵李甲負心、翻覆多年儲存的寶箱、人與心一同自沉大水，才會有震撼人心的強勁力道。

短視近利，則少有危機意識，無有長遠打算，自然悲事易生。「三言」裡短視近利皆無好下場，應可為讀者顯明的警戒。

2. 陷害忠良者

忠良者令人尊敬，陷害忠良者則幾乎都會引來讀者的嚴聲撻伐，希冀出現惡人有惡報的劇情。如〈游酆都胡母迪吟詩〉（喻 32），在進入正話前，先講了秦檜力勸高宗議和的事。宋高宗命秦檜為尚書僕射，不久為左丞相。秦檜用勾龍如淵為御史中丞，凡有臣子阻撓議和者，皆上疏貶逐之。眉批便說勾龍如淵為「好得力人」（喻 32，頁 393），亦即很受重用之人。等到十二道金牌召回岳飛，秦檜說岳飛等人通謀造反，多位大臣要力保岳飛，反遭罷斥。冤獄既成，秦檜坐於東窗委決不下。若不殺岳飛，恐他阻和議事；若殺岳飛，則眾人反對。恰巧秦檜妻子王氏來到，以黃柑為喻，認為一劈便開，又添了一句「擒虎易縱虎難」，使得秦檜心意始為堅決。故有眉批評曰：「檜此時良心未盡，若得賢妻，其禍可解。（喻 32，頁 395）」因秦檜猶豫而知其尚有良心，卻因無賢內助告誡，於是在妻子王氏搧風點火之下，順水推舟，殺岳飛顯得再理所當然不過。等到岳飛遭縊死，宋金和議，秦檜加封益國公，賜宅第於望仙橋。其子秦熺十六歲便狀元及第，授與翰林學士，任職於史館。秦熺生子名塤，尚在襁褓，便注定好未來可任翰林之職。再加上秦熺的女兒剛出生，即封為崇國夫人。秦檜一家權勢之高，可謂無人能及了，可見秦檜得寵的情況。馮夢龍此處批曰：「心腹為御史，可以箝當時之口舌；子孫為史官，足以亂後世之是非；檜算無遺策矣。孰知閻老簿上載得分曉乎？」（喻 32，頁 396～397）秦檜既然陷害忠良，當然讀者對之恨得心癢癢，但何以未有報應？

〔註 53〕〈賣油郎獨占花魁〉（醒 3）稱此為「幫襯」：「但凡做小娘的（妓女），有一分所長，得人襯貼，就當十分；若有短處，曲意替他遮護，更兼低聲下氣，送暖偷寒，逢其所喜，避其所諱，以情度情，豈有不愛之理？這叫做幫襯。風月場中，只有會幫襯的最討便宜，無貌而有貌，無錢而有錢。」見〈賣油郎獨占花魁〉（醒 3），頁 1A～B。

評點者拋出疑問：誰知道閻王爺會不會在生死簿上記清楚呢？以此來表明「善惡到來終有報」、「不是不報，時候未到」。

至於〈沈小霞相會出師表〉（喻 40），講的是明世宗時嚴嵩、嚴世蕃父子當權，沈鍊、沈小霞父子與之相鬥的故事。沈鍊因見嚴世蕃強要馬給事飲酒，氣憤之下，遂也強灌嚴世蕃酒。在上奏彈劾嚴氏父子不成的情況下，沈鍊被罰重打一百，發至關外為民。衙門長官「姓陸名炳，平時極敬重沈公的節氣，況且又是屬官相處得好的，因此反加周全，好生打個出頭棍兒，不甚利害。」眉批評道：「陸炳，嚴黨也，而能周旋沈公，良心尚在。」（喻 40，頁 764）一方面指出陸炳是嚴氏同黨，一方面又讚揚體諒他至少能照顧沈鍊。此處可見馮夢龍的態度，他並不苛責，只要人的「良心尚在」，便有回歸向善的機會。

由上引眉批可知，「三言」故事裡的陷害忠良者，如不是悔悟改過，則多有報應的下場，如此才能令讀者感受大快人心的閱讀樂趣。

3. 馬泊六

「馬泊六」是指撮合不正當男女關係的人，尤其在常在姑娘閨房、後院穿梭，專門走後門。〔註 54〕

例如〈蔣興哥重會珍珠衫〉（喻 1）。陳大郎迷上丈夫出門經商久未歸的三巧兒，於是託薛婆之力，希望勾搭上。薛婆用計，假意賣珠寶。三巧兒聽到陳大郎與薛婆的買賣爭執，便請來薛婆借看所賣的貨色。眉批說：「不見可欲，使心不亂。婆子妙算，不得不墮其術中。」（喻 1，頁 45）就在薛婆計算下，以珠寶首飾攻向三巧兒的欲望，果然中計。三巧兒喜歡上這些首飾，專門等薛婆再上門，但薛婆卻一連五天不到。眉批道：「行家放遲局。」（喻 1，頁 48）薛婆以緩兵之計，讓彼此越來越熟識。後來三巧兒留薛婆吃晚飯，要付一半買貨的錢。薛婆說不差一晚，隔天再來領錢。眉批再道：「又用放遲局。」（喻 1，頁 54）此後薛婆白天到街上做買賣，夜裡都來睡三巧兒家。晚上雖然隔著帳子，但薛婆老講一些街坊淫穢的話，勾動三巧兒春心。眉批批評：「惡甚。」（喻 1，頁 61）時候到了，薛婆要引陳大郎入門，便故意摸摸衣袖，說掉了一條汗巾，婢女們都去幫忙找，陳大郎得以偷溜進入躲藏。眉批評論：「步步精細，薛婆儘可用兵。」（喻 1，頁 63）薛婆又聊起三巧兒的丈夫蔣興哥，嘆

〔註 54〕「馬泊六」為這類人的穢稱。「馬」指女性陰部，「泊」為停留，「六」即鳥，指男性性器。見龍潛庵：《宋元言語詞典》（上海：上海辭書出版社，1985 年 12 月），頁 93。

牛郎織女也一年一會，如今兩人卻分離一年半了，引得三巧兒愁悵。眉批又批：「惡甚。」（喻 1，頁 65）薛婆不斷誘引三巧兒情動，看見一隻飛蛾飛到燈上，便用扇撲，順勢滅了燈。眉批說：「婆子賊智，非常可畏。」（68）就這樣，黑暗中陳大郎摸到三巧兒床上去了。薛婆是標準馬泊六，貪陳大郎錢，用計說動三巧兒的情欲，使奸事得逞，因而馮夢龍十分反感，批評她的眉批頗多。

馬泊六的計法甚多，例子不少，又如〈閒雲菴阮三償命〉（喻 4）。阮三愛戀陳太尉之女玉蘭，玉蘭也思嫁他，便託婢女轉送玉蘭的戒指物信。阮三得了相思病，朋友張遠來探望，代想計策，便去陳太常的衙府前觀望，得知王尼姑和陳家有往來。張遠以出資蓋佛殿為由，奉上兩錠銀子，託王尼姑幫忙。尼姑貪財，某日邀太夫人及玉蘭到庵裡說話。王尼姑故意露出手指上寶石嵌的金戒指，引出玉蘭和阮三的好事。眉批道：「馬泊六手段來了。」（喻 4，頁 237）王尼姑露出阮三和玉蘭定情的戒指，顯然是要逼玉蘭主動問阮三事，進而促使兩人事成。所以王尼姑雖是尼姑，但也受賄推動男女情事，成了標準的馬泊六。

〈陸五漢硬留合色鞋〉（醒 16）裡的紈褲子弟張藎，有心勾搭潘壽兒，要馬泊六陸婆幫忙。陸婆拿自己做的花來送與壽兒，依此起話題，閒聊一番。陸婆說這些花樣只算是中等的，還有上上等，看了它一眼，盲人會眼亮，老人會還少，連壽命都會增加好幾年。眉批評論：「插科打諢，是馬泊六入門訣。」（醒 16，頁 13A）裝扮用的假花做得再精緻終究是假，但陸婆誇張地說上上品的貨能使瞎眼復明、返老還童。馮夢龍以為身為馬泊六，基本能力就是能閒扯、搞笑，做出誇張的舉止，說些引人發笑的言談，達到初步使對方放鬆、信服的狀況，以利其後的唆使、鼓惑成功。

〈金海陵縱慾亡身〉（醒 23）的海陵王喜歡上烏帶之妻定哥，打探之後，知道她家侍婢眾多，裡頭有個貴哥是她得意丫鬟。海陵王便心生一計，差人去找烏帶家常走動的一個女待詔，賞她十兩銀子，要她幫忙。眉批批評：「無針不引線，大家最宜慎防此輩。」（醒 23，頁 12A）古代大家閨秀不便走動，多是後門有三姑六婆走訪，代為採買物品、傳遞消息或處理不堪之事，馬泊六便是其一。馮夢龍警示讀者，大家族人事複雜，最須提防這些穿針引線之流，以免後患無窮。

三姑六婆經常走後門是常事，正由於可以走後門，名利財色無一不藉此鑽漏洞地潛進潛出，歪風所及，連帶影響到一個家族名聲的變化。色情小說裡多有此輩逢迎、下陷阱，在明代縱欲流行的背景下，更是成了馮夢龍強力抨擊的對象。

4. 惡妻

馮夢龍看重女子，筆者留待第四章再深論，但對於小說裡的惡妻，馮夢龍倒有許多批判。

與〈簡帖僧巧騙皇甫妻〉（喻 35）的眉批相似（喻 35，頁 509），〈三孝廉讓產立高名〉（醒 2）有則眉批說：「惡佞恐其亂義，此類是也。」（醒 2，頁 1B）但在此是指妻子慫恿分家。故事說田氏三兄弟從小同居合爨，結婚後也是如此。但田三嫂仗著自己有嫁妝，甚是不賢，竟慫恿老三要分家。馮夢龍會有此評，自然是出於家庭和諧的立場。既然三兄弟和平共處，互助成長，田三嫂之舉便是亂了天倫禮義，成為可擊鼓攻鳴的惡佞。

再如〈李玉英獄中訟冤〉（醒 27）。入話用大篇幅，說繼母疼愛自己親生子女，卻喜虐待前妻子女。眉批道：「說盡沒用老婆光景。」（醒 27，頁 2B）這也是從攻擊惡妻危亂家庭和諧之理而發。小說正文說錦衣衛千戶李雄有三女一男，妻子死後，續弦娶了光棍焦榕之妹，年僅十六歲的焦氏。焦氏嫉妒四個小兒女，怕將來家產被分光，自己生的子女沒好處，某次刻意尋事打了兒子承祖，打到他號啕痛哭。李雄家返後氣鬧起來，焦氏被焦榕接回娘家。沒想到焦榕給了壞心的建議，要焦氏先待子女如親生，日後再找機會一一除去。李雄因焦氏欺凌子女而憂愁，想到讓老大玉英和老二承祖入書堂讀書，到晚才放學，而還幼小的桃英和月英則由奶媽照顧。眉批於此評道：「李雄還是有人心的，但七出之條，明有妬去，何不奉行？」（醒 27，頁 10A）馮夢龍以懸問的方式，批判李雄雖有人心，但針對續弦不愛子女實為惡妻一事，可以有更好的解決方式。「七出」、「妬去」出自《大戴禮記》，其書有載：

> 婦有七去：不順父母去，無子去，淫去，妒去，有惡疾去，多言去，盜竊去。不順父母，為其逆德也；無子，為其絕世也；淫，為其亂族也；妒，為其亂家也；有惡疾，為其不可與共粢盛也；口多言，為其離親也；盜竊，為其反義也。〔註 55〕

既然焦氏忌妒前妻子女，李雄實可憑「妒去」一條休妻，因為焦氏後來連串

〔註 55〕（漢）戴德撰，（北周）盧辯注：〈本命〉，《大戴禮記》（北京：中華書局，1985 年），卷 13，頁 220～221。

行徑，更令人髮指。在李雄戰死後，焦氏竟要年僅九歲的承祖千里至戰場尋父親骸骨，並要護行的家僕苗全途中拋下他，待其病死或餓死。等到好不容易承祖在他人之助下返家，焦氏又教苗全買砒霜，焦氏下在酒裡，由焦榕勸飲而毒死承祖。苗全中飽私囊，買了小棺材，承祖的小腿露出塞不下，焦氏居然教苗全以斧砍下，當成承祖的枕頭。日後焦氏仍不斷打罵三姐妹，坐吃山空之下，賣了房子，打到月英肯當乞丐。怪不得眉批又說：「觀焦氏施行，直令人不敢再娶，可畏，可畏。無前妻子者不妨。」（醒 27，頁 35B）相信正也道出多數駭異於此故事的讀者心聲。

「三言」評點攻詰惡妻，非是輕視女子，而是馮夢龍針對劇情變化而出的直接評論，關鍵還是在於道德是否違反，與性別無關。

（二）行事典範

「三言」評點者在評價人物時，指出了幾種代表性的人物，可為讀者在道德上的行事典範。典範類型的人物不少，茲舉爽快、忠義、助人者為例。

1. 爽快者

爽快之人不拖拉，總予人直接的俐落感。

〈大樹坡義虎送親〉（醒 5）的評點有讚揚「爽快」的例子。話說勤自勵自幼聘定林潮音為妻，他不愛讀書，好使弄槍棒，打獵射虎。但聽聞黃衣老人勸戒後，他發誓不再殺虎。某次勤自勵縱放誤入陷阱之虎後，自思因他欲仁而使人失利，非忠恕之道，因此將獵獲的野味盡置於陷阱旁，空手而歸。他又因好客，常引多人到家來索酒食，父母支持不住而拒絕客人來，勤自勵深自反省後從軍去。因離家日久，親家想斷了婚事，自勵父親求請寬延等待。林家父母騙林潮音說勤自勵已戰死，潮音仍堅守三年喪。又過三年，林潮音仍拒議其他婚事。林家父母騙她改嫁，騙婚途中林潮音被老虎銜走。另一方面，勤自勵從軍有功，安史之亂敗逃後回家，生氣林潮音改嫁而要去討回，在大樹坡遇雨遇風遇林潮音。林潮音言被虎銜走事，勤自勵不管她肯不肯，就背負她回家。勤家父母見勤自勵背個美貌女子回，細問來歷，才知老虎報恩送親的這段奇事。眉批說：「勤自勵極爽快，是《水滸傳》李大哥一流人。」（醒 5，頁 17A）李大哥當是指李逵，在《水滸全傳校注・前言》裡李泉、張永鑫評價他：

> 李逵是《水滸全傳》中一位最勇猛、最堅決的獨膽英雄。一提起李逵，人們馬上就會聯想到他的從不離身的兩把板斧，和他那赫赫有

> 名的綽號——黑旋風。在封建社會裡，李逵確實像一股掃蕩黑暗勢力的強大旋風，「而他手中的板斧則是反抗精神的象徵。他就是用他那兩把板斧去「殺盡天下不平人，砍盡天下不平事」，砍毀「鳥官軍」、「鳥官府」，乃至大宋皇帝的「鳥位」。他對梁山事業赤膽忠心。……他的粗魯莽撞，劫江州時殺了不少老百姓；當小牢子時賭錢打人、貪酒使性等游民習氣，從而寫出了一個真正有血有肉的李逵。〔註 56〕

李逵粗魯而衝動，豪邁而不拘，勤自勵個性與之相似，且也是爽快之人，故獲此評。「爽快」是發自真心的率直果決，每每超越一般禮法束縛，馮夢龍是認同這樣的真性情展現的。

馬周也是這等真性情的人物。在〈窮馬周遭際賣（食追）媼〉（喻 5）裡，馬周因家貧而懷才不遇，但愛渴酒，每喝至狂言叫罵的程度，鄰人都厭惡他，但他曉得了也不放在心上。後來博州刺史達奚聽聞馬周有才學，聘他為博州的助教。到任那天眾多秀才帶酒來祝賀，馬周喝到大醉，隔天刺史來訪，馬周仍然醉酒爬不起身。刺史生氣而去，馬周醒後前往致歉，遭刺史責備，但日後馬周仍有醉鬧之舉。在刺史又責罵的情況下，馬周嘆不該為五斗米折腰，便把公服交給門生，教他繳還給刺史，自個兒仰天大笑，出門而去。眉批評馬周：「豪傑舉動。」（喻 5，頁 262）馬周不願一再低頭，依自己的原則行事，是爽快率性的，連馮夢龍也稱讚，許之以豪傑之名。

爽快者看似莽撞，但其作風乾脆，反而往往發揮豪傑舉止。或許有人嘲笑粗魯，但正能證明行止不虛假，無愧於其真性格。

2. 忠義者

「忠義」為《水滸傳》堂皇標舉的主題。以《水滸傳》人物來作為評斷稱許標準的，〈蘇知縣羅衫再合〉（警 11）也算一例，其評偏在「忠義」之「義」。故事講述蘇雲往遠地赴任途中，遭私商徐能與同夥打劫，徐能的兄弟徐用卻是個良善之人，極力反對徐能劫財劫色。他說蘇雲「若任所回來，盈囊滿篋，必是貪賍所致，不義之財，取之無礙。如今方纔赴任，不過家中帶來幾兩盤費，那有千金？況且少年科甲，也是天上一位星宿，哥哥若害了他，天理也不容，後來必然懊悔。」如此仗義執言，眉批便評價說：「徐用堪坐忠義堂一

〔註 56〕（元）施耐庵、羅貫中原著，李泉、張永鑫校注：〈前言〉，《水滸全傳校注》（台北：里仁書局，1994 年 10 月），頁 14。

把交椅。」（警11，頁388～389）在《水滸傳》裡，「忠義堂」是梁山泊好漢聚會處，一百零八條好漢序位而坐。此處既然認定徐用值得坐上「忠義堂」的座位，便是肯定徐用配得上「忠義」二字。後來，徐能要殺蘇雲，徐用甚至攔腰抱住徐能，建議留蘇雲全屍；在徐能答應將兇器放下後，徐用才鬆手。於是眉批說：「節節見徐用精細。」（警11，頁393）過不久，徐用在徐能面前跪下，用計灌醉徐能，又在房門外側耳聽仔細屋內動靜後，偷放蘇雲之妻鄭氏逃走。兩處眉批分別為：「徐能大有作用」（警11，頁395）和「精細」（警11，頁396），極力稱讚了徐用的表現，實可為讀者行事的典範。

順道一提，由前述評價徐用和勤自勵的眉批文字來看，筆者認為，評點者自然也是讚賞梁山泊好漢的。

再如〈沈小霞相會出師表〉（喻40）。嚴世蕃強灌馬給事酒，使馬給事醉昏。沈鍊為馬給事感到不平，滿肚子氣，突然挽起袖子，搶來大杯酒杯，斟得滿滿的，走到世蕃面前，說馬給事賜酒，已喝醉不能為禮，原代他向嚴世蕃敬酒一杯。嚴世蕃愕然，正要舉手推辭，卻見沈鍊聲色俱厲，說這杯酒別人喝得，你也喝得。別人怕你，我沈鍊不怕你。便猛然揪著嚴世蕃的耳朵，灌他喝酒。嚴世蕃一飲而盡，沈鍊丟擲酒杯到桌上，拍手且呵呵大笑，嚇得其他官員面如土色，一個個低著頭不敢作聲。眉批評論：「快極！快極！灌夫前倨後恭，又不足道矣。彼義氣，此忠義也。」（喻40，頁762）灌夫是西漢人，為人剛直，曾在宰相田蚡的面前痛罵看輕他的人，而以不敬之罪受誅。〔註57〕馮夢龍以灌夫為比擬的對象，但又說沈鍊再高一層，不畏強權，前後一致，是真正的忠義典範。

義氣發揮，人以為貴。能忠能義，一貫地立身處世，更為「三言」評點所關注、看重。讀者認識其行，正如瞧見水滸好漢一般，忠義形象朗朗呈現，甚至可能在心頭奮起效法之思。

3. 助人者

若是發自本心，不求回報地助人，往往會有心境快樂的無形回報。故幫助別人，其實也是幫助自己，順勢建立生活的愉悅。「三言」評點雖未指明此「愉悅」，但給予助人者極高的道德評價，其意便在勸進讀者，助人為善，以此為樂。

〔註57〕（漢）司馬遷，（日）瀧川龜太郎編著：〈魏其武安侯列傳〉，《史記會注考證》（台北：文史哲出版社，1997年10月），頁1138～1143。

〈鈍秀才一朝交泰〉（警17）的情節則圍繞在聰明飽學的主角馬德稱，他想金榜題名後才娶黃勝之妹黃六媖，但算命的鐵口直斷他將有歹運。馬德稱不怪算命仙，不料真的科舉榜上無名，父親馬萬群又被專權的太監王振誣陷占得贓銀而氣到病死。馬德稱不得不變賣家產，以交納萬兩贓銀。此時好友顧祥舉發馬家猶有田莊家產，黃勝也霸占馬德稱寄放之物，馬德稱遂與他們斷絕往來，親事自然也不提了。家貧至此，親人和父親的門生一死一去職，也無法投靠，馬德稱半年後走到無以為濟的地步。科考的長官視他避考申黜，僧人也不留他，可謂狼狽至極。此時，有一運糧的武官趙指揮要馬德稱陪行兼當代筆。但一日河口決堤，趙指揮的糧船四散，在水勢湍急下，走投無路的馬德稱欲投河自盡，虧有一老人將之救起。雖然老人的三兩銀被偷，但仍幫德稱借來五錢資助。對於這老人的義舉，眉批說：「賢哉此老，何異淮陰漂母？」（警17，頁655）淮陰侯當年落魄挨餓時，是一位漂洗衣物的老婦分食救濟，才有後來國士無雙的大將軍韓信。〔註58〕因而這位老人對馬德稱的幫助，就如危難中的明燈，就像漂母分食給韓信一般，總算使得馬德稱得以捱到北京城，才有其後的翻身之舉。可見一己之力，未必強大，但小小匡助，往往幫人無數。

助人者往往能「成人之美」，幫助他人以成就好事。如〈張孝基陳留認舅〉（醒17）裡，過遷是敗家子，即使成親，仍改不了狂放遊盪之舉。因而儘管逃家遠離半年，其父過善始終怨恨之。其後張孝基入贅過家三年，過善遺囑將家產全給張孝基，不給過遷。過善死後幾年，張孝基到陳留地方遇一乞丐，發現正是過遷本人。張孝基命僕人試探，假說過家家破人亡、過遷妻已改嫁。過遷有心悔改，於是張孝基收留他，但規定得依從三件事。其一，過遷只能住在菜園裡種菜，不得離園。其二，要早起晚休，不可懶散怠工。其三，若有不盡責之處，由張孝基處罰之，不可有怨。過遷皆答應了。張孝基說：「只怕有了銀子，還去快活哩！」過遷回應：「小人性命已是多的了，還做這樁事，便殺我也不敢去。」這裡眉批批曰：「應是張孝基作用。」（醒17，頁24A）先點出過遷是受到了張孝基的影響。等到張孝基觀察過遷確實反省了，過了半年，才使過遷返家認親。張孝基讓過遷管解庫，再次試探其心思。過遷「一照灌園時，早起晏眠，不辭辛苦，出入銀兩，公平謹慎。」張孝基知其乃真心

〔註58〕（漢）司馬遷，（日）瀧川龜太郎編著：〈淮陰侯列傳〉，《史記會注考證》，頁1037。

悔悟，眉批便說：「灌園時猶可及也，此時已知張孝基是妹夫，家園解庫，皆己故物，而毫不動心，服勤如故，乃是大有骨力之人，何可易及？」（醒 17，頁 28A）以「不動心」見證、讚揚過遷「大有骨力」，浪子回頭金不換。

在過遷已改過下，張孝基宣布將家產還給他，而孝基自己執意不分一毛，堅持搬回家。眉批於此說張孝基：「不利人之有非難，能成人之美為難，千古一孝基也。」（醒 17，頁 31A）「成人之美」乃是不求回饋、不以為妒地成就他人的心願，如此崇高的行止，正為編書者、評點者所欲教化百姓的標竿，此善行標竿，評點者讚揚千百年來惟有一個張孝基而已。短短幾句，已極盡稱許，為讀者在道德上樹立了榜樣。

基於上述例子，可知「三言」評點在「評價人物」方面，是針對小說裡展現的各類型人物，品鑑其性情、舉止和遭遇，且多以「道德高下」為衡量基準。

綜合而言，「三言」評點「提供生活智慧的參考」與「示現人物道德的正反評價」都是教化的落實。施予教化，化民成俗，才是「三言」小說和評點所欲達成的目標。所以評點文字指導，讓讀者深入小說氛圍，了解人物呈現的精神，希依此引起共鳴，得其教化，以利讀者感同身受地做到為善去惡的立意。筆者觀察「三言」，幾乎各篇故事的評點皆能找著此類教化觀念，因此馮夢龍的立場是相當顯明的。

第三章　「三言」評點的教化準則及其批判、感慨

本章意在指出「三言」評點文字，以天命、報應為手段，佛道二教為輔助的教化準則，批判道德墮落的情況，且發出評者馮夢龍的自我感嘆。

世態人情的虛偽不古或是官場弊政引發的人、事爭端，無一不為社會留下佐證，證明道德上人心已然墮落，亟需教化指引，轉化昇華。「三言」雖是小說之言，但情節反映了政治和社會的現實，而評點則進一步標明，強調那令人嘆、令人憐、令人恨的無奈。

第一節　依天命果報

子夏：「商聞之矣，死生有命，富貴在天。」〔註 1〕孟子〈盡心〉上也說：「莫非命也，順受其正。……求之有道，得之有命。」〔註 2〕古來儒家便有將人事上無法掌握的部分，歸因於天、命。〔註 3〕東漢王充（27～97）的《論衡》

〔註 1〕（宋）朱熹撰：《論語集注．顏淵》，《四書章句集注》（北京：中華書局，2010 年 1 月），頁 134。

〔註 2〕（宋）朱熹撰：《孟子集注．盡心上》，《四書章句集注》，頁 349～350。

〔註 3〕比起儒家的《論》、《孟》，針對天命，《詩經》和《尚書》都有更早的記錄，如《詩經．周頌．清廟之什．維天之命》：「維天之命，于穆不已。于乎丕顯，文王之德之純。」《詩經．昊天有成命》：「昊天有成命，二后受之，成王不敢康，夙夜基命宥密。」天命降予君主，此天命為定命、成命。《尚書．盤庚上》：「先王有服，恪謹天命。茲猶不常寧，不常厥邑，于今五邦。今不承于古，罔知天之斷命。」《尚書．召誥》：「王厥有成命，治民今休。」《尚書．洛誥》：

則有更多論述，如〈命祿〉說：

> 凡人之遇偶及遭累害，皆由命也。有死生壽夭之命，亦有貴賤貧富之命。……是故才高行厚，未必保其必富貴；智寡德薄，未可信其必貧賤。……命則不可勉，時則不可力，知者歸之於天，故坦蕩恬忽……〔註4〕

王充認為命是無法勉強轉移變化的，而命也好，時運也好，皆歸因於天。〈命祿〉又說：「祿有貧富，智不能豐殺；命有貴賤，才不能進退。……故貴賤在命，不在智愚；貧富在祿，不在頑慧。」〔註5〕〈自紀〉也說：「達者未必知，窮者未必愚。遇者則得，不遇失之。故夫命厚祿善，庸人尊顯；命薄祿惡，奇俊落魄。」〔註6〕這兩段都再次強調人的際遇歸諸於命，與天資聰穎或愚昧無關。於是王充又說：「信命者，則可以幽居俟時，不須勞精苦形求索之也，猶珠玉之在山澤。不求貴價於人，人自貴之。」〔註7〕如此，人必須「俟時」，以等待時機回應人的命運變化。這些和〈鬧陰司司馬貌斷獄〉（喻31）裡入話的論點：「凡人萬事莫逃乎命，假如命中所有，自然不求而至；若命裡沒有，枉自勞神，只索罷休。」（喻31，頁347）是若合符節的。

至於在「君臣遇合」方面，王充在〈命義〉中表示：

> 人有命，有祿，有遭遇，有幸偶。命者，貧富貴賤也；祿者，盛衰興廢也。以命當富貴，遭當盛之祿，常安不危；以命當貧賤，遇當衰之祿，則禍乃至，常苦不樂。遭者，遭逢非常之變……。遇者，遇其主而用也。雖有善命盛祿，不遇知己之主，不得效驗。……偶也，謂事君有偶也。以道事君，君善其言，遂用其身，偶也；行與主乖，退而遠，不偶也。〔註8〕

君主能用即是幸，是遇，不用即是不幸，馮夢龍在此點上，與王充的觀點近似。不過王充認為命是偶然的，上天並未有意安排。如〈物勢〉：

「王如弗敢及天基命定命。」分見（清）阮元校勘：《詩經》，《十三經注疏》（台北：藝文印書館，2001年12月），頁708、716，及（清）阮元校勘：《尚書》，《十三經注疏》，頁126～127、221、224。

〔註4〕（漢）王充著，黃暉校釋：《論衡校釋》（北京：中華書局，2009年2月），頁20。

〔註5〕（漢）王充著，黃暉校釋：《論衡校釋》，頁22。

〔註6〕（漢）王充著，黃暉校釋：《論衡校釋》，頁1204。

〔註7〕（漢）王充著，黃暉校釋：《論衡校釋》，頁25～26。

〔註8〕（漢）王充著，黃暉校釋：《論衡校釋》，頁55～57。

> 夫天地合氣，人偶自生也。……天地合氣，物偶自生矣。夫耕耘播種，故為之也；及其成與不熟，偶自然也。何以驗之？如天故生萬物，當令其相親愛，不當令其之相賊害也。〔註9〕

天非有意地讓某人稟氣多或少，是恰好如此，是偶然而無理可說的，否則上天應當讓人相愛，而非相互殘害。馮夢龍和王充的天命觀終究不同，差異即在此。馮認定人世間的一切，是天有意識的安排。馮夢龍對於現實的無奈、世局的脫序，或是人事上的巧妙，認定背後的操控因素乃是命，而命由天決定、規劃。

對於是否真的無法改善其命運，王充在〈命義〉有一說法：

> 凡人受命，在父母施氣之時，已得吉凶矣。夫性與命異，或性善而命凶，或性惡而命吉。操行善惡者，性也；禍福吉凶者，命也。或行善而得禍，是性善而命凶；或行惡而得福，是性惡而命吉也。性自有善惡，命自有吉凶。使命吉之人，雖不行善，未必無福；凶命之人，雖勉操行，未必無禍。〔註10〕

亦即王充是不相信行善必有福，行惡必有禍的。〔註11〕馮夢龍在此點上也不同，他採用的是報應說，以為行善為惡，終有報應。

從王充到馮夢龍，時代跨越一千五百年，其間對天命的說法與探究，自然衍生、變化繁多。例如唐代柳宗元順著王充自然天的看法，採否定天命的立場。他為實現政治上的革新，「以興堯、舜、孔子之道，利安元元為務」，〔註12〕不像傳統遵揚天命，他反而極力強調人的作為。在〈天說〉中，柳宗元說：

> 彼上而玄者，世謂之天；下而黃者，世謂之地；渾然而中處者，世

〔註9〕（漢）王充著，黃暉校釋：《論衡校釋》，頁144～146。

〔註10〕（漢）王充著，黃暉校釋：《論衡校釋》，頁50～51。

〔註11〕王充不信報應說，也認定性、命不能變，但為了維護君權，又矛盾地說可用聖人、聖主的教化以變化人的氣質，藉由變其性，使惡為善。如〈率性〉：「聖主之民如彼，惡主之民如此，竟在化，不在性也。」「性惡之人，亦不稟天善性，得聖人之教，志行變化。」「教導以學，漸漬以德，亦將日有仁義之操。」「是故王法不廢學校之官，不除獄理之吏，欲令凡眾見禮義之教。學校勉其前，法禁防其後，使丹朱之志，亦將可勉。」分見（漢）王充著，黃暉校釋：《論衡校釋》，頁72、74、78、80。

〔註12〕（唐）柳宗元：〈寄許京兆孟容書〉，《柳宗元集》（台北：頂淵文化，2002年9月），頁780。

> 謂之元氣；寒而暑者，世謂之陰陽。是雖大，無異果蓏、癰痔、草木也。假而有能去其攻穴者，是物也，其能有報乎？繁而息之者，其能有怒乎？天地，大果蓏；元氣，大癰痔也；陰陽，大草木也，其烏能賞功而罰禍乎？功者自功，禍者自禍，欲望其賞罰者大謬；呼而怨，欲望其哀且仁者，愈大謬矣。〔註 13〕

他將天地、元氣、陰陽視同於大果蓏、大癰痔、大草木，明顯可看出以天為自然天的態度，如此則與馮夢龍視天為有意識的天大異。

〈天對〉是柳宗元對屈原的〈天問〉所發，反對意志主宰一切的天，以為「天人相分」。〈天問〉問：「天命反側，何罰何佑？」柳宗元對：「天邈以蒙，人么以離。胡克合厥道，而詰彼尤違。」〔註 14〕〈天問〉再問：「皇天集命，惟何戒之？受禮天下，又使至代之？」柳宗元則對：「天集厥命，惟德受之。胤怠以棄，天又祐之。」〔註 15〕這兩則表明「天人相分」，而且人應以有德為重。

柳宗元何以有擺脫「天命安排一切」的觀念？〈時令論上〉有作解釋：「聖人之道，不窮異以為神，不引天以為高，利於人，備於事，如斯而已矣。」〔註 16〕因為他的著重點還是因應政治的實際作為，「利於人，備於事」才是他關注所在。〈斷刑論下〉也說：

> 或者務言天而不言人，是惑於道者也。胡不謀之人心，以熟吾道？吾道之盡，而人化矣。是知蒼蒼者焉能與吾事，而暇知之哉？果以為天時之可得順，大和之可得致，則全吾道而得之矣。合吾道而不得者，非所謂天也，非所謂大和也，是亦必無而已矣。又何必枉吾之道，曲順其時，以諂是物哉？吾固知順時之得天，不如順人順道之得天也。〔註 17〕

又說：「古之所以言天者，蓋以愚蚩蚩者耳，非聰明睿智者設也。」〔註 18〕所以與其講究天時，不如順人心以合道；談論天，只是愚弄人的手段，與天命

〔註 13〕（唐）柳宗元：〈天說〉，《柳宗元集》（台北：頂淵文化，2002 年 9 月），頁 442～443。

〔註 14〕（唐）柳宗元：〈天對〉，《柳宗元集》，頁 391。

〔註 15〕（唐）柳宗元：〈天對〉，《柳宗元集》，頁 395。

〔註 16〕（唐）柳宗元：〈時令論上〉，《柳宗元集》，頁 85。

〔註 17〕（唐）柳宗元：〈斷刑論下〉，《柳宗元集》，頁 90。

〔註 18〕（唐）柳宗元：〈斷刑論下〉，《柳宗元集》，頁 91。

實無關涉。「寧關天命，在我人力。以忠孝為干櫓，以信義為封殖。」〔註 19〕重要的仍是人事上的作為，尤其是個人能否在道德操守上堅持住。

柳宗元將上天和人事分開，在於指陳上天不能決定一切。「生植與災荒，皆天也；法制與悖亂，皆人也，二之而已。其事各行不相預，而凶豐理亂出焉，究之矣。」〔註 20〕人的作為、作用影響更大，因此推而廣之，君王能夠即位，也非上天賜予，而是人民。〈貞符并序〉：「受命不于天，于其人；休符不于祥，于其仁。惟人之仁，匪祥于天；匪祥于天，茲惟貞符哉！未有喪仁而久者也，未有恃祥而壽者也。」〔註 21〕此說即是用以「言唐家正德受命於生人之意」的。〔註 22〕好的符命，不在吉祥的預兆，而在帝王的德行；只能依靠德行，不能靠天降吉祥。

柳宗元與馮夢龍的天命觀差異不小，但同樣看重人的道德層面。筆者舉王充、柳宗元為例，意在藉以襯顯馮夢龍對天命的看法，重點還是在於馮夢龍「三言」評點上表達的觀點。以下從「天使其然」（天命說）、「善惡有報」（報應說）、「命之理微」（命理說）等三方面來討論。

一、天使其然

「三言」故事認為命運的操弄權在於「天」，「天」為人所安排的「命」決定一切。例如〈楊八老越國奇逢〉（喻 18）的入詩及入話：

> 君不見平陽公主馬前奴，一朝富貴嫁為夫？又不見咸陽東門種瓜者，昔日封侯何在也？榮枯貴賤如轉丸，風雲變幻誠多端。達人知命總度外，傀儡場中一例看。這篇古風，是說人窮通有命，或先富後貧，先賤後貴，如雲蹤無定，瞬息改觀，不由人意想測度。（喻 18，頁 677）

小說並在此舉了兩例充當得勝頭迴的小故事印證，而頭迴的結詩也說：「桑田變滄海，滄海變桑田。窮通無定準，變換總由天。」（喻 18，頁 679）甚至故事在敘述中，經常也道出以天命為依歸的原則，如：「原來倭寇飄洋，也有個天數，聽憑風勢。」（喻 18，頁 693）「也是楊八老命不當盡，祿不當終，否極泰來，天教他主僕相逢。」（喻 18，頁 700）「此乃是死生有命，富貴在天，

〔註 19〕（唐）柳宗元：〈愈膏肓疾賦〉，《柳宗元集》，頁 67。
〔註 20〕（唐）柳宗元：〈答劉禹錫天論書〉，《柳宗元集》，頁 817。
〔註 21〕（唐）柳宗元：〈貞符并序〉，《柳宗元集》，頁 35。
〔註 22〕（唐）柳宗元：〈貞符并序〉，《柳宗元集》，頁 30。

榮枯得失，盡是八字安排，不可強求。有詩為證：纔離地獄忽登天，二子雙妻富貴全。命裡有時終自有，人生何必苦埋怨。」（喻 18，頁 712～713）顯然以天命為一切人事變化的準則，人是無法臆測猜度的。

這則故事的評點，也是站在同樣立場。主角楊復小名八老，在兒子楊世道七歲時出外經商，又入贅於檗家，生一子檗世德。後來八老被倭寇擄至日本，十九年後隨倭寇回到中原，被王千戶捉到。王千戶的家人王興認出楊八老正是當年和他走失的主人。王興訴冤，審理的郡丞楊公聽楊八老說出實情後覺得奇異，經由再審時母親偷聽，才得以一家團聚。檗太守向楊郡丞賀喜，其母親在邀宴時認出八老，又一家團圓。這時太守與郡丞認做親兄弟，眉批評論此異事說：「楊公以累囚異物，一朝而得二貴子、兩夫人，以朱旛□□養焉。出死地，登九天，其離而合、疏而親、賤而榮，豈非天數為之哉？」（喻 18，頁 710～711）馮夢龍以為楊八老不平凡的遭遇、起伏，皆是天數作準，由天命為之。

又如〈臨安里錢婆留發跡〉（喻 21），錢鏐討伐叛逆成功，被朝廷冊封為王，不久進為吳王，在杭州起造宮殿。但該年大水，錢塘江潮衝損城桓，築堤不易。錢鏐親往督工，大怒而喝：「何物江神，敢逆吾意？」（喻 21，頁 857）且命數百兵往潮頭射箭，浪潮居然瞬間止息，不數日即築完捍海塘。眉批評論：「即此一事，天生帝王，豈偶然哉？」（喻 21，頁 857）錢鏐喝阻錢塘江潮一事，乃上天有意識地安排，非偶然發生。從此則也可看出，馮夢龍認為天子是上天權勢的賜予，他人是不可攫奪的。

另外像〈呂大郎還金完骨肉〉（警 5），講因行善而致團圓的故事，也融入天命說。呂玉的兒子看神會時走失，呂玉邊做生意邊尋找。幾年後呂玉在回家途中撿到二百兩金子，某日遇到失主陳朝奉，確認之後歸還。陳朝奉欲報答呂玉，願嫁女與呂玉之子，並送出一小廝。小廝正巧是呂玉走失的親生兒子，父子得以相會，呂玉便覺得是天意如此。陳朝奉又送禮金二十兩銀子，呂玉拿去救船難之人，所救之人中，有一人正好是出門尋找呂玉的三弟呂珍，呂珍感嘆「天與之幸」（警 5，頁 187），並告知呂玉，二弟呂寶欲讓人偷娶呂玉妻子王氏。呂寶未向妻子楊氏說明偷娶的將以戴孝髻為暗號，眉批點明：「天使其然。」（警 5，頁 190）原來楊氏與王氏和睦，悄悄告知她將被偷娶一事。王氏無奈，以為既然要改嫁，便希望與楊氏換來黑髻，而將孝髻給楊氏戴。結果晚上反倒是戴了孝髻的楊氏被誤認為王氏，遭搶上轎。呂寶要賣嫂子，反賣了妻子。馮夢龍指出如此巧合，其實都是上天安排。

這類「天使其然」的眉批極多，以下用表格呈現，以示「三言」評點背後的意識、主張。

表 3-1：天命眉批

卷　名	眉　批	頁碼
陳御史巧勘金釵鈿（喻 2）	天理難揜。	163
楊八老越國奇逢（喻 18）	楊公以累囚異物，一朝而得二貴子、兩夫人，以朱旛□□養焉。出死地，登九天，其離而合、疏而親、賤而榮，豈非天數為之哉？	710～711
臨安里錢婆留發跡（喻 21）	即此一事，天生帝王，豈偶然哉？	857
木綿菴鄭虎臣報冤（喻 22）	都是機緣撮合。	9
	此乃天意。	24
	天厭之矣。	53
月明和尚度柳翠（喻 29）	每疑廉吏無後一事，天道亦僭。平常率云：「官清愛刻薄，所以無後。」觀柳宣教，信矣。	283
簡帖僧巧騙皇甫妻（喻 35）	不打自招，黃石磯石土地說話，正是天理發見耳。	513
梁武帝累修歸極樂（喻 37）	支公若有神通，何必梁主來見？殆天命不可違耳。	636
呂大郎還金完骨肉（警 5）	天理昭然。	174
	天使其然。	190
蘇知縣羅衫再合（警 11）	皇天真個有眼。	404
鈍秀才一朝交泰（警 17）	已棄不應得食，天使戲侮耳。	639
老門生三世報恩（警 18）	避老得老，天所以警蒯公，又烏知天所以愛蒯公乎？	688
桂員外途窮懺悔（警 25）	小人逞目前，君子信天理。	158
喬太守亂點鴛鴦譜（醒 8）	天使其然。	11B
	又是天使其然。	13A
赫大卿遺恨鴛鴦絛（醒 15）	天使開口。	21A
陸五漢硬留合色鞋（醒 16）	若五漢肯從壽兒之言，淫人落得便宜，天道豈容之？	20A
	藎係風流罪過，此天定勝人，冤氣盡消，覆盆獲照矣。真神斷。	31B
	潘用兇惡，天以一女酬之；陸五漢忤逆，天以一女斃之；張藎淫縱，天以一女誤之。天之所以用此女者大矣，可不慎歟？	32B

施潤澤灘闕遇友（醒 18）	縱理紋驗於鄧通、周亞夫，而獨不驗於裴公，始知人可回天。	1A
	天補善人。	9A
	人有德，天委曲護之；人有報德之心，天亦委曲成之；誰云天道無知也？	19B
張廷秀逃生救父（醒 20）	玉姐弔不死，而瑞姐死，天道亦不僭矣。	71B
金海陵縱慾亡身（醒 23）	以海陵之暴，莎里古真玩弄之有餘，才耶？貌耶？抑有天幸也？	43A
李玉英獄中訟冤（醒 27）	天延老嫗之壽，專為周全李承祖耳。人之一生一死豈偶然哉？	26A
吳衙內鄰舟赴約（醒 28）	天緣作對，見於此矣。	6A
	□人□軀□心，天亦□憐矣。	9A
	若是一偷而去，各自開船，太平無話，二人良緣受阻，行止俱虧。風息舟開，天所以玉成美事也。	15A
黃秀才徼靈玉馬墜（醒 32）	天使其然。	13B
十五貫戲言成巧禍（醒 33）	自心上打不說，也還是有天理□強盜。	20B
一文錢小隙造奇冤（醒 34）	□尸出浮梁而批狀下浮梁，此天意也。	33A
蔡瑞虹忍辱報仇（醒 36）	天留一脈□報凶人	17A
	天使之也。	30B
汪大尹火焚寶蓮寺（醒 39）	天啟大尹之畏也。	18A

觀上表眉批，知馮夢龍認為天理、天意主宰了一切，天命不可違背，天定勝人，這是「三言」評點一貫的主張，可是獨有一則例外。

在〈施潤澤灘闕遇友〉（醒 18）裡，有條眉批說：「縱理紋驗於鄧通、周亞夫，而獨不驗於裴公，始知人可回天。」（醒 18，頁 1A）此眉批以為「人可回天」，與〈裴晉公義還原配〉（喻 9）的入話所說的「人定勝天」遙相呼應，因為這兩則故事的得勝頭迴相似，皆攸關裴度有餓莩之相的縱理紋。〈裴晉公義還原配〉（喻 9）的入話可以解釋這種天人之間看似矛盾的說法：

> 然雖如此，又有一說，道是面相不如心相。假如上等貴相之人，也有做下虧心事，損了陰德，反不好結果。又有犯著惡相的，卻因心地端正，肯積陰功，反禍為福。此是人定勝天，非相法之不靈也。（喻 9，頁 363）

可見馮夢龍並非思想糾結不清，而是在天命籠罩下，認為人可以藉由積善去惡，改善命運。命是被決定了的，便應無法更改，但「報應說」予人努力的空間。像裴度是餓死之相，可是做了義事，於是轉而富貴兩全。「三言」獨有一則眉批說及「人可回天」，因而其義不顯。但此例雖是孤證，筆者推想，亦應是馮夢龍想藉由「報應說」以充實「天命說」，使人能積極地有所作為，使讀者接納、篤行其教化之理。

二、善惡有報

因果報應說雖源於佛教的緣起論，但事實上儒家也有講論，如《易經．坤卦．文言傳》：「積善之家，必有餘慶；積不善之家，必有餘殃。」〔註23〕道教與之相映的則是「承負說」。〔註24〕魏晉南北朝以來三教融合，報應說、果報觀在一般民俗中更為常見。馮夢龍編選「三言」以保存話本、新作擬話本，並藉此宣揚教化，但教化如何具體地被讀者接納，甚至信服後去施行呢？除了「天命說」，馮夢龍也運用「報應說」，亦即俗謂的「善有善報，惡有惡報。」

在「三言」故事裡頭多處可見，如〈蔣興哥重會珍珠衫〉（喻1）的入話：「看官，則今日聽我說〈珍珠衫〉這套詞話，可見果報不爽，好教子弟做個榜樣。」（喻1，頁20）。文末有結詩：「恩愛夫妻雖到頭，妻還作妾亦堪羞。殃祥果報無虛謬，咫尺青天莫遠求。」（喻1，頁109）又如〈裴晉公義還原配〉（喻9）的入詩：「官居極品富千金，享用無多白髮侵。惟有存仁并積善，千秋不朽在人心。」（喻9，頁361）文末則結論：「後來裴令公壽過八旬，子孫蕃衍，人皆以為陰德所致。詩云：無室無官苦莫論，周旋好事賴洪恩。人能步步存陰德，福祿綿綿及子孫。」（喻9，頁386）此類「果報」、「陰德」等概念，十分融入小說情節。不惟小說如此，「三言」評點亦採用此說。

如〈梁武帝累修歸極樂〉（喻37），齊王寶卷喜愛嬉遊，荒淫無度，既不見朝士，又信任宦官。蕭衍密修武備，趁機襲取嘉湖地方，寶卷則被齊人所

〔註23〕（清）阮元校勘：《周易》，《十三經注疏》（台北：藝文印書館，2001年12月），頁20。

〔註24〕《太平經》的「承負說」乃是承負代代累積的善惡，從家族到國家都有承負的責任，此說有增強社會共同意識的動機，因而此生的善惡報應會有不一致的現象。如「力行善反得惡者，是承負先人之過，流災先前後積來害此人也。其行惡反得善者，是先人深有積蓄大功，來流及此人也。」、「承者為前，負者為後；承者，迺謂先人本承天心而行，小小失之，不自知，用日積久，相聚為多，今後生人反無辜蒙其過謫，連傳被其災，故前為承，後為負也。負者，流災亦不由一人之治，比連不平，前後更相負，故名之為負。負者，迺先人負於後生者也。」分見王明編：《太平經合校》（北京：中華書局，1997年10月），頁22、70。

殺。後來蕭衍稱帝，遭侯景叛亂所制，憂憤成疾，就連口苦，欲索取蜜吃也不可，於是發出荷荷聲而殂。眉批解釋：「荷荷之厄，是齊寶卷花報，不礙超生。」（喻 37，頁 636）「花報」是「因果報應」之意。馮夢龍以為梁武帝死前由於口苦，索蜜不得，發出「荷荷」的怨恨聲，是與齊王寶卷相關的因果報應，無礙於梁武帝追隨支道林超生至西天竺的極樂世界。

惡報的又如〈桂員外途窮懺悔〉（警 25），桂富五聽信妻子孫大嫂，表面應承照顧他有加的恩人施濟。施濟死後，施家貧困，掘得施濟父親所埋的金銀致富的桂家，竟不搭理來求助的施濟之子施還。桂富五還想買官，但被尤滑稽騙了幾千金，並在夢裡和妻兒皆變成狗，嗅聞、啖食人糞。又聽到廚師傳主人的命令，要從狗裡挑出肥壯的烹煮，將他的長子縛去，哀叫慘烈。桂富五猛然驚醒，才知是夢，醒來痛悟悔改。這裡有眉批說明：「夢中已受過花報矣。」（警 25，頁 187）桂富五已在夢裡接受報應，他化為犬，嗅食人糞，其子又被殺。夢醒後桂富五急忙返家，果然妻子孫氏病重而死，二子桂高、桂喬亦因他故死去，與夢中情境相合。

也有善惡並列比較的，如〈灌園叟晚逢仙女〉（醒 4）。主角秋先極愛花惜花，人稱花痴。但不肖的張委輕賤花木，強行要賞覽秋先園中花，竟酒後折花、鬧事。仙女現身將殘花恢復原貌後，秋先開放花園任人欣賞。張委則教張霸誣告秋先施行妖術，使秋先被捕。仙女開示，教秋先服食之法，另一方面則擊撲，使張委掉在糞窖裡淹死，張霸亦傷重而亡。故事末了，秋先日餌百花，一日與眾仙女及花木升天。眉批論此：「言張委乃花痴，虐花如彼，惜花如此，真正是個花報。」（醒 4，頁 29A～B）此則的前提是以惜花為善、虐花為惡，既然如此，則惜花的秋先有善報，虐花的張委便有惡應。

至於單純講論善報的也有，如〈張廷秀逃生救父〉（醒 20）。員外王憲喜歡工匠張權的兒子廷秀、文秀，認廷秀為子，後又將小女兒玉姐嫁予他。大女兒瑞姐和女婿趙昂皆忌恨，找到趙昂的同窗巡捕楊洪，以強盜同謀罪栽贓張權，使之下獄。廷秀兄弟送銀子，才得以見到父親。同獄有一人种義，見張權父子哭泣，知道實情後，答應會照顧張權。眉批有云：「絕處逢生，是善人之報。」（醒 20，頁 26A）張權一事乃趙昂夫婦使計產生的冤情，張權父子不得不為飛來的橫禍悲鳴，幸好有熱腸仗義的种義路見不平。馮夢龍以為能在險危時刻又逢生機，實乃張權平日行善的好報。

又如〈盧太學詩酒傲公侯〉（醒 29），汪知縣因與孤傲的盧柟一再錯失約期而生誤會，導致起了害人之心，誣賴盧柟因強占金氏不成，而將其夫鈕成打死。汪知縣變本加厲反而節節升官，盧柟倒是坐了十幾年的牢。新知縣陸光祖私訪，知盧柟受冤，欲詔雪其情，思索後先開釋了盧柟，再捉到逃走的盧柟僕人盧才，始審出鈕成與盧才爭鬥的實情。眉批評論陸光祖之舉說：「陸公子孫繁衍，迨甲第如雲，皆明德之報也。」（醒 29，頁 38B）馮夢龍認為明代嘉靖年間實有其人的陸光祖，〔註 25〕能子孫繁衍且至宅第眾多，都是因為他為盧柟申冤的回報。

「三言」小說及評點皆運用民間常見的報應說，除了易使讀者接納，避免了人生的消極性，在報應觀念的驅策下，較有動機地為善去惡外，還點出「力行善事」，才是人對於不可知的、掌握一切的天，所能做的最好的回應。

三、命之理微

「三言」的評點認同於「天」的權威性，至於一般人的命運會如何進展，則主張無法透徹了解。因此，「三言」故事裡雖然多處談及星法、相法，評點的馮夢龍主要還是認為算命、星術等未必準確，不可全盤相信，或以為不足以道盡命運之理。

小說之例，如〈蔣興哥重會珍珠衫〉（喻 1）。三巧兒託問賣卦的瞎先生，出外經商的丈夫蔣興哥之下落，瞎先生說：「青龍治世財爻發動，若是妻問夫，行人在半途，金帛千箱有，風波一點無。青龍屬木，木旺於春，立春前後，已動身了。月盡月初，必然回家，更兼十分財采。」（喻 1，頁 33）眉批批評：「算命起課的誤人不淺。」（喻 1，頁 33）因為正文裡又說：「大凡人不做指望，到也不在心上；一做指望，便痴心妄想，時刻難過。三巧兒只為信了賣卦先生之語，一心只想丈夫回來，從此時常走向前樓，在簾內東張西望。……也是合當有事，遇著這個俊俏後生。」（喻 1，頁 34）由於信了算命的話，以致寂寞的三巧兒被陳大郎勾搭上，後來更和夫婿蔣興哥離異。馮夢龍直接點名小說中算命、占卜起課的人，批判他們誤人不少。

同樣因算命而誤人的觀點，還可參看〈鬧陰司司馬貌斷獄〉（喻 31）。術士許復算出韓信有七十二之壽，韓信聽信其言，故不聽蒯通謀反的建議，因而後來反被呂后將一軍。司馬重湘到陰間代理閻王斷案，審理許復，許復答

〔註 25〕陸光祖為明嘉靖二十六年（1547）進士，識人，能獨排眾議，且度量大。見（清）張廷玉等撰：《明史列傳》（四），卷 224，收於周駿富輯：《明代傳記叢刊・綜錄類 10》（台北：明文書局，1991 年 1 月），頁 5891～5893。陸光祖助盧柟亦有其事，見（清）錢謙益著：《列朝詩集小傳》下冊，頁 426。

辯是因為韓信殺機太深，有虧損陰隲，以致於減短壽命成三十二歲。但司馬重湘仍判許復投胎為龐統，幫劉備取西川，注定三十二歲死於落鳳坡下，與韓信同壽，以此為算命不準的報應。司馬重湘且說，從今以後算命的人，假使再胡言哄騙人，便像許復一樣折壽，必然會警醒。有條眉批評此，說：「算命的仔細□！」（喻 31，頁 381）算命術士之言，信者恆信，會影響該人行為舉事的判斷。所以一旦有誤，便有可能誤其一生。馮夢龍評點時再次提醒讀者，一來警告算命者不可胡說，二來也是明白告訴讀者，不要全然相信算命先生的話。

又如〈陳可常端陽仙化〉（警 7），郡王要作壁詩的陳可常解詩，詩意為：同是五月五日午時生，陳可常卻得受窮困之苦，無齊國孟嘗君、晉國大將王鎮惡的命。眉批論此：「命之理微，多有八字同而貧富貴賤不同者，相法亦然。」（警 7，頁 247）因為命運的道理精妙幽深，不易解得，同樣的八字或面相，卻會有不同的命運。所以推論來說，算八字也好，看面相也罷，往往都是作不得準的。

再如〈陳多壽生死夫妻〉（醒 9），陳青嗜好下棋，其子陳多壽有禮數，觀棋的王三老便作媒，婚約棋友朱世遠的女兒朱多福。但陳多壽十五歲開始生癩病無法痊癒，陳青夫妻自願退婚，多福卻願意生死為陳家人，堅持數年，甚至懸樑明志。多壽最終得以娶進多福，但畢竟病了近十年，便去找靈先生算命。靈先生先是說準了多壽的前二十三歲，又預言二十四到三十三歲的運勢會更差，是夭折之命。此處有則眉批評論：「是說從來星家，半準不準，未可盡言。」（醒 9，頁 21A）「未可盡言」，是說算命的說法半準半不準，難以充分說明其命運。但這則故事正文末了則說：「從來命之理微，常人豈能參透？言禍言福，未可盡信也。」（醒 9，頁 25A）「未可盡信」則指算命的話未可全然相信。不論是不可盡言或不可盡信，總之馮夢龍主張命運是無法拿捏得準的。

總結來看，馮夢龍在「三言」評點中，認為一切命定，天是最高意志，天命不可違，但天命難測，命運難說，星家、算命之言未可盡信，所以在教化的推廣上他還採用報應說，藉此警惕讀者「諸惡莫作，眾善奉行」。

第二節　藉宗教輔教

《醒世恆言‧序》說：「崇儒之代，不廢二教，亦謂導愚適俗，或有藉焉。

以二教為儒之輔可也。」〔註 26〕《警世通言・序》說：「余閱之（警世通言），大抵如僧家因果說法度世之語，譬如村醪市脯，所濟者眾。」〔註 27〕〈莊子休鼓盆成大道〉（警 2）的入話則有段文字說：「儒、釋、道，三教雖殊，總抹不得孝弟二字。」（警 2，頁 61）端詳這些言論，可知馮夢龍雖是儒教中人，也吸收了佛、道二教的導愚、勸善觀點。他在《三教偶拈》的序言裡也談到：「余於三教概未有得，然終不敢有所去取。其間於釋教，吾取其慈悲；於道教，吾取其清淨；於儒教，吾取其平實。所謂得其意皆可以治世，此也。」〔註 28〕依馮夢龍之言，他對儒釋道三教各有體會，各有所取，認為佛教的慈悲心、道教的清淨心、儒教的平實心，三者皆可運用於治世。

其實漢魏兩晉南北朝以來，雖然有融合，有排斥，但因佛道二教皆在社會上有一定影響力，所以逐漸和儒家形成三教合一的態勢。到了明代的社會，三教融合的情況更加明顯。〔註 29〕「三言」中〈呂洞賓飛劍斬黃龍〉（醒 22）也藉道教真人呂洞賓之口說：「儒釋道三教，從來總一家。」（醒 22，頁 8A）

佛教在東漢時傳入中原，道教也在同時代產生，所不同者，佛教為外傳再經改革，道教則是中國自產的宗教。佛教在明代的發展，可用任宜敏《中國佛教史——明代》的一段話總結：

> 明代佛教，一言以蔽之，曰律弛教隳，全面下衰。……就外因而言，最重要者，當屬專制政府之嚴厲統制。……縱觀明代佛門，辭親割愛，迹履空門之士中，有真出離心者已遠不及唐宋時期。……明代相當一部分出家人，因地首不正，見地自然不明，略無真實為生死之心，往往出得家來，門風大體，全然未諳，便以剃頭受菩薩戒，謂之「直受」。繼以錫杖衣鉢為持律，以消文貼句為演教。率借佛法以助世情。隨波逐浪若干年後，雖然既未洞明作犯止持、開遮方便，亦未精研偏圓權實、體宗力用，卻自稱「律師」、「法師」，虛消信施禮拜供養，誑彼生盲。至於口稱「參禪」之士，往往一無聞見，卻不依善知識，不近叢林，邋等僭越，遽去閉關；不二三年，雖腳跟

〔註 26〕（明）馮夢龍編，李田意編校：《醒世恆言・序》，頁 3B。

〔註 27〕（明）馮夢龍編，李田意編校：《警世通言・序》，頁 11～12。

〔註 28〕（明）馮夢龍：《三教偶拈》，收於魏同賢主編：《馮夢龍全集》（上海：上海古籍出版社，1993 年 6 月），頁 8～9。

〔註 29〕卿希泰：《續・中國道教思想史綱》（成都：四川人民出版社，1999 年 8 月），頁 538～544。

> 未穩、正眼未明，卻妄自尊稱「臨濟（或曹洞）第幾十幾代」，誑謔後人，遞相聾瞽。因此，一生言辭縝密、行履超絕、修為卓異的蘊空常忠禪師，痛心疾首地感慨道：「打破大明國，尋不出幾人能真參實究！」〔註 30〕

依此說，明代佛教雖然影響民間亦深遠，但在君主以佛教為控制社會工具的前提下，真正能了悟、真參實究的出家人寥寥無幾。大體而言，明代佛教的發展是律教廢弛的下沉。

至於道教，卿希泰的《續・中國道教思想史綱》談到明代君主多崇道，尤其明世宗是明代皇帝裡最突出的，在他大力扶植下，使明代道教發展達到高峰。〔註 31〕其崇道大略表現在幾個方面：一是寵信道徒方士，授以高官厚祿。二是廣建齋醮，大搞禱祀扶乩活動。三是營建各種齋宮神壇，不惜勞民傷財。四是酷愛道教青詞（道士祭祀天地神明的祝詞，用朱筆寫在青籐紙上），工者立被超擢。五是迷信方術仙藥，終因以此喪生。六是為自己及其父母冊封道號，是其崇道行為的集中表現。〔註 32〕君主提倡，自然臣子、百姓受其影響，任繼愈《中國道教史》對此分析：政治方面，明代帝王多服道士丹藥而崩，影響了政權的穩固；而奸佞小人藉方術得寵，使明代政治更形黑暗。經濟方面，建寺廟道觀、行齋醮皆大量奢糜，消耗國庫，連軍餉也成問題。社會方面，因皇帝與大臣一味崇道，不顧可憐的百姓，致使不得溫飽的黔首，只能轉向神明祈求，於是民間信仰更為暢旺。〔註 33〕

「三言」一百二十篇故事中，明顯以佛、道為主題的不少，共有二十四篇，佔了「三言」的五分之一。以佛教而言，計有〈月明和尚度柳翠〉（喻 29）、〈明悟禪師趕五戒〉（喻 30）、〈鬧陰司司馬貌斷獄〉（喻 31）、〈梁武帝累修歸極樂〉（喻 37）、〈陳可常端陽仙化〉（警 7）、〈赫大卿遺恨鴛鴦縧〉（醒 15）、〈張淑兒巧智脫楊生〉（醒 21）、〈汪大尹火焚寶蓮寺〉（醒 39）等八篇。以道教來說，則有〈張道陵七試趙昇〉（喻 13）、〈陳希夷四辭朝命〉（喻 14）、〈張古老種瓜娶文女〉（喻 33）、〈李謫仙醉草嚇蠻書〉（警 9）、〈假神仙大鬧華光廟〉（警 27）、〈皂角林大王假形〉（警 36）、〈福祿壽三星度世〉（警 39）、〈旌

〔註 30〕任宜敏：《中國佛教史——明代》（北京：人民出版社，2009 年 4 月），頁 72～83。

〔註 31〕卿希泰：《續・中國道教思想史綱》，頁 465。

〔註 32〕卿希泰：《續・中國道教思想史綱》，頁 465～485。

〔註 33〕任繼愈編：《中國道教史》（台北：桂冠圖書，1998 年 3 月），頁 669～679。

陽宮鐵樹鎮妖〉（警 40）、〈灌園叟晚逢仙女〉（醒 4）、〈獨孤生歸途鬧夢〉（醒 25）、〈杜子春三入長安〉（醒 37）、〈李道人獨步雲門〉（醒 38）、〈馬當神風送滕王閣〉（醒 40），共十三篇。佛、道兼具的，有〈佛印師四調琴娘〉（醒 12）、〈呂洞賓飛劍斬黃龍〉（醒 22）、〈薛錄事魚服證仙〉（醒 26）三篇。此外，也有些故事的發展、敘述，與佛或道脫離不了關係，像是〈新橋市韓五賣春情〉（喻 3）、〈史弘肇龍虎君臣會〉（喻 15）、〈楊謙之客舫遇俠僧〉（喻 19）、〈一窟鬼癩道人除怪〉（警 14）、〈白娘子永鎮雷峰塔〉（警 28）、簡帖僧巧騙皇甫妻（喻 35）、〈任孝子烈性為神〉（喻 38）、〈勘皮靴單證二郎神〉（醒 13）、〈鄭節使立功神臂弓〉（醒 31）、〈黃秀才徼靈玉馬墜〉（醒 32）等皆是。

佛道思想頗融入於「三言」故事中，有佛、道色彩的評點也很多，以下分別就佛教和道教說明。

一、佛教輔教

（一）以佛法說論

前文已述「報應說」，以下再強調「三言」評點運用佛教輪迴、因緣等觀念評論、說明。

如〈明悟禪師趕五戒〉（喻 30），五戒禪師清早就遠遠聽到小孩啼哭聲，便叫他的心腹清一去查看。有則眉批說：「哭聲遠入，亦是俗緣註定。鳩摩羅什聞眉上二小兒啼，亦是緣到。」（喻 30，頁 314）鳩摩羅什之事見《楞嚴經宗通》：

> 忽聞肩上二小兒啼。什曰：「此欲障也。」言於秦王。賜宮女四人。一交而產二子，欲障遂息。其徒因是不守戒律。什乃撮針而吞之曰：能如我吞針者，乃可行欲，於是一眾悚然奉教。〔註 34〕

馮夢龍的《情史》第十五卷〈情芽類〉，亦有記載類似說法：

> 鳩摩羅什，天竺僧，姚興迎之入關，待以國師。忽一日，自請於秦王曰：「有二小兒登肩，慾障，須婦人。」與進宮女，一交而生二子。諸僧欲效之，什聚針盈缽，舉匕不異常食，曰：「若能效我，乃可畜室。」
>
> 一說，興常謂什曰：「大師聰明超悟，天下莫二。若一旦厭世，何可

〔註 34〕（明）曾鳳儀：《楞嚴經宗通》，引自中華佛典電子協會之電子佛典：http://www.cbeta.org/result/normal/X16/0318_006.htm，2012 年 4 月 1 日。

令法種無嗣？」遂以妓女十人，逼令受之。自是別立廨舍，不住僧房。〔註 35〕

馮夢龍解釋，天竺高僧鳩摩羅什聽聞肩上有二小兒啼，故與女性交之舉是緣份已到。再以此為喻，說明五戒禪師遠遠聽到小孩啼哭聲，亦是因緣註定。此說是藉鳩摩羅什之典故，進一步印證、強化因緣說。

後來五戒禪師犯了色戒，姦淫紅蓮，明悟禪師以蓮花詩警醒他。五戒頓悟，洗浴後作了八句的辭世頌，云：「吾年四十七，萬法本歸一；只為念頭差，今朝去得急。傳與悟和尚，何勞苦相逼？幻身如雷電，依舊蒼天碧。」（喻 30，頁 324）眉批評論：「若有憾焉，所以來世種謗佛之根。」（喻 30，頁 324）這則眉批利用了佛教前後世、因緣等觀念來解釋情節。五戒的辭世頌裡，嘆一時亂了念頭而猶有遺憾，馮夢龍因而斷定，此時五戒已種下轉世為蘇軾後謗佛的因由。

五戒寫罷辭世頌便坐化，明悟得知後，認定五戒後世會滅佛謗僧，不得皈依佛道，可痛也可惜。於是又說：「你道你走得快，我趕你不著不信！」（喻 30，頁 325）明悟立刻洗浴、坐化了。眉批說：「去來自由，此佛法所以不可及也。」（喻 30，頁 325）由於知世間無常而無執，故能隨時涅槃，是相當自由灑脫的。這說法同於〈月明和尚度柳翠〉（喻 29），妓女柳翠經月明和尚三喝後，訪得玉通禪師的辭世頌，心中豁然明白，知道自己前生就是玉通。因而洗浴，留下二偈後坐化了。眉批說：「來得去得，恁地脫灑。」（喻 29，頁 297）便是同樣意思。

故事接著說，五戒托生為蘇軾，明悟托生為謝瑞卿，兩人為同窗，卻終日爭論做官或學佛。後來蘇軾連累謝瑞卿落髮為僧，心上過意不去，只能接受已被宋仁宗欽定法名佛印的他談經說法，聽多遍後也覺得佛經講述有理。再加上佛印要蘇軾朔望日去相國寺禮佛奉齋，且隨他吃素，遂把「毀僧謗佛」的蘇學士變成「護法敬僧」的蘇東坡。眉批再說：「機緣甚妙。」（喻 30，頁 332）由反佛而信佛，蘇軾的觀點改變，來自於佛印的說論，而謗佛的蘇軾之所以聽得進佛印的說法，正是因為機緣巧妙的安排。

其他「三言」評點例證，還可見〈宋小官團圓破氈笠〉（警 22）。宋敦和好友劉有才，同往陳州娘娘廟求子嗣。在途中宋敦湊錢收殮死去的老和尚，

〔註 35〕（明）馮夢龍：《情史》，收於魏同賢主編：《馮夢龍全集》（上海：上海古籍出版社，1993 年 6 月），頁 1286。

其妻不加嗔怪，後來生下老和尚投胎的男孩宋金。宋敦夫妻死後，宋金無處可去，幸好會寫會算，輾轉遇到劉有才收留。宋金戴了劉有才女兒宜春縫補的破氈笠，因辛勤而眾人誇獎，劉有才便將宜春嫁與他。其後宋金重病一年多，劉有才夫妻鄙嫌，偷偷將他拋棄到一個荒僻地方。幸好有一老僧收留宋金，並贈與金剛經。原來宋金是陳州娘娘廟前老和尚轉世，因前生專誦金剛經，故一遍便能熟誦，是前因不斷。眉批進一步解釋：「此老亦必前生法相，然觀金身羅漢投胎，則宋金轉世已非此僧矣。」（警 22，頁 860）馮夢龍由劇情點出老僧和宋金之間，有著前後世的關聯，亦是從佛家輪迴說來談的。

宋金後來走到前山的土地廟，發現八箱寶物，回到岸邊求援，向岸邊一大船上之人假稱是來自陝西的錢金。眉批又道：「前生原從陝西來，今生暗合，亦是夙因。」（警 22，頁 862）受宋敦收殮的老和尚從陝西而來，此時宋金又脫口而出自己是陝西人，評點再次強調乃是前後世的因緣關係。

故事末了，宋金因變賣八箱寶物而得數萬金，與堅不改嫁的宜春藉破氈笠為信重逢，且同誦讀金剛經至老，享有長壽。眉批又注：「《金剛經》結束亦好。」（警 22，頁 883）《金剛經》除了強調無執於法相，〔註 36〕還講究持誦的功德。〔註 37〕此故事就在《金剛經》貫串下，完成由前後世因緣組成的情節。

再如〈桂員外途窮懺悔〉（警 25），故事裡施濟因科第未中，便散財結客，濟貧助人，想以豪俠成名於世。但施濟年過四十未得子，父死守孝三年後，妻子嚴氏勸他娶妾。施濟卻誦讀《白衣觀音經》，且刊印成書布施，許願生子當天要捐三百金修建觀音殿，一年後果然生下兒子施還。施濟欲還願，帶了三百金往水月觀音殿燒香，忽然聽聞池邊有人嗚咽，認出是幼時相識的桂富五。施濟問明原因，才知桂富五投資失利，被逼賣田產及一妻二子，欲投水自盡。施濟感傷，表示願意將修殿錢三百金全數轉贈，助桂富五脫困團圓。

〔註 36〕如「凡所有相，皆是虛妄。若見諸相非相，則見如來」、「如來所說法，皆不可取，不可說，非法，非非法」、「若以色見我，以音聲求我，是人行邪道，不能見如來」、「一切有為法，如夢幻泡影，如露亦如電，應作如是觀」，分見（明）朱棣：《金剛經集注》（濟南：齊魯書社，2010 年 4 月），頁 39、50、179、201。

〔註 37〕如「若有善男子善女人，能于此經受持讀誦，即為如來以佛智慧，悉知是人，悉見是人，皆得成就無量無邊功德」、「若復有人，聞此經典，信心不逆，其福勝彼，何況書寫、受持、讀誦、為人解說」，分見（明）朱棣：《金剛經集注》，頁 114、116。

眉批評價:「見在功德,勝如修殿。」(頁 144)施濟以實際作為,取代捐錢修觀音佛殿,才是實在的行善。佛教勸人為善,非只徒行善的虛名,像是捐錢修建佛殿了事,更重要的是有實際的行善作為。

又,比起唐傳奇〈薛偉〉,〔註 38〕〈薛錄事魚服證仙〉(醒 26)的末尾還多了薛偉隨李八百升天成仙一事,明顯雜入道教思想。但總體而言,薛偉化魚乃是受佛家輪迴說影響。小說中薛偉昏死,在聽了河伯的詔書後變化為鯉魚。但因詔書上有「可權充東潭赤鯉」之句(醒 26,頁 9B),雖然他能遊於三江五湖,每天仍舊得回到東潭休息。眉批說:「□□不得,□凡有生之類,有□必有□,所以佛法為高。」(醒 26,頁 9B～10A)可惜此則眉批已模糊難辨,末句講明佛法為高,則前言疑是其因。

就在薛偉後悔不該化為鯉魚時,王士良刀剁鯉魚(薛偉),同一時間,躺在靈床上的薛偉坐起身來。薛偉說他就是那一條被殺的鯉魚,若不是被王士良一刀殺了,他的夢幾乎不會醒來。眉批又作註解:「可見萬形皆假,一性為真。」(醒 26,頁 23A)「萬形皆假,一性為真」為佛教的「空」義。萬法有相,所以「非無」,但萬法無體、無有自性,所以是「非有」。「非無非有」即是「空」。「空」不是「有」或「無」,而是運用雙遣法,破除一切執著的「非有非無」。〔註 39〕對佛教而言,「緣起性空」,萬物皆是假相,性為空,此性才是真實的。

和佛教有關的又如〈黃秀才徼靈玉馬墜〉(醒 32)。黃損與韓玉娥有意婚約,江上分別後卻幾經波折,玉娥之船翻覆後落水,被老鴇薛媼救起,收為養女;黃損則是在胡僧開示且以錢相助下,求得功名。為官的黃損上疏陳列呂用之亂政而名動朝野,呂用之卻仍私下訪求美女為樂,聽聞玉娥之美,便派人搶奪到府。正當呂用之欲強暴玉娥之際,突然有一匹白馬奔出,胡亂撲咬,呂用之只得逃竄。呂用之知是妖孽,差人訪求高人解厄。隔天有名胡僧出現,聲明府裡有妖氣,特別前來禳解。眉批:「天下有情,無如佛子。」(醒 32,頁 19A)胡僧非是為呂用之解厄,而是幫助韓玉娥。呂用之聽信胡僧之言,認為玉娥是玉馬之精,必須贈人,使人代受其禍。呂用之因心恨黃損,便將玉娥贈他。黃損和韓玉娥得以重逢,結為夫妻,都是胡僧之助。俗人以佛

〔註 38〕汪辟疆編:《唐人傳奇小說》(台北:文史哲出版社,1993 年 10 月),頁 225～227。

〔註 39〕陳沛然:《佛家哲理通析》(台北:東大圖書,1999 年 2 月),頁 19～27。

門子弟六根清淨，便謂其無情，但正是因其有情，才會度化眾生。馮夢龍評定佛門子弟為天下最有情的，實有其理。

以上諸則眉批，引佛家有關之說法評論，大體是因緣、輪迴、緣起性空等說，都能適宜地配合小說劇情。但在明代，如任宜敏所言，佛教有律教廢弛的現象，「三言」裡也穿插一些譴責式的評點。

（二）對佛門批評

佛教雖導人向善，但馮夢龍非盲目尊佛，對於佛教中的弊病，一樣在「三言」評點中不客氣地指出，此亦是為了提升道德教化，而使人引以為戒。

如〈楊思溫燕山逢故人〉（喻 24）裡韓思厚表示將終身不再娶，願遷韓夫人骨灰回鄉，已成鬼魂的韓夫人認為韓思厚花心慣了，必定會喜新厭舊。韓思厚發毒誓，韓夫人才答應。韓思厚將骨灰安葬畢，一面命舊僕周義守墳，一面在友人慫恿下訪女道士劉金壇以做功德。韓思厚一見劉金壇即意亂情迷，竟偷偷到劉金壇房裡閒看。只見窗明几淨，書桌上有文房四寶，有張紙上題詞〈浣溪沙〉：「標緻清高不染塵，星冠雲氅紫霞裙，門掩斜陽無一事，撫瑤琴。虛館幽花偏惹恨，小閒月最消魂。此際得教還俗去，謝天尊。」（喻 24，頁 138～139）眉批評議劉金壇：「頗似陳妙常，想尼僧都則如此。」（喻 24，頁 138）陳妙常是南宋高宗時的尼姑，多才多藝，因幼時體弱而削髮出家，後受潘必正引誘，空門偷情，與他成就一段姻緣。〔註 40〕小說中劉金壇雖是女道士，但馮夢龍仍總括佛道，批評尼姑之流皆多才多思凡，非真心求道。與此相映的是〈閒雲菴阮三償冤債〉（喻 4）有則眉批：「不要先做出必正、妙常的事來。」（喻 4，頁 233）可見馮夢龍擔心、不以為然的，仍舊是佛門偷情、犯了色戒之事。

相似的說法還有〈明悟禪師趕五戒〉（喻 30）。清一是五戒禪師的心腹，在山門外撿到一名女嬰，五戒禪師命名為紅蓮，且要清一養她長大。清一視紅蓮如親生女兒般養護，卻讓她作男子打扮，頭髮前端齊眉後端齊項，似一個小頭陀。眉批論此：「女子如行者和尚、假尼姑，佛門中第一弊也。」（喻 30，頁 317）馮夢龍批評行者和尚和假尼姑都非真心修行，容易引起犯戒之事，是佛門裡首要的弊端。

〔註 40〕《玉簪記》即演此事。見（明）高濂撰：《重校玉簪記》，收於續修四庫全書編纂委員會編：《續修四庫全書》（上海：上海古籍出版社，1995 年 3 月），頁 1～34。

談和尚貪財的，如〈張淑兒巧智脫楊生〉(醒 21)。楊元禮夥同同年的六人去參加會試，途中在寶華蓮寺遊玩。寺裡和尚有意謀取錢財，哄這些考生留宿。楊元禮雖然疑心，卻被其他人勸留，且隨從們看見寺裡的熱茶熱水也懶得趕路。眉批評論說：「和尚們熱茶熱水不是容易喫的。」(醒 21，頁 6A)在〈汪大尹火焚寶蓮寺〉(醒 39)的正文也有類似說法，並做了解釋：「大凡僧家的東西，賽過呂太后的筵宴，不是輕易喫得的！卻是為何？那和尚們，名雖出家，利心比俗人更狠，這幾甌清茶，幾碟果品，便是釣魚的香餌。」(醒 39，頁 5A)一方面譴責和尚重利過甚，一方面也道出那些和尚們如何誘引人上勾。〈張淑兒巧智脫楊生〉(醒 21)的正文又說原來這寺裡的和尚極會享用，雞鵝之類的都養在家裡，因此可以不費工夫，捉來便殺便食。眉批再論：「好個出家人，只此一節，便非佳東道矣。」(醒 21，頁 6A)出家人應慈悲為懷，此節卻道出為私欲而謀財害命，由平日愛享受食欲一事，即可知非好的東道主人。

這些和尚尼姑叢生的弊端，似乎馮夢龍聽聞頗多，如〈一文錢小隙造奇冤〉(醒 34)亦有說及。在得勝頭迴裡，鍾離先生教呂洞賓度世之術，呂洞賓修煉成後發誓要度化眾生，遂自稱為回道人，遊歷天下。在長沙時，拿磁罐乞錢，且大聲宣告若有人能施捨錢財至磁罐滿溢，將授與該人長生不死之方。人皆不信，爭相投錢，磁罐卻始終不滿。忽然有個僧人推了一車的錢，以為必然可以裝滿罐子。呂洞賓問僧人是否願意連說三聲「肯」，僧人連叫三聲後，車子一下子便被吸入罐裡。僧人疑心是妖術，想和其他人將道人執送官府。呂洞賓說罐子貪財，他願去討，遂也跳入罐裡消失。僧人生氣，將罐子擲碎，但始終無人無車無錢出現。只有一幅字，說是：「尋真要識真，見真渾未悟。一笑再相逢，驅車東平路。」(醒 34，頁 3B)須臾字跡漸失，紙也消失了，眾人才知是神仙。僧人想著紙上所言，到了東平路去尋，道人已與車子及錢財在那等候。呂洞賓嘆出家人尚且惜錢，何況世上人，哪有人不愛錢。有眉批論呂洞賓之嘆：「出家人惜錢，比在家人更倍。」(醒 34，頁 4A)依舊批評出家人愛錢，且愛得誇張，比起平常人更加倍。

佛教有情，度化眾生，但在明代有不少弊端，馮夢龍並不隱晦，反以此警醒讀者。明代僧尼多是被批判、戲謔的角色，且常與「淫」、「貪」有關。孫遜認為，唐代小說中的情僧形象，到了宋人小說，多異化為淫僧，且原本情僧內心的緊張衝突也在性遊戲中化解。明代則沿襲淫僧形象，並且有進一步發展，其因是受宋人小說影響，以及當時社會風氣所致。時人喜談論、誇張淫僧形象，實也藉以享受瓦解僧尼神聖性的快樂。〔註41〕總而言之，「三言」的故事多有佛教色彩，評點亦然，除了以輪迴、因緣等說論，還批判了和尚重利好色的一面。

二、道教輔教

道教強調貴生，貴生其實是逆生，反對俗世的欲望追求，故而有強烈的道德要求，進一步要人為善去惡，如此才能長生，甚至因而羽化登仙。〔註42〕

〈張道陵七試趙昇〉（喻13）入話有言：

> 從來混沌剖判，便立下了三教。太上老君立了道教，釋迦祖師立了佛教，孔夫子立了儒教。儒教中出聖賢，佛教中出佛菩薩，道教中出神仙。那三教中，儒教忒平常，佛教忒清苦，只有道教學成長生不死，變化無端，最為瀟落。（喻13，頁501）

馮夢龍以太上老君為道教始祖，且說道教中有「神仙」、「長生」、「變身」等概念，是三教中最逍遙、最不受拘束的。〔註43〕既然馮夢龍認為道教源自於道家，〔註44〕則「三言」裡言及道教便有引述老莊之說。例如〈莊子休鼓盆成大道〉（警2），正文裡莊子告訴其師老子，他常作夢為蝴蝶，老子點破他的前生，他才如夢初醒，對世情得失不掛心。老子知他大悟，於是把道德經五千字的祕訣傾囊相授。莊子誦讀修煉，於是能夠分身、隱形、出神、變化。眉批說：「分身隱形，出神變化，都在《道德經》中，人自參不透耳。」（警2，頁65）老子《道德經》有宇宙人生高妙的哲理，但馮夢龍還進一步指涉其中蘊含有道教「分身隱形，出神變化」的外用技術。這種技術合於神仙的形象，亦

〔註41〕孫遜：《中國古代小說與宗教》（上海：復旦大學出版社，2003年4月），頁168～174。

〔註42〕道教的基本宗旨是「延年益壽，羽化登仙」，見詹石窗：《道教十五講》（北京：北京大學出版社，2006年11月），頁11。

〔註43〕〈旌陽宮鐵樹鎮妖〉（警40）後來又被馮夢龍全文編入《三教偶拈》中，是馮夢龍修改自明萬曆年間鄧志謨的《新鍥晋代許旌陽擒蛟鐵樹記》，其入話也認同老子修煉成仙後，成為道教始祖。見〈旌陽宮鐵樹鎮妖〉（警40），頁739～741，以及（明）馮夢龍：《三教偶拈》，頁381～383。

〔註44〕源於道家說，是常見的道教來源說法。任繼愈以為早期道教的來源有五，一是古代宗教和民間巫術，二是戰國至秦漢的神仙傳說與方士方術，三是先秦老莊哲學和秦漢道家學說，四是儒學與陰陽五行思想，五是古代醫學與體育衛生知識。見任繼愈編：《中國道教史》，頁10～18。

即馮夢龍認為參透老子《道德經》就是參透成仙之道。而《道德經》是生命的修煉書，強調守柔不爭、謙讓無私，不求過多欲望，以有餘奉天下，崇尚自然無為，凡此皆是應世之道。可見「三言」小說及評點皆藉道家、道教之說為助，利用凡人求仙的渴望，教人如何處世。

以下從「度化」和「得道」兩方面，談論道教在「三言」評點中發揮的功效。

（一）神明幫助以度化

「三言」的道教故事中，馮夢龍不以神仙為迷信，評點裡也經常出現藉神明啟示凡人，或協助解厄，或度化使之得道之例。

如〈張道陵七試趙昇〉（喻 13），張道陵入蜀後，用符水治病，或廣收弟子，且分條立定規則：

> 所居門前有水池，凡有疾病者，皆疏記生身以來所為不善之事，不許隱瞞，真人自書懺文，投池水中。與神明共盟約，不得再犯，若復犯，身當即死。設誓畢，方以符水飲之。病癒後，出米五斗為謝。弟子輩分路行法，所得米絹數目，悉開報於神明，一毫不敢私用。由是，百姓有小疾病，便以為神明譴責，自來首過；病癒後，皆羞慚改行，不敢為非。（喻 13，頁 505～506）

對此有眉批：「此道果大行天下，何必不太平？」（喻 13，頁 506）道教治病，以神權為威壓，信者皆因此行善布施。馮夢龍認為將此法推行到天下，天下必然會太平安定。雖然神明未現身，但也是藉助神明的力量，度化眾生。

還有像〈玉堂春落難逢夫〉（警 24），有段情節說王三官因錢財盪盡，被老鴇施計騙離玉堂春，路上又遭搶劫，以致討飯度日。後來王三官走進關王廟，跪於神前傾訴老鴇負心，恰好遇到賣瓜子的金哥。原來金哥曾受三官照顧，便答應幫忙查看玉堂春的消息。此處有眉批說：「關聖有靈，遣金哥來也。」（警 24，頁 59）此則雖與度化無關，但講明了關聖帝君有靈驗。馮夢龍大可忽視此一情節上的恰巧，但他將金哥協助王三官一事，順勢解釋為關聖帝君之助。筆者以為，此舉在無形中，等同於對讀者置入性行銷，展明了神仙的權威，藉以暗示讀者：平日多行善，必有福報、神助。

神仙自然不是凡人能及。〈旌陽宮鐵樹鎮妖〉（警 40）裡的真君許遜，當他年方十歲，從師讀書，一目能十行，作文寫字，不教自會，世俗裡沒有人有能耐當他的老師。於是許遜棄書不讀，愛慕修養學仙之法。眉批認為：「天上無懵懂仙人。」（警 40，頁 760）可見成仙須有一定聰慧的資質。之後許遜被推舉為孝廉，晉武帝命他為蜀郡的旌陽縣令。許遜未到任前，蜀中發生饑荒，人民困窮，無法繳稅。許遜到任後，以靈丹點瓦石成金，暗自叫人將金子埋在縣衙的後方園圃。有一天召集未繳稅的貧民，罰他們到縣衙後方園圃開鑿池塘做工，說挖鑿若有所獲，則繳為稅款。果然貧民都挖到黃金以繳稅，免於流役，甚至鄰郡百姓聽聞消息，也都搬來依附。眉批對此有感嘆：「今日愈思仙吏矣。」（警 40，頁 781）馮夢龍應是對世俗官吏多有不滿，於是興懷，嚮往神仙般的官吏來治理百姓。一方面是怨懟官員施政不佳，一方面也是透露神仙有智有能，令人欣羨。後來許遜得二仙賜與天書，即將升天，告訴弟子、親眷、耆老們說：「欲達神仙之路，在先行其善而後立其功。」（警 40，頁 893）眉批評此句為：「名言。」（警 40，頁 893）馮夢龍以此為善言，無非是再次藉由凡人思仙的念頭，勸諫讀者行善立功。

又如〈呂洞賓飛劍斬黃龍〉（醒 22），應是源於《指月錄》的呂祖謁黃龍一事。〔註 45〕此故事明顯有佛道融合色彩，說呂洞賓辭別師父鍾離先生，要去雲遊以度三千人。鍾離傳「降魔太阿神光寶劍」與呂洞賓，說只要講出欲殺之人的住址和姓名，念完咒語，劍會化為青龍，斬首銜頭回來。眉批說：「借此劍斬人間無義漢，大快。」（醒 22，頁 3A）在這則小說中，呂洞賓並未以此劍斬首任何一人得逞，評點卻說該寶劍能揮斬無義之人，令評者大快稱心。合宜推論，馮夢龍希冀「人間無義漢」能由道教寶劍斬除。其原因，應是現實中的道德瑕疵人物，官員與法度無法妥善處理，所以若藉一位可以主

〔註 45〕《指月錄》：「呂巖真人，字洞賓，京川人也。唐末三舉不第，偶於長安酒肆，遇鍾離權，授以延命術，自爾人莫之究。嘗遊廬山歸宗，書鐘樓壁曰：『一日清閒自在身，六神和合報平安。丹田有寶休尋道，對境無心莫問禪。』未幾，道經黃龍山。睹紫雲成蓋，疑有異人，乃入謁。值龍擊鼓陞堂。龍見，意必呂公也，欲誘而進，厲聲曰：『座旁有竊法者。』呂毅然出問：『一粒粟中藏世界，半升鐺內煮山川。且道此意如何？』龍指曰：『這守屍鬼。』呂曰：『爭奈囊有長生不死藥。』龍曰：『饒經八萬劫，終是落空亡。』呂薄訝，飛劍脅之，劍不能入，遂再拜求指歸。龍詰曰：『半升鐺內煮山川即不問，如何是一粒粟中藏世界。』呂於言下頓契。作偈曰：『棄卻瓢囊摵碎琴，如今不戀汞中金。自從一見黃龍後。始覺從前錯用心。』龍囑令加護。」見（明）瞿汝稷編集：《水月齋指月錄》（台北：老古文化，1985 年 6 月），下冊，卷 22，頁 1034～1035。

持公道的道教神仙，持能發揮功效的器物來度化，或許順此才可圓了馮夢龍教化人心的理想。

而故事中，呂洞賓未揮劍，但仍先後度化殷氏和王太尉。兩人雖然皆未立即意識到神仙降臨，但一明白骯髒道人是呂洞賓所化身，殷氏便受其影響，十二年後坐化；王太尉則是散財後到武當山出家，採藥再遇呂洞賓而得度化成仙。眉批說：「據此，則呂祖已度二人矣。」（醒22，頁7B）那時呂洞賓不曉得殷、王二人其後之事，當下還自認為未能度化。馮夢龍則代為解釋，明言呂洞賓已度化百姓二人了。

〈杜子春三入長安〉（醒37）這故事則說杜子春愛花錢，由原先萬貫家財淪落到挨餓的地步，在一名老人先後多次重金資助下，他才確實改過，且做了許多善事。後來杜子春到華山訪見老人，老人以多重幻境考驗他，杜子春雖未能通過，但起了修煉之心。三年後杜子春再訪，原來老人是太上老君。在受了太上老君三丸神丹後，杜子春賣掉祖居，並向人募化黃金，用以鑄造太上老君神像。眉批論說：「子春面見老君，已得丹訣矣。向人募化，特化作木鐸□人耳。」（醒37，頁31B）唐傳奇《續玄怪錄·杜子春》中贈金老人是道士，〔註46〕馮夢龍則把道士改成太上老君。其用意，應當是進一步強化神明的力量，讓神明度化杜子春，杜子春再去度化、警醒世人。

人世太多煩厄，光憑人為似乎無力扭轉乾坤，因此小說家透過神明助佑，予人生存的活力，予人精神提升的動力。劇情插入神明度化，正可為看似不可解的環境，提供了令人夢想成真的解答。

（二）絕斷俗情以得道

神明自然可幫助度化，而凡人如何自持修煉？

〈灌園叟晚逢仙女〉（醒4）的故事末段，仙女開示秋先應該要篤志修行。秋先問仙女修行的方法，仙女回答：「修仙的門路很多，但須認清本源。你因惜花有功，今日合當藉花成道。只要餌食百花，便能身輕飛舉。」於是仙女教他服食的方法。果然故事末了，秋先每日餌食百花，漸漸習慣之後，謝絕了塵世煙火。他將賣果實得來的錢，全部施捨出去。沒過幾年，白髮變黑髮，面容顏色變得像童子一般。仙女又現身說：「你的功行圓滿了，我已奏聞上帝，上帝有旨封你為護花使者，專門管理人間百花，令你全家升道成仙。如果有愛花惜花

〔註46〕汪辟疆編：《唐人傳奇小說》，頁230～233。

的，賜福與他，有殘花毀花的，降災與他。」依這些小說片段，大體可知，要想得道，除了神仙度化，自身則脫不了「修行」、「行善」，以及「絕斷紅塵俗情」。

〈金令史美婢酬秀童〉（警 15）的得勝頭迴說得很明白。有個道士張皮雀能畫符遣將，判斷禍福，但他偏好吃狗肉。當他吃狗肉吃得快活時，別人送錢來給他，他也不算帳。眉批藉機說：「凡人又要喫，又要錢，所以不成仙。」（警 15，頁 546）張皮雀雖愛狗肉，但極為輕利，相形之下，凡人亟求名利等各種欲望，自然無法與之相比。故事末了張皮雀得道，回歸仙班，映襯之意更是明顯。

〈杜子春三入長安〉（醒 37）中杜子春修道，受太上老君三神丹，家返後，給也一心修道且布施家產的妻子韋氏服下。其後杜子春城南祖居捨作太上老君神廟，且募款黃金十萬兩要鑄金身神像。親戚不看好，還說韋氏居然不勸阻，也是薄福之人，遂不理二人。眉批道：「韋氏絕無俗情，所以並能得道。」（醒 37，頁 31A）這裡馮夢龍再次強調絕斷世俗名利欲望的重要，肯定能捨才有得的韋氏。

〈李道人獨步雲門〉（醒 38）裡李清一心要尋訪神仙，七十壽誕時執意要用麻繩盛籃，繫上銅鈴，坐於其中，入雲門山頂的洞穴。交代若有搖繩或聽見鈴聲，好將他再拉上。李清說萬一有緣可以和遇著神仙相遇，也會回來報給眾人知曉。眉批對此有意見：「病痛在回報一句，世情未斷。」（醒 38，頁 4A）修道之人本應無心無礙，才能真正逍遙，馮夢龍指出李清因思回報，未能真正斬斷世情的羈絆。後來李清到了仙境，由仙殿的北窗看到家鄉青州城，宅院已殘破，嘆子孫不成器，因而起了歸心。眉批再說：「□多礙道。」（醒 38，頁 12B）顯然是指歸心阻礙修煉。李清向仙長哀求說竹籃繩索已被家裡人絞上，何況回程要再爬一次三十多里的穴道，他已年老，很難爬回。眉批大膽預測：「若竹籃繩索還在，歸計決矣。」（醒 38，頁 13A）李清的決心不夠穩固，還眷戀著世俗之情，所以馮夢龍先一步表明，如果條件許可，李清必然返家。如此塵緣未了，修道中斷是可預期的。果然有位仙長大怒，遣送李清離開。李清雖收了仙書，食用仙物，再受仙長偈語，但又到紅塵一遭，數十年後才得以真正得道升天。

人世多災，故夢想成仙，解脫煩憂，相信是再自然不過的期望。若說等待神明度化是被動消極，那人也可以斷絕俗情地自主修煉，朝向仙境之路邁進。「三言」評點點明此道，且強調道德為上，正好給予有心人無窮的希望。

馮夢龍引佛道二教之說為助，強調道德教化，與明代三教合一的潮流是一致的。此外，他還以評點批評佛僧有貪淫的狀況，而以之為世人之戒。趙益的〈明代擬話本小說中的道教角色及其意義〉則認為「三言」中道教角色相反，並未有道德上的褒貶問題，而絕大多數是協助情節發展的敘事功能性人物。〔註 47〕筆者分析相關眉批，觀察出馮夢龍藉道教神明幫助度化人心，和警醒世人絕斷俗情方能得道的用心。不論佛道思想如何安插入「三言」故事，評點多為讀者們指出其輔以儒道的重要性，和與教化、修養自身的關聯。

第三節　揿官場弊端

「三言」有不少批評政治的眉批，將批判矛頭直指掌握權勢的官場人物。那些大官擁有了權勢，顧及的是自己的利益與升遷，將理應愛護百姓的心意棄擲一旁，於是受冤的、遭害的、無奈的、苦痛的人民日益增多；另一方面，有能力的真才被權力壓抑，即使參加科舉考試，也因選才法滲入了私人、金錢的糾葛考量而不公正，無由伸展抱負。

然而，馮夢龍雖明白指向腐敗的統治階層，但暴露官場之非的同時，某些地方卻又仍維護封建君主制的存在。筆者認為，馮夢龍內心期待的，應是有聖明的君主出現，光明政治，改革社會，解決民生疾苦。

以下藉由「三言」評點文字揭諸的黑暗面，點明官場之弊端。

一、貪財營私

人心不足蛇吞象。人的欲望是無限的，如果沒有克制，很容易被外物誘導，任憑心裡的貪求擴張。官場人物獲得了比起一般大眾更多的資源與享受，馮夢龍不能諒解的，是這些資源並未考量、施行到愛護百姓的需求上。

如〈陳御史巧勘金釵鈿〉（喻 2）裡，魯廉憲一生為官清廉，死後家境貧困，致使親家顧僉事見女婿魯學曾太窮後，竟有悔親之意。顧僉事夫人有意暗助魯學曾，遂吩咐園公老歐去請魯學曾到後門相會。園公到魯家，只見魯家窮困，正文形容：「盡說宦家門戶倒，誰憐清吏子孫貧？」（喻 2，頁 124）眉批評此：「世情可恨，所以貪吏不止。」（喻 2，頁 124）正因為世情嫌貧愛

〔註 47〕趙益：〈明代擬話本小說中的道教角色及其意義〉，《江西師範大學學報》第 43 卷第 2 期（南昌：江西師範大學，2010 年 4 月）。

富，馮夢龍進一步嘆恨貪官因而層出不窮。世情是貪吏形成的背景因素，貪吏也是世情之所以一再腐衰的主因。兩者是互為因果的。

〈汪大尹火焚寶蓮寺〉（醒 39）點出了官吏貪賂之害。故事說寶蓮寺有個「子孫堂」極靈驗，求子得子，求女得女，但原來是以佛顯為首的和尚們強姦前來求嗣的女子所致。新任大尹汪旦調查後揭弊，押眾僧入獄。佛顯與其他和尚商議，賄賂禁卒，得以回寺拿取銀兩，並偷藏刀械，準備越獄。眉批批道：「邇來越獄者比比皆因獄卒貪賂寬縱所使，官府雖嚴懲不能悛也。若使得盜即審，假即釋放，真即敲殺，既無柙虎之虞，又免株連之弊，豈非第一善政乎？」（醒 39，頁 17A～B）此處可見馮夢龍對犯人極容易越獄成功的深度不滿。一邊指出解決之道，認為應該立即審案；一邊也澄明越獄成功的直接因素乃是獄卒貪收賄賂所致。若獄卒能貪得好處，即使嚴懲也無法杜絕，那麼現實中因貪而受賄，因賄而寬縱，因寬縱則越獄，因越獄則可能犯罪再生，其連串引發的後果是不堪設想的。

無法有效管理、約束官員，是統治階層責無旁貸的。可是在〈汪信之一死救全家〉（喻 39）中，江淮宣撫使皇甫倜為人寬厚，召集豪傑驍勇者組成「忠義軍」，卻遭宰相湯思退忌其威名，要將此缺轉替給自己的門生劉光祖。於是，湯思退私下叫心腹的御史彈劾皇甫倜，朝廷將皇甫倜革職後，果然以劉光祖替代。就連宰相亦因私、由私達成目的，上行下效，整個官僚系統如何清明有序地為民做事呢？眉批評述湯思退之舉說：「不重國計，而重私恩，大臣之弊，今古一律。」（喻 39，頁 695）這是馮夢龍深深又無可奈何之嘆。於是在這套組織下，一旦遇到狀況，必定得用錢打通關節。此故事的主角汪信之受冤而逃，其兄汪孚便為他用錢斡旋，眉批評：「凡營幹必要用錢，此風自宋已然矣，無錢者將奈何？」（喻 39，頁 749）有錢尚能由「官貪民賄」解決，多數清苦的百姓大概只能徒呼負負了。

官位既被權臣把持，人才如何晉身？〈沈小霞相會出師表〉（喻 40）裡，嚴世蕃因與沈鍊結怨，託路楷報仇，答應路楷，若他與楊順可以除卻沈鍊這個心腹大患，則會酬以爵位，保證絕不失信。眉批痛批：「視官爵如私物，郎院惟其吩咐，朝廷不復有人矣。」（喻 40，頁 776）朝政的敗壞可想而知，真正的人才苦無出路、無上進機會，形成政治、社會的一大問題。

官員掌權握勢，本意在維護、協助人民生活，假使將權勢運作他用，以求己私己利，則賢才無出路，意見被坑殺，國計民生更可能動搖。苦的終究還是無由生存的蒼生。

二、不識人才

自隋唐以來，文人想晉身多由科舉一途，然而科舉選拔仍有其受制於主考官的弊端。因此多少有識之士無途中舉，徒然十年寒窗；多少無恥之徒經賄而得官，為害尤甚。「三言」多則故事對此批判，評點亦附議認同。

如李白在〈李謫仙醉草嚇蠻書〉（警 9）中發牢騷：「目今朝政紊亂，公道全無，請託者登高第，納賄者獲科名；非此二者，雖有孔孟之賢、晁董之才，無由自達。白所以流連詩酒，免受盲試官之氣耳。」（警 9，頁 305～306）眉批說：「此風久矣，可嘆可嘆。」（警 9，頁 305）享有盛名的李白尚有此嘆，則千百年來的有志才子，悵恨隱沒的，當是數不勝數了。

再如〈蘇知縣羅衫再合〉（警 11）的得勝頭迴，言及李宏三科不第，遠遊訪友，途中在秋江亭見一曲〈西江月〉，論酒色財氣的短處。李宏跟著和了一闋，為酒色財氣解釋。後在似夢非夢中，有四位美女，拜謝李宏之詞替她們釋冤。四女即酒色財氣之精，喜李宏之褒奬，爭求陪伴李宏，各作〈西江月〉，談己之無過。白衣女子為財精，作：「收盡三才權柄，榮華富貴從生，縱教好善聖賢心，空手難施德行。有我人皆欽敬，無我到處相輕，休因閒氣鬥和爭，問我須知有命。」（警 11，頁 375）李宏贊同說：「我如果有錢財，要取科第是易如反掌啊！」眉批評述：「從來有此，可嘆可嘆。」（警 11，頁 375）馮夢龍的再次感嘆，是針對世局金錢觀的偏差，但更重要的，相信是因科第操弄於人手，取試之道非由正途，非憑真才實學，居然得付出不合理的金錢代價而發。

〈三孝廉讓產立高名〉（醒 2）的本事說道漢朝取士的方法，與編者馮夢龍所處的明代不同。漢代不以科目來取士，只憑州郡的選舉。雖然有博學宏詞科、賢良方正科，但仍最看重孝廉。孝廉指孝悌廉潔，進一步便指望能忠君愛民。可是在明代，若舉孝廉不曉得會有多少鑽刺之徒，結果必然是富貴子弟才有希望獲得，清寒者仍然無由。眉批批道：「若選舉之法守之無弊，何患不得真才。」（醒 2，頁 5A）反面來說，其實就是感嘆選舉之法有弊，朝廷無法獲得真正的人才。

所以馮夢龍的此類不滿頗多，看似抱怨不完了。〈李謫仙醉草嚇蠻書〉（警 9）中唐玄宗因朝廷無人識番書，無法發落番使，擔憂番邦恥笑、欺侮、來侵犯。李白獲知消息後說，可惜他未能及第為官，無法與天子分憂解勞。評者再次以眉批抒懷：「□第中埋沒了多少忠義有用之才。」（警9，頁310）眉批的文字部分不清，但從正文推論，應是指馮夢龍指陳「科第」不公，埋沒了有心效力的人才。

就連〈金玉奴棒打薄情郎〉（喻27）裡金玉奴勸丈夫莫稽刻苦讀書，不僅不惜買來古今書籍，花錢請人會文講論，也出銀兩教莫稽結交延譽。眉批論此為：「第一要著。」（喻27，頁218）此後莫稽才能、學識日進，名譽日漸升起，可見得花錢結識名貴是必要的手段，否則才子難見天日。

固然人才無由上達，其實朝廷也無能明辨真正的人才，甚至不願識拔。例如在〈汪信之一死救全家〉（喻39）中，汪革一日與哥哥汪孚爭論後負氣離家，後來賣炭冶鐵致富，獨霸一方，卻遭到來投靠的程彪、程虎兄弟誣陷謀叛之罪，未能解釋清楚下只能逃亡。在天荒湖，汪革利用破船上幾面大鼓和鼓上縛著羊，加上木屑和草根，使追擊的軍隊因聽聞鼓聲、看見煙火而誤判情勢，終能逃離成功。眉批評論：「汪革儘知兵，儘去得，若朝廷能用之，必大得其力。惜哉，惜哉。」（喻39，頁734）馮夢龍惋惜，是因為像汪革這樣的軍事人才，只會被朝廷漠視為草芥，根本不會受到重用。朝廷不識人才、不用人才，當然不只在軍事方面，各領域的專才未獲用者又何其多？

再如〈晏平仲二桃殺士〉（喻25），講述齊國三大漢，其一田開疆打虎救齊景公，其二顧冶子為景公斬蛟龍，其三公孫接愛軍中救出景公，因三人有如此功勞，遂在朝廷橫行霸道，讓齊景公芒刺在背。晏子出使楚國，以口舌令楚國屈服，且勸楚王親往齊國和親，免於兩國交戰。楚王顧忌齊國三士無仁義而不願，晏子便力保楚王之安全且三士俱死。晏子回朝後，見三士而行禮，但三士並不回顧，傲慢氣盛，旁若無人。眉批道：「三士恃勇忌才，宜其速死。」（喻25，頁160）有勇卻忌才，三士令馮夢龍深恨而希冀「速死」。這則眉批明白透露評點者的深怨——馮夢龍本身懷才不遇，有才卻遭壓抑。

就人而言，大官權貴不能為國舉才，相對來說也是一種對國家的損耗。就制度而言，科舉或薦舉是長期選才的方法，但行之久遠，百弊跟著叢生，真的人才反倒無途出天。這些都是馮夢龍深深批判的。

三、愚昧無恥

因貪因私而不拔擢真才是弊，官員本身愚昧、無恥，也不斷造成了朝野民間的災難。

〈沈小官一鳥害七命〉（喻26）中的張公貪畫眉鳥有利可圖，砍了鳥主人沈秀的頭，而將畫眉賣給客店裡遇到的李吉。官府調查無頭屍，一位貧老的黃老狗，要兒子大保和小保割了他的頭去領賞錢，因泡水的頭顱膨脹已辨認不出而結案。沈秀的父親沈昱一日在御用的禽鳥房聽見兒子的畫眉鳥叫聲，才輾轉促使官府捉拿李吉到案。李吉說不出是向誰買的，勘官認為畫眉即可當作證據，刑求之下，李吉被迫招供而遭斬首。眉批道：「官府只取見成，是大弊政。」（喻26，頁188）先不說沈秀頭顱的真假，畢竟已難辨認，但官府只看現成的證據，憑畫眉就論定李吉是殺人兇手，未具體詳細探查，致使李吉冤死，實是官府愚昧。

〈皂角林大王假形〉（警36）的趙再理任滿回開封，家裡卻已有皂角林大王假扮的趙再理。真的趙再理表示途中睡驛站，醒來人從和行李都不見了，開封府大尹卻仍問趙再理他的官員委任文狀在哪。眉批說：「行李人從都不見了，卻問他告箚文憑，豈不可笑？往時長洲地方異稱河內，有無頭死屍，縣令某問屍有傷否，事頗類此。」（警36，頁625～626）官員未能根據趙再理的陳述判斷是非，反而問起不合情理的問題，連馮夢龍也直覺可笑。他並舉了無頭死屍的例子，認為官員不辨實情，再愚昧不過了。

此外，「無恥」的評點也有，如〈金玉奴棒打薄情郎〉（喻27），莫稽是團頭（乞丐頭子）金老大的女婿，及第後竟以做團頭婿為恥，忍耐見了金老大，還懷抱著一肚子怒氣。眉批頗不以為然地說：「官婿做團頭可恥，團頭婿做官，何恥之有？」（喻27，頁218～219）官員女婿當上乞丐頭子為可恥，那依理反推，乞丐女婿為官也是無恥的。馮夢龍當然不否定乞丐女婿可以當官，眉批的說法，只不過是在反諷莫稽的心態卑劣。

又如〈陳御史巧勘金釵鈿〉（喻2）。得勝頭迴說賣油為生的金孝，某日拾得三十兩銀子。母親教訓應該歸還給失主，果然有人來尋。失主怕金孝要賞金，竟胡說掉了四、五十兩，誣賴金孝貪了。金孝氣忿，要揮打失主，失主卻把金孝一把頭髮抓起，像抓小雞一樣，把他摔倒在地，且握拳要打。眉批便說：「沒天理無恥小人，可惡可殺。」（喻2，頁117）失主未能感激拾者，未能獎賞也就罷了，反倒誣陷拾者。如此泯滅天良，極為可恥，難怪馮夢龍要罵到咬牙切齒了。

愚昧使是非顛倒，無恥使天理淪喪。官員如此作為，在在污損世局，成為道德沉淪、人民難以安定維生的主兇，故而三言評點罵得兇。

四、審案不公

正由於官府的無能，在司法審判這方面，不知衍生多少冤獄和笑話。如〈俞仲舉題詩遇上皇〉（警 6），宋高宗成為太上皇後出遊，在冷泉寺閒坐觀泉，有一帶髮修行者獻茶，高宗見他不像行者模樣而問其身世，行者答姓名為李直，原任太守，得罪監司後被誣為貪贓之罪，廢為庶人，因貧困無以生活，寺內住持是其母舅，因而依他覓粥食而活。眉批評論說：「罷官後遂至依僧糊口，其廉可知，監司誣以贓罪，豈不誠冤？」（警 6，頁 228）照常理而言，貪贓之人定有藏匿之錢財，但李直廢為庶人後竟無以為繼，推源可見贓罪非事實，馮夢龍認定李直之案應屬冤情。不過宋高宗回宮後，要孝宗恢復李直原官，宰相推辭，認為李直贓污狼籍，孝宗強調高宗發怒、怨言退位後為李直講人情居然不作准，令高宗再見李直時有愧，於是孝宗強行命令下，李直才得以復官。筆者以為，從這方面來說，宰相認定李直有罪因而再三推辭孝宗之諭，必然是掌握充分的證據，或者相反的，同樣糊塗遭監司矇騙。可惜評點者並未再針對宰相立場解釋，否則此眉批的論據應可更充足。

在〈陳可常端陽仙化〉（警 7）這則故事中，秀才陳可常於靈隱寺出家，其壁上題詩受到郡王的賞識，有意抬舉之下，常讓他到郡王府裡作詩詞。某日府裡唱詞的新荷懷了身孕，供說她與可常有姦情。郡王生氣，差人捉拿、審判可常。可常遇刑求而招，但寺裡的長老懷疑，認為可常有德行，加上平日山門不出，只看佛經，就算到郡王府邸，也天色未晚即回寺，未曾留宿，不可能有姦事。眉批批評：「官府不細察理，不知枉了多少人。」（警 7，頁 255）由於欣賞和尚陳可常，所以可常假使於私德有損，郡王生氣是有道理的；只不過若是沒有詳加審察，光聽信新荷之言，刑求可常，再多的冤枉事也會發生。馮夢龍由此例聯及社會，抱怨官府於司法不察之害，枉及眾多無辜。

再如〈計押番金鰻產禍〉（警 20），這一則頗有曲情。慶奴與店裡的員工周三有染而懷孕，不得不招贅周三。周三與慶奴思量搬出去住，故在家偷懶，慶奴的父親計安便常和周三吵架，最後鬧場官司，迫使周三離家。慶奴無奈，再嫁給戚青，夫妻因常吵架而離婚，戚青三不五時醉罵計安一家。慶奴再被安排去服侍高郵軍的主簿李子由。李子由因妻嫉之故，將慶奴藏身，差心腹張彬照料。慶奴又與張彬有染，被七歲的李子由之子佛郎知情，慶奴勒死佛郎後與張彬逃亡。另一頭，計安起床巡邏店裡時被欲偷東西的周三所殺，周三也殺了計安的妻子。天亮後鄰人報案，都指稱常來醉罵的戚青應是兇手。

因指證歷歷，戚青辯說不得，被誤認為殺人犯而遭判處死刑。眉批有評：「公堂冤枉如此不少，仔細看。」（警 20，頁 764）馮夢龍再次譴責司法不公、不細察，冤事頻生。「仔細看」是要讀者細看事件本末，另一方面，也提醒小說情節由此峰回路轉。戚青事實上不是兇手，讀者普遍看得明白，但戚青何以會被認定是兇手？「時常醉罵，誇口要殺計安一家」便是起禍之由，令人不得不看清，不可不慎。

〈十五貫戲言成巧禍〉（醒 33）也有針對冤獄的評論。故事裡劉貴改行做生意，卻越做越窮，丈人出資十五貫錢助他開店。劉貴酒後回家，對妾陳二娘開玩笑，說把她賣了十五貫錢。陳二娘信以為真，隨即回娘家欲稟明父母。不料半夜有一人偷走了十五貫錢，驚醒劉貴，劉貴遭竊賊拿斧砍死。陳二娘回娘家途中遇一年輕人崔寧，崔寧因順路同行。發現劉貴死訊的鄰居追至，要陳二娘與崔寧一同到案說明。劉貴的妻子認為陳二娘殺夫劫錢，加上崔寧身上恰好帶有十五貫錢，因此被眾人認定同謀殺人。眉批解釋：「後生冤案。」（醒 33，頁 13B）小說裡說後生崔寧只是與陳二娘恰巧同行，雖然有可能是崔寧因色而起同行之提議，但畢竟未描述崔寧與陳二娘有姦，的確是冤枉崔寧了。後來崔寧屈打成招，遭判死刑，小說正文評論官員糊塗，以刑求了事，又說：「所以做官的，切不可率意斷獄。」（醒 33，頁 17A）眉批評此：「好話，聽之有益。」（醒 33，頁 17A）可以看出馮夢龍對「率意斷獄」的強烈不滿。

以上幾則眉批，透露了馮夢龍對官府的失望，或許是他對相類似案件時有耳聞之故。小說裡因劇情需要，有冤獄發生不希奇，但觀眉批之言，在現實社會中，於評點者周遭，糊塗判案之事應也不是少數特例。

第四節　批世風墮落

〈張道陵七試趙昇〉（喻 13）這則故事裡張道陵「七試趙昇」：一是辱罵不去，二是美色不動心，三是見金不取，四是見虎不懼，五是償絹不吝，被誣不辨，六是存心濟物，七為捨命從師。（喻 13，頁 530～531）小說正文對此有一大段模仿說書人語氣的話：

> 且說如今世俗之人，驕心傲氣，見在的師長說話略重了些，兀自氣憤憤地，況肯為求師上，受人辱罵？著甚要緊加添四十餘日露宿之苦？只這一件，誰人肯做？至於色之一字，人都在這裡頭生，在這

> 裡頭死，哪個不著迷的？列位看官們，假如你在閒居獨宿之際，偶遇個婦人，不消一分半分顏色，管請你失魂落意，求之不得；況且十分美貌，顛倒挧身就你，你卻不動心，古人中除卻柳下惠只怕沒有第二個人了。又如今人為著幾貫錢鈔上，兄弟分顏，朋友破口；在路上拾得一文錢，卻也叫聲吉利，眉花眼笑，眼看這一窖黃金無主之物，哪個不起貪心？這件又不是難得的。今人見一隻惡犬走來，心頭也諕一跳；況三個大蟲，全不怖畏，便是呂純陽祖師捨身餧虎，也只好是這般了。再說買絹這一節，你看如今做買做賣的，討得一分便宜，兀自歡喜；平日閒冤枉他一言半字，便要賭神罰咒，哪個肯重疊還價？隨他天大冤枉加來，付之不理，脫去衣裳，絕無吝色，不是眼孔十二分大，怎容得人如此？又如父母生了惡疾，子孫在床前服侍，若不是足色孝順的，口中雖不說，心下未免憎嫌；何況路旁乞食之人，那解衣推食，又算做小事了？（喻 13，頁 531～533）

眉批則評價：「一派閒敘得好，說盡世情醜態。」（喻 13，頁 532）世風日下，人心不古，「三言」的故事具體而微地把世態人情的黑暗面描繪出來，評點對此多抒為感嘆。但由於社會乃是多層面、多元化的，世態人情洵屬複雜，難以形容得全，以下僅從「人情澆薄」、「勢利虛偽」、「好色誨淫」等三個面向切入，舉其大概，以明評者之意。

一、人情澆薄

一般人處於群居社會，日常生活裡常與他人互動、往來，假使人情濃厚，相互協助，並能站在對方立場考量，情誼必定可以更加親密。可是世俗流風變化不定，隨著政治、經濟、文化變異，而於不同時代有著不同的價值觀。當世態炎涼，人情澆薄，冷漠、疏離、苛刻，便會應運而生，道德感也將應之而下。

〈單符郎全州佳偶〉（喻 17）中邢春娘因離亂被轉賣到娼家，與春娘自小有婚約的單符郎，隨宋高宗至杭州任官，因緣際會下娶回春娘，又受春娘之託，將同為妓女的李英贖身，娶之為妾。長官們聽聞單符郎取娼之事，咸以為有義氣，互相傳說、褒揚，無不特別欽佩尊敬。眉批評論道：「近來世風惡薄，倘有此事，翻作罪案矣。」（喻 17，頁 673）馮夢龍自然是認同單符郎之舉，但感嘆社會觀感現已大不如前；從前會讚揚之事，如今反而會批評、指責其有罪。這是人情上轉為刻薄、不敦厚處。

〈一文錢小隙造奇冤〉(醒 34)裡頭的鍾離先生，以點石成金之法要傳授予呂洞賓，呂洞賓問所變之金之後是否會有變異，鍾離先生回答三千年後會還歸本質。呂洞賓正色不樂，以雖如了一時心願，但誤了三千年後遇到此金之人為由，拒絕學習。因此事，眉批有感嘆：「世人今日不顧明日，誰惜三千年後之人？」(醒 34，頁 1B)呂洞賓會考慮後人受到影響，而現世之人卻只會為自己著想，人情上十分澆薄。

再如〈錢舍人題詩燕子樓〉(警 10)，禮部尚書張建封邀白居易飲酒，白居易口吟一絕贈歌妓關盼盼，自此張建封專寵關盼盼，為她建了燕子樓。張建封死後，盼盼獨居燕子樓，累積成詩三百餘首，編為《燕子樓集》，且寄三首句予白居易。白居易回映三首詩，但信末又有一詩，讓盼盼以為諷刺她在張建封死後居然苟活。盼盼欲墜樓求死以明志，被勸阻後吃素、通佛經，不久亡故。宋代的錢希白登燕子樓，遙想盼盼守節十餘年之心，比得過豪烈的大丈夫，卻受樂天詩諷，心思若緘口不為褒揚，盼盼必有怨於地下，於是揮毫，作古調長篇，書於素屏。

眉批論此：「誰人有此熱腸，我願□有之。」(警 10，頁 356)眉批文字有模糊難辨處，但觀小說劇情，則馮夢龍的遺憾相當明顯，恐怕他的時代，社會上少有樂於助人、積極於事者。

在人情澆薄下，相應的怨嘆便多。上列評點都可以看出馮夢龍哀怨似的無奈，這樣的無奈顯然是由失望而發的。

二、勢利虛偽

人情澆薄或許令人感受無助，至於勢利虛偽，則可能懷藏更多險惡，引發無窮弊端。

〈窮馬周遭賣䭔媼〉(喻 5)的故事說家貧而懷才不遇的馬周，來到新豐城的一間客店要投宿，只見車馬行旅眾多，店小二忙著招呼那些商客，馬周獨自地坐在一邊，並沒有半個人理睬他。眉批便說：「世途勢利，都則如此。」(喻 5，頁 264)若非達官貴人，一般人怎肯主動搭理？依財富多寡，人對應的態度即天差地遠，此是世情勢利之實。

〈小夫人金錢贈年少〉(警 16)有進一步的解釋。正文裡說張勝自從開店接了張員外一路買賣，當時候的人皆稱張勝為小張員外。眉批便嘆：「人無賢愚無貴賤，有錢者居上耳。可嘆可嘆。」(警 16，頁 629)不分智慧、身份的高低，只要有錢，就能攢積攀附於上，人情自然會逢迎、看重。世情如此，勢利眼就跑出來了，當然無錢者會是被看輕的對象。

〈張廷秀逃生救父〉（醒 20）裡趙昂與妻子瑞姐商意謀害張權、張廷秀父子，張權被誣下獄後，廷秀、文秀要告趙昂，途中卻被人綑綁，丟入江裡。過了一年多廷秀兄弟皆未能返家，廷秀的妻子玉姐寧死不肯改嫁，母親徐氏怕玉姐又想不開，加上丈夫不聞問，只得自己花錢派僕人查訪廷秀兄弟下落。有眉批說：「主母遣僕，亦須用賄，末世非錢不行，信哉！」（醒 20，頁 50A）由上述幾例，可見馮夢龍的時代人對於金錢的看重。「有錢能使鬼推磨」，有錢好辦事，但就連主人差遣僕人都要額外花錢，世風之勢利可見一斑。

因勢利，虛偽之情便多，如〈蘇小妹三難新郎〉（醒 11），寫王安石請蘇洵到府敘話，蘇洵厭惡王安石不近人情，某日必為奸臣，曾經作〈辨奸論〉來譏諷他。王安石不滿，懷恨在心，但後來看到蘇洵兩個兒子蘇軾和蘇轍皆中科舉，於是棄怨修好。蘇洵因為王安石官拜宰相的緣故，怕妨礙兒子們的前途，遂也曲意交往。眉批評蘇、王的往來說：「世情如此。」（醒 11，頁 4B）為了眼前的利益考量，蘇、王違背自己心意地與對方交往，無怪乎正文的詩評說：「古人結交在意氣，今人結交為勢利。從來勢利不同心，何如意氣交情深。」（醒 11，頁 4B～5A）政治上人際往來的習俗已變得如此，一般社會的風俗大多也是如出一轍的虛偽。

又如〈李道人獨步雲門〉（醒 38），故事中有段瞎老兒以漁鼓簡說書，開頭和講了半本時，都停下來待賞錢，等錢聚集夠了才要再說。這是說書人的常規，但沒想到眾人聽說書時很開心，等到要出錢，反倒面面相覷，都沒有動作了。眉批評論：「世情大率如此，豈獨聽平話為然。」（醒 38，頁 21B）也就是說，常人能佔多少便宜就佔便宜，但一說到出錢，都等著看，要享受卻又不願奉獻，實是勢利又虛偽。

馮夢龍對世情的失望溢於批語，因而更提升他想以教化觀改善當時風俗的動機。想來讀者是可以感同身受的。

三、好色誨淫

「三言」故事對於「色欲」情節一般不作掩飾，直言明謂者頗多，但總歸於「曲終奏雅」，其說乃是「戒之在色」。因此，小說固然有色情描述，但評點往往批判色、淫的不是，且謂其有害。

如〈新橋市韓五賣春情〉（喻 3）的得勝頭迴，接連舉周幽王、陳靈公、陳後主、隋煬帝、唐明皇為例，說他們因好色而亡身、亡國。眉批評論：「貪色忘身忘國，可畏可懼可慎。」（喻 3，頁 176）色是情欲展現的一種，但貪戀美色到了忘記自己的身份及應盡的責任，殞命亡國的結局便可預期了。評點的警示運用了「可畏」、「可懼」、「可慎」三詞，可見馮夢龍重視的程度。

如〈陳可常端陽仙化〉（警 7），郡王有意抬舉有才的和尚陳可常，帶他回王府，命他作詞，又喚新荷姐，教她唱陳可常所作的詞。新荷姐眉清目秀，唱得餘音繞樑，郡王又教陳可常作一闋歌詠新荷姐的〈菩薩蠻〉。眉批說：「和尚預內席已異，又使咏新荷，如是誨淫也。」（警 7，頁 250）《易經・繫辭上》說：「慢藏誨盜，冶容誨淫。」〔註 48〕後來新荷姐懷孕，供出她與可常有奸情。儘管陳可常是被冤枉的，但起初郡王的作為，無一不是引人犯下姦淫之事，也是一弊。

再如〈金海陵縱欲亡身〉（醒 23），海陵王封阿里虎為昭妃，但他還有意納阿里虎的女兒重節為己有，遂以淫行使重節動心。阿里虎被冷落多日而欲望高漲，不明白為何海陵王不理她，終日焦慮，竟然忘記重節未出宮。眉批提醒：「未老健忘，乃淫心自迷耳。」（醒 23，頁 5B）身為母親，居然忘記有美色的女兒未出宮，而讓海陵王動心、得逞。馮夢龍在這個地方表明了淫心使人迷亂，甚至對身心造成了傷害，可能引發的後果是讓人難以承受的。海陵王殺死絕食的阿里虎後，又聞彌勒之美，派禮部侍郎迪輦阿不去迎接彌勒。迪輦阿不雖怕海陵，但在山歌逗人之下，與彌勒成就好事。動情的彌勒說，她到了海陵王面前自然有道理可以支吾，不用害怕。眉批警告：「色來迷人，人亦自迷，一時身命俱傾，可不慎歟？」（醒 23，頁 10A）果然海陵得知實情，遣彌勒出宮，殺死迪輦阿不。

由上列評點文字可知馮夢龍以色為害，尤其是將危害程度提高到會導致亡身滅國的命運，令人不得不引以為戒。

從上述「人情澆薄」、「勢利虛偽」、「好色誨淫」三個面向來看，簡易地說，社會雖是龐雜，但在評點的馮夢龍眼中，世風是日漸低落的。「三言」評點對此的批判甚多，可無庸置疑。

〔註 48〕（清）阮元校勘：《周易》，《十三經注疏》（台北：藝文印書館，2001 年 12 月），頁 152。

第五節　嘆自我際遇

「三言」評點不僅大方向地標舉出教化的準則，批判了世風炎涼，其間也多處可見馮夢龍對自我遭遇的感慨。

〈李汧公窮邸遇俠客〉（醒 30）有則眉批：「買臣見棄於其妻，季子不禮於其嫂，男子不遇，真可嘆也。」（醒 30，頁 1B）是以西漢朱買臣遭妻子離棄，與戰國時代的蘇秦被嫂子無禮對待為例，感嘆若男子懷才不遇，連親近的家人也瞧不起。而另一則故事〈徐老僕義憤成家〉（醒 35），正文裡蕭穎士雖有才學，但性急暴躁，愛打僕人杜亮。杜亮常被打罰，仍因愛蕭穎士之才學而忠心服侍。可是久打成疾，沒幾年杜亮便亡故了。蕭穎士得知杜亮不聽遠族兄弟杜明要他離開的苦勸，遂悔恨自己使杜亮枉送性命。蕭穎士哭叫：「杜亮！我讀了一世的書，不曾遇著個憐才之人，終身淪落，誰想到你倒是我的知己。又有眼無珠，枉送了你性命，我之罪也！」（醒 35，頁 6A～6B）這裡有眉批評論：「說得痛切，可泣，可嘆。」（醒 35，頁 6B）評點者泣的是杜亮枉死，嘆的是僕人較諸有爵位者，竟才是真愛才學的知己、憐才之人。

千百年來，懷才不遇的有識之士數不勝數。「三言」的評點者透過評點文字，講述自己切身的感受，明言「我」——馮夢龍，之不遇。

一、感慨懷才不遇

馮夢龍的生平不算順遂，尤其功名上始終無法更進一步。崇禎三年（1630），五十七歲的馮夢龍才依例由秀才補為貢生，五十八歲出任丹徒訓導，六十一至六十五歲任福建壽寧知縣。〔註 49〕憑資歷和年齡，他老早可以出貢，但就像他自撰的〈老門生三世報恩〉（警 18）中的主角鮮于同，堅持考試到晚年。也許這種堅持，是源於馮夢龍個性上對自己有才的自信，也或許是因為年年考場失利的刺激，由不遇而發的任性。「三言」評點便透露了馮夢龍對小說人物遇或不遇、有助或無助的反思，聯想到自己的遭遇。

如〈吳保安棄家贖友〉（喻 8），姚州都督楊安居嘆一心要贖回郭仲翔的吳保安為義士，幫助吳保安之妻張氏尋夫，又資助吳保安贖金，後來吳保安終於贖回郭仲翔。郭仲翔任都督府判官，在任三年，陸續購得年輕美女，教其才藝，獻給楊安居，以回報其濟助之德。楊安居笑而推辭：「吾重生高義，故

〔註 49〕高洪鈞編著：《馮夢龍集箋注》，頁 359～404。

樂成其美耳，言及相報，得無以市井見待耶？」（喻 8，頁 348）眉批評價：「楊公人品，不下吳、郭。一時得三異士，奇哉！恨我不遇一人也。」（喻 8，頁 348）馮夢龍認為楊安居重義而助人，其人品不下於吳保安和郭仲翔。一時之間有三名奇異之士，但馮夢龍嘆未能逢見此類人物，恨自己連一人也遇不著。

又如〈裴晉公義還原配〉（喻 9），小說裡唐璧與黃小娥有婚約，但長大後黃小娥遭強行買走、進奉到宰相裴度府裡為歌姬。唐璧苦心追訪，裴度知情後，問明黃小娥心意，並且隱密地吩咐官員準備資裝千貫，又詔令唐璧任官，差人到吏部重新補給唐璧的前任履歷及因遭搶而遺失的新授湖州參軍文憑。所有事項都完備了，才請唐璧到府裡。對此有眉批評述：「為人須為徹，我安得遇此等人也！」（喻 9，頁 382）裴度幫助唐璧重新任官，且讓他與黃小娥得以結親，一幫便幫到底。馮夢龍渴望遇到這種人相助，但看眉批文字所表達的情緒，相信現實是令他無奈的。

另外像〈明悟禪師趕五戒〉（喻 30）的眉批也是明證。故事講述蘇軾在湖州做知府，因詩有譏諷之意，被御史李定、王珪等彈劾，下御史臺獄。友人佛印同時也離開湖州，到東京大相國寺訪查蘇軾下落，知烏臺詩案中蘇軾被問成死罪，到處幫他分辯訴說以求救。眉批便說：「好朋友，難得，難得，使我欲涕泣下拜也。」（喻 30，頁 339）佛印到處為營救落難的好友蘇軾而奔走，令馮夢龍感動欲泣，畢竟好友難得，竟能無畏險阻地幫忙，實是知心、有義。

馮夢龍的嘆怨不少，〈鬧陰司司馬貌斷獄〉（喻 31）也有例證。小說正文裡司馬重湘對閻羅王說：「如今世人有等慳吝的，偏教他財積如山；有等肯做好事的，偏教他手中空乏；有等刻薄害人的，偏教他處富貴之位，得肆其惡；有等忠厚肯扶持人的，偏教他吃虧受辱，不遂其願。作善者常被作惡者欺瞞，有才者反為無才之凌壓。有冤無訴，有屈無伸，皆由你閻君判斷不公之故。」（喻 31，頁 356）馮夢龍有眉批記錄：「我胸中不平，都被他說盡。」（喻 31，頁 356）馮夢龍不平，乃是怨世間不公正，似乎有冤無處訴，有才無人知，好心總沒好報，瓦釜反而雷鳴。

以上諸評點，無不表露馮夢龍知音難覓、懷才不遇之恨，期盼能識貴人，有貴人相助，得以發揮己身長才。由「三言」評點而可知馮夢龍其人其心，應是明代讀者閱讀「三言」故事之餘，心有戚戚焉的最大安慰。

二、渴求君臣遇合

「三言」的諸多評點雖然對官場的批判性頗強，卻多處對主政的君主有所維護。溫孟孚在《三言話本與擬話本研究》中認為「三言」將帝王將相如宋高宗作「降格」處理，因為「降格」，顯其和常人無異的人性，很有親切感，令人發笑，觀眾發笑，便是說話人的成功。他以為宋元時代的說話人講論宋代的皇帝往往會表現出強烈的同情與好感，乃是隱藏了深厚的民族意識和故國情懷。〔註 50〕不僅是宋元人的話本所編寫成的「三言」部分故事，馮夢龍的評點大體也是維護君主的。

例如〈木綿菴鄭虎臣報冤〉（喻 22）裡賈似道欺瞞天子，難道天子宋度宗渾然不曉？一日度宗向賈似道詢問聽聞襄陽久困之事，賈似道竟回奏乃是訛言，且說萬一有事，他會親率大軍，為度宗誅盡胡虜。眉批一方面批評賈似道「大言欺君」（喻 22，頁 48），一方面批說：「度宗未嘗不留心邊務，使得中才為之相，何至誤國？可嘆，可嘆！」（喻 22，頁 48）馮夢龍認為身為皇帝的宋度宗實是有心於國防邊務，若有中等才能的人為宰相必不至此，於是為之喟嘆。可是，這裡馮夢龍畢竟是幫宋度宗講好話了。以事實來說，正因為宋度宗不識人，重用賈似道，任賈似道一人獨斷行事，才誤國至無法挽救的地步。

觀「三言」的評點文字，只要與君主選用人才或有得其知音的情節，便見讚賞，究其原因，實出於馮夢龍本身懷才不遇，希冀有賢明聖主可以賞識、提拔他。蔣玉斌在《明代中晚期小說與士人心態》裡強調明代中晚期士人在小說中表現知音難覓，主要是期盼「君臣遇合」。他舉馮夢龍編〈俞伯牙摔琴謝知音〉（警 1）為例，認為馮夢龍在編小說時，不自覺地將自己視為鍾子期，將俞伯牙當成知己的伯樂，流露出他對「君臣遇合」、渴求用世的念頭。〔註 51〕這樣求用的心態，同樣對照於「三言」，有多則的評點文字顯示了證據。

如〈眾名姬春風弔柳七〉（喻 12）的得勝頭迴，說孟浩然由於唐玄宗突然駕到，而躲於宰相張說的床後。因玄宗已瞧見，張說稟明是襄陽詩人孟浩然。

〔註 50〕溫孟孚：《三言話本與擬話本研究》（北京：中國社會科學出版社，2005 年 6 月），頁 26～28。

〔註 51〕蔣玉斌：《明代中晚期小說與士人心態》（成都：巴蜀書社，2010 年 7 月），頁 168～170。

唐玄宗表示常聽聞孟浩然之名，希望見上一面。眉批立即讚揚唐玄宗：「憐才聖主。」（喻 12，頁 470）相似的還有〈李謫仙醉草嚇蠻書〉（警 9），正文裡提及李白宿醉未醒便被召上殿，唐玄宗吩咐呈上醒酒的酸魚羹，且見羹氣太熱，還親自取牙箸費時地調涼些，眉批便說：「□個愛才之帝。」（警 9，頁 316）之後某日李白又酒醉，眾人抬他上馬入宮。看到李白在馬上醉睡未醒而流口水，唐玄宗竟親自以袖子擦拭。眉批又道：「真知遇。」（警 9，頁 326）上述兩則故事的眉批都是讚美唐玄宗能識才、愛才、憐才。能識得真才，又能拔擢之，尊重之，相信對久久懷才不遇的馮夢龍而言，如此之主便是明君。

再若〈金玉奴棒打薄情郎〉（喻 27），其得勝頭迴講述朱買臣遭妻嫌棄離去的故事。朱買臣到五十歲時，恰遇漢武帝下詔求賢，同邑的嚴助推薦買臣的才能，漢武帝知道朱買臣是會稽人，必然知曉當地的民情利弊，即授予會稽太守之職。眉批評論：「幸有憐才聖主，故讀書人說得嘴響。」（喻 27，頁 208）馮夢龍將朱買臣力主讀書有理、充實才能有發揮處、五十歲必然能發跡，歸因於漢武帝聖明，能憐惜才人。由「幸有」可知「憐才聖主」是英明的，這樣的帝王顯然是馮夢龍心中的賢主。

至於不能依才擇用的君主，馮夢龍也只是慨嘆可惜，並未深責。例如〈拗相公飲恨半山堂〉（警 4）中，王安石熙寧變法失敗，辭職歸返江寧，一路上親耳聽聞百姓咒罵他，甚至呼豬為拗相公，呼雞為王安石。王安石灰心、駭異、淚流，回到半山堂後，不久即嘔血而亡。小說末尾有結詩：「好個聰明介甫翁，高才歷任有清風。可憐覆餗因高位，只合終身翰苑中。」（警 4，頁 162）眉批評說：「用違其才，真是可惜。」（警 4，頁 162）馮夢龍以為王安石清廉有才，但無法勝任宰相重位而敗事，其才只適合於翰林苑中發展，此處暗指身為君主的宋神宗，沒能按才運用，給予適當職位，直是可惜。

馮夢龍「尊賢君聖主」的立場其來有自，除了以儒家思想為其本位，且希冀「君臣遇合」外，同時可能受到稍早的李贄（1527～1602）影響。李贄死時，馮夢龍年方廿九，故其掀起的風浪馮夢龍理應皆有所聞。〔註 52〕龔鵬程在《晚明思潮》認為李贄對於忠君等儒家傳統道德教化是完全肯定的，且內

〔註 52〕關於李贄個性及生平際遇，可參看（明）袁中道的〈李溫陵傳〉，引自（明）李贄：《焚書／續焚書》（北京：中華書局，2010 年 10 月），頁 3～7。及（清）錢謙益著：《列朝詩集小傳》下冊，收於楊家駱主編：《中國文學名著》第三集（台北：世界書局，1961 年 2 月），頁 704～706。

化為自己的道德理想，因而對現實裡的君主及其政權也是全然肯定的態度。〔註 53〕筆者則以為，李贄雖然在《藏書》和《初潭集》中讚美了大量的聖賢君主，〔註 54〕「全然肯定」現實裡的君主則未必，畢竟《藏書》有評價竊位篡弒或僅僅守成而不足稱帝的君主，《初潭集》裡也有暴君、昏君、縱君、譎主、庸君等記錄。〔註 55〕故李贄的尊君，只是尊「賢君聖主」。

明代許自昌的《樗齋漫錄》云：

> 頃閩有李卓吾名贄者，從事竺乾之教，一切綺語，掃而空之，將謂作水滸傳者必墮地獄，當梨舌之報，屏斥不觀久矣。乃憤世疾時，亦好此書，章為之批，句為之點，如須溪、滄溪何歟？豈其悖本教而逞機心，故後掇奇禍歟？李有門人攜至吳中，吳士人袁無涯、馮夢龍等酷嗜李氏之學，奉為蓍蔡，見而愛之，相與校對，再三刪削訛繆，附以余所示襍（雜）志遺事，精書妙刻，費凡不貲，開卷琅然，心目沁爽。其大旨，具李公序中，余屑屑辨駁，亦痴人前說夢云爾。〔註 56〕

既然馮夢龍「酷嗜李氏之學，奉為蓍蔡」，則應認同於李贄「尊賢君聖主」的理念。

再者，看〈陳希夷四辭朝命〉（喻 14）中宋太宗問修養之道，陳摶回答：「天子以天下為一身，假令白日昇天，竟何益於百姓？今君明臣良，興化勤政，功德被乎八荒，榮名流於萬世，修煉之道，無出於此。」（喻 14，頁 557）有眉批評價：「高議！惜秦皇、漢武不聞。」（喻 14，頁 557）所以，儘管馮夢龍未明言，但若再加上前文引述之諸評點，還是可以推論出他的政治理念——受制於大時代，馮夢龍仍以君主為政治社會的最高指導原則，暗暗希望君主是聖明的，能拔擢人才，針對官場中的腐敗與社會的黑暗提出解答。

〔註 53〕龔鵬程：《晚明思潮》（北京：商務印書館，2008 年 6 月），頁 31。

〔註 54〕（明）李贄：《藏書》（台北：台灣學生書局，1986 年 6 月），頁 13～147。《初潭集》雖是將南朝宋劉義慶的《世說新語》和明代焦竑的《焦氏類林》重新編輯，但其分類及評點是李贄自己的思想呈現，其中也有記載聖君、賢君、明君、英君之例，分見（明）李贄：《初潭集》（北京：中華書局，2009 年 8 月），頁 359～364、366～370、377～378、413～414。

〔註 55〕（明）李贄：《藏書》，頁 13～147，及《初潭集》，頁 420、429～430、437～438、446～447、450～452。

〔註 56〕（明）許自昌撰：《樗齋漫錄》，卷 6，收於北京圖書館古籍出版編輯組編：《北京圖書館古籍珍本叢刊》第 65 冊（北京：書目文獻出版社，1988 年 2 月），頁 304。

然而何時才會遇見憐才聖主？〈汪信之一死救全家〉（喻 39）的入話舉了兩例，一是宋高宗吃了南渡後宋五嫂的魚羹賞錢，以致人爭買下，宋五嫂成為巨富；一是過西湖斷橋，宋高宗下船閒步，看一間酒鋪裡的屏風上寫了一闋太學生于國寶的詞，再三讚賞下，欽賜于國寶為翰林待詔。入話將受恩澤與否，歸諸於「命也，時也，運也」（喻 39，頁 691）當然現實中，馮夢龍未能與憐才聖主風雲際會，但在「三言」評點中，他透露的看法是頗為一致的。

如〈俞仲舉題詩遇上皇〉（警 6），宋孝宗看到高宗推薦俞良「敕賜高官，衣錦還鄉」（警 6，頁 238）的旨意，心想若讓俞良到別處為官，恐拂了高宗之意，畢竟數日前才剛為南劍太守李直的事，差點觸怒身為太上皇的高宗。孝宗於是下旨，授俞良為成都府太守。眉批針對此因，批：「亦是機會湊巧。」（警 6，頁 238）馮夢龍以為時機乃偶然，機會乃湊巧，是否遇合，並非人事所能控制。

再如〈窮馬周遭際賣媼〉（喻 5），中郎將常何欣賞王媼，王媼雖然不願嫁常何，但將時運不際的馬周推薦給他。恰好馬周可以幫常何代筆，以奉詔上奏得失。唐太宗問明常何之奏乃代筆後宣見馬周，拜他為監察御史。後來馬周又獻平韃虜策，在太宗面前口誦如流，句句合乎太宗之意，改任為給事中。眉批評價：「時運到時，便句句中聖意。」（喻 5，頁 275）小說開頭，作者已極力形容馬周有才，只是不遇，而這正是多數才子無奈的心聲。評點以「時運到時」為由，安慰讀者，也安慰了馮夢龍自己。

由以上這兩則眉批，可見馮夢龍是將能否「君臣遇合」歸諸於機緣、命運。

第四章　「三言」評點的教化內涵

本章談「三言」評點的教化內涵，從中可以看出馮夢龍心目中的理想社會面貌。

面對社會的墮落、世風的低下，馮夢龍評點「三言」時提倡教化，同時呼籲了不少看法。以下大致從「社會風尚」、「家庭倫理」、「朋友交往」、「英雄豪俠」、「才能發揮」、「情愛欲望」等六大面向，談道德標準應該是如何，在馮夢龍眼中才是和諧的、適宜的。

第一節　社會風尚

一、復古民風

馮夢龍生活於明末，社會亂象叢生，自然容易懷念、追慕古時純樸的民風。既然欣羨，評點時，內心的期待就會流露出來。

如〈三孝廉讓產立高名〉（醒 2）裡有多處評點者的心聲。故事的主角許武，教養弟弟許晏和許普長大。日後分家業，許武似乎重己而分多，鄉里父老以為不公。有幾位剛直的老輩，氣忿之下，竟自離去。有一個心直口快的，想要替兩位弟弟說公道話；又有一位老成的，暗示他不要說。眉批便說：「若在今日，都只奉承紗帽了，誰肯不平開口？漢之風俗，即此可知。」（醒 2，頁 9A～B）評點批評當時的明朝人都只會奉承當官的，但漢時的許武身為御史大夫，鄉里人卻不諂媚，故馮夢龍推崇漢代風俗較為清高。正文裡也有說明，那暗示不要說的人，是有其道理的。他認為外人管不著許武的家事，而且兩位弟弟若肯讓哥哥，自然是好；就算不讓，到時再替二弟主張即可。眉批對此再評：「高見高識。」（醒 2，頁 9A）等到兩位弟弟對分產心服口服，眾人認定許武是假孝廉，反推舉二弟。天子讚許許晏和許普孝悌之名，有眉批說：「古時為善於鄉者，皆得上聞，所以人爭㝎行。」（醒 2，頁 10B）這是馮夢龍的提醒，提醒讀者（其中可能包含了仕宦者），古人為德行善時天子都會聽聞薦舉之聲。〔註 1〕從另一個角度來說，其實這也是暗諷評者所處的明代，缺少「上聞」，因而連帶爭著做善行的人便很少。

後來許晏與許普得許武家書而返家，許武宴請鄉親父老。眾人稱許武為「長文公」，稱許晏、許普為「二哥」、「三哥」。小說正文緊接著解釋，那時風俗敦厚，鄉里依年齡排序，因許武出來做官已久，所以叫「長文公」；兩個弟弟年歲較低，儘管名列九卿，鄉里的老一輩和故交舊友，依然稱「哥」。眉批認為：「明講俱有關風俗。」（醒 2，頁 12B）再次指點漢代風俗的細節。後文境界更高，許武拿出家產紀錄，原來他是想效法「內舉不避親」，但又怕不知者以為許晏、許普是靠兄長才能做官，於是冒了貪多家產之名。眉批再評：「其意甚遠，皆是今人不到處。」（醒 2，頁 13B）之後，許武願將家產全交給兩位弟弟，鄉里幾個剛直的父老，知許武用心，又見許武兄弟三人彼此推讓，遂厲聲說要公正地為許家分定家產。眉批也評：「此等父老，非漢世不多得。」（醒 2，頁 14B）從以上這幾則眉批來看，無一不是強調馮夢龍對漢世純樸民風的讚許，明白表達嚮往之情。

〈俞仲舉題詩遇上皇〉（警 6）的俞良是一貧士，赴臨安應舉，卻榜上無名，只能流落杭州，每日藉酒澆愁，漸漸窮乏。一開始還有幾個認識的肯照料他，後面多惹惱人，被人憎惡嫌棄。眉批說：「初時肯看覷的，也就有一半古道了。」（警 6，頁 214）肯看顧、照料俞良的人，有憐憫心、有友愛之情，雖然未能持續下去，但馮夢龍稱許已符合一半古代淳樸、厚道的風俗。這種古今對比在「三言」評點裡很常見，如其後俞良到處拿文章示人，「長篇見宰相，短卷謁公卿，搪得幾碗酒吃。」（警 6，頁 215）眉批卻感嘆：「且說如今長篇短卷何處搪酒吃？」（警 6，頁 215）可見今不如昔，馮夢龍眼中的古風到底比起明代的風俗純樸、友善。

〔註 1〕漢代有以「察舉」與「徵辟」兩種主要方式的選舉制度，利用選拔推舉來施行教化，獲取人才，造成了兩漢注重名節的風氣。見張造群：《禮治之道——漢代名教研究》（北京：人民出版社，2011 年 7 月），頁 181～189。

〈盧太學詩酒傲公侯〉(醒 29)則是講富豪盧柟得罪汪知縣，一陷冤獄十餘年。新任知縣陸光祖為盧柟翻案，彈劾小人，兩人結為至友。後來陸光祖升官，待已貧困的盧柟為上賓。盧柟整日遊山玩水，一日在李太白祠，接受一位請他同飲酒的道人邀約，欲同遊廬山五老峰。盧柟寫信感謝陸光祖，不攜帶行李，隨赤腳道人離去。有眉批言：「脫灑處不減古人風流。」(醒 29，頁 41A) 瀟灑古人有哪些、是哪個時代，馮夢龍未言明，但以盧柟的灑脫不減古人為評，則表明當時人之心胸、風範、舉止已多比不上古人了。

每個時代的世俗流風不同，但古時的好，藉由史傳或口頭的傳述，無疑容易讓處亂世或黑暗社會裡的後人，興發追慕古風的興趣。何以從前良善的風俗不能於今日重現？這是「三言」評點和讀者們共同的疑問，也是共通的期盼。

二、復圓名教

世俗民風是多面向的，但自古以來仍舊以三綱五常最受重視。因此，「三言」的評點者馮夢龍既然重視儒家名教教化，也往往在「三言」裡注入欲平復三綱五常的念頭。

如〈陳多壽生死夫妻〉(醒 9)。陳青的兒子陳多壽自小與朱世遠的女兒朱多福有婚約，但多壽十五歲時生癩病，久病無法痊癒。陳青與妻商量，自願退婚。多福哭鬧，願生死皆為陳家人，幾年下來皆堅持不嫁他人，甚至欲懸樑自盡。朱世遠夫婦嚇到，決定將多福嫁給多壽。陳青覺得媳婦多福性烈，必定賢節孝順，若有她來貼身看顧多壽，比爹娘在更周全。而且一旦生下後代，就算多壽短命，也不致絕了後。有眉批評此：「又進一層。然則完親有六善焉：全親誼，一也；成婦節，二也；父母安心，三也；舅姑獲助，四也；事夫有人，五也；傳嗣有望，六也。」(醒 9，頁 18B) 馮夢龍贊同陳多壽與朱多福成親，且再補充、講明完親的六大好處。人倫大道名教得以完善，的確是他念茲在茲的。

再如〈杜子春三入長安〉(醒 37)，主角杜子春先後兩次，分別接受老人三萬兩和十萬兩的救濟，卻仍敗光蕩盡。第三次要向老人求助時，杜子春發出豪語要致富，願興建義莊、義塚，且救濟老弱婦孺、流離顛沛者，收埋屍骨暴露者，自認為如此終能復圓名教。眉批評論：「復圓名教，全仗錢財。」(醒 37，頁 18A) 此評點因語句簡略，筆者認為有兩解，一是杜子春全依賴金錢，才能復圓名教；二是社會上的一般人，若想復圓名教，不得不依賴金錢。觀前後文，第一解似乎較符合文意。但考量馮夢龍教化的主張，將評點意涵擴大影響至讀者圈的立場，則馮夢龍應也認同要改善社會風俗，提升品德教化，必須付出一大筆代價。

名教為馮夢龍重視，這也是他念念不忘的，因此才在「三言」裡注入教化觀，希望恢復舊有的道德傳統。尤其三綱五常，是撐起中國倫理的支柱，批語多與此相關。

第二節　家庭倫理

一、存祀為先

中國傳統重視有子有後的觀念，也充斥在「三言」裡。如〈宋小官團圓破氈笠〉（警 22）的正文一開始，即見年過四十的宋敦感嘆無子嗣。〈劉小官雌雄兄弟〉（醒 10）中六十多歲而無子女的劉德，甚至說：「我身沒有子嗣，多因前生不曾修得善果，所以今世罰做無祀之鬼。」（醒 10，頁 4B）無子嗣，居然算是一種因果下的處罰，其求後的心願可想而知。

「三言」的眉批亦站在存祀為先、有後為重的立場，如〈劉小官雌雄兄弟〉（醒 10）。劉德夫婦年已六十多歲，但無子女，某日大風雪，收留經過的窮困老頭方勇和他的兒子。夜裡方勇受寒發燒，隔日劉德夫婦得知，立即拿大被來蓋，辛勤照料。眉批問說：「老夫婦同心為善，何以不嗣？」（醒 10，頁 9B）為善之人理應老天爺會格外照顧，偏偏劉德夫婦沒有子嗣，故馮夢龍不免感到疑惑。這則眉批一來強調有後為大，另一方面也可呼應馮夢龍「善有善報」的報應觀。後來方勇亡故，劉德夫婦收養其子，改名劉方。兩年後又救了遇船難的少年劉奇。劉奇住下，與劉方結為兄弟。半年後劉奇欲歸鄉以葬先人，劉德夫婦不捨而哭，送驢又送銀兩。劉奇也哭，答應服滿喪期即歸來奉侯。眉批評論：「此老夫婦多情之甚，故得二子情報。」（醒 10，頁 18B）施人恩情，必有情報。老天爺回送給他的就是兩個有情的兒子，使之等同於有後。而劉奇回到家鄉卻尋不著因黃河泛濫而四散的親友，遂歸來劉德家，葬先人於旁，拜劉德為父。眉批評道：「懷德承嗣，一門孝義，劉公是有後矣。」（醒 10，頁 20B）馮夢龍除了讚美劉家一門孝義，認為有後為重，還突出有後乃是因為有德的緣故。

又如〈汪信之一死救全家〉（喻 39）。汪革被程彪兄弟誣陷欲謀叛亂，宣撫使劉光祖差人捕捉他。汪革聞報逃走，集結莊裡三百多人，卻因火燒廟後，被怪他燒廟的神人踢下馬，以致多人散走，回到莊上僅剩六十多人。汪革嘆哭，分散眾人和家人逃走。他拿出金珠，將一半交給董三、董四，叫他們散播流言，說汪革是被脅迫，實無謀叛。另一半交付給龔四爪，教他帶汪革三歲的孫子，偷偷往吳郡藏匿。眉批說此：「先為存祀，通。」（喻 39，頁 731）在受冤而難以辯白的危難情境下，汪革選擇力保後代安全。不光為了家人著想，也是表明存祀為先的觀念。

再如〈范鰍兒雙鏡重圓〉（警 12）。范希周娶了福州監稅呂忠翊在亂賊中失散的女兒順哥，但兩人因戰事分離。呂忠翊救回欲自縊的順哥，要她改嫁，卻遭順哥嚴詞拒絕。十年後順哥認出已改名換姓為賀承信的范希周，依鴛鴦寶鏡為憑，夫妻重聚。呂忠翊打通狀到禮部，讓女婿復姓不復名，改名不改姓，叫做范承信。眉批曰：「是大道也。」（警 12，頁 469）范希周明明活在世上，但因為已改名換姓為賀承信，等同於范家已沒有了范希周。因此呂忠翊之舉，其動機實是為了不讓范氏無後。

有子有後才能使家族綿延，千百年來的傳統如此，故「三言」故事多處有相關情節，評點也認同。

二、孝順

有子曰：「孝弟也者，其為仁之本與！」〔註 2〕「孝」既是「仁」的根本，也是具體的表現，便是「三言」道德教化的指標項目。

以〈萬秀娘仇報山亭兒〉（警 37）來說。萬員外的女兒萬秀娘被強盜奪走，另有一賊盜孝義尹宗出手援救。原來尹宗是為了養護八十歲老母親才走上賊途。但在強盜焦吉、苗忠包夾下，尹宗仍然殞命。萬員外懸賞緝拿強盜，賊夥一行皆被縛、處斬，終於救回萬秀娘。故事末了，萬員外要報答孝義尹宗，差人迎他母親到家奉養。眉批說此為：「第一義。」（警 37，頁 678）要報答，自然是回覆恩情，然尹宗已死，故唯一能出具體貢獻的，便是代他奉養母親。馮夢龍視「孝」為第一義，其意至明。

〈陳御史巧勘金釵鈿〉（喻 2）的得勝頭迴說金孝拾得三十兩銀子的始末。母親以貧富由命、積德天祐的觀點教訓金孝，應該歸還給遺失的主人。金孝

〔註 2〕（宋）朱熹撰：《論語集注．學而》，《四書章句集注》，頁 48。

連聲回應：「說得是，說得是。」（喻 2，頁 115）眉批評價金孝：「好孝順兒子。」（喻 2，頁 115）金孝的回映，代表他贊同母親的教誨。一個認同母教之人，必然會行母教之事，此即為孝順，故金孝獲得此評。

又如〈沈小霞相會出師表〉（喻 40）。楊順誣陷沈鍊，說他將聯合韃虜殺害當權的嚴嵩、嚴世蕃父子。在沈鍊已下獄的緊急狀況下，敬重沈鍊的賈石，力勸沈鍊子女先逃。但沈夫人不願意，對兩個兒子說，父親沈鍊無罪而陷入獄中，怎麼忍心離棄他？料想楊順只是和他作對，不致於牽累妻兒子女。況且畏罪而逃，父親倘若身死，骸骨無人收葬，萬世罵你們是不孝子，你們哪還有顏面在世為人？眉批說：「亦是正論。」（喻 40，頁 782）離棄父親、不收父之骸骨皆被視為不孝，與之相比，則逃亡求生反而微不足道。依此類推，則行孝當重於求生。

家庭是社會團體的最小組成單位，故而中國重視家庭的倫常，尤其是孝，也難怪馮夢龍會視為第一義。由孝推衍出去，便建立了種種道德的指標，成了「三言」教化的基準。

三、賢良

「三言」評點稱許頗多婦女賢良，尤其指母親。儒家傳統觀念上，衡量女性成就的真正標準，是看她們如何優秀地把孩子撫養長大。〔註 3〕馮夢龍並不以此為女性成功的唯一法式，但仍然極讚許這樣的觀念。

例如〈范巨卿雞黍生死交〉（喻 16）。張劭去洛陽應舉，家返後向母親解釋何以逗留多日未回家，乃因結交范巨卿之故，並從頭詳細說起。母親對張劭說，功名事都是分定，既然遇到信義之人，得以結交，讓她十分開心。眉批讚揚：「賢哉母氏，非此母不生此子。」（喻 16，頁 633）張劭有信義，所以寧可放棄應考此般人生大事，去照料生病的范式；其母不以張劭放棄功名而責備，反倒高興兒子結交到信義之人。如果母子身份交換，想必會做出同樣的舉動，如此則張劭之義舉是合於馮夢龍道德觀的。他認定有其母必有其子，子是受母平日的風範影響，母子皆賢。

〈小夫人金錢贈年少〉（警 16）中的小夫人埋怨嫁了個老頭，白日裡走來店裡，問李慶、張勝二位管家閒話，並送禮物。但張主管不知道李主管得到

〔註 3〕 彭華：《儒家女性觀研究》（北京：中國社會科學出版社，2010 年 9 月），頁 255。

的是十文銀錢，李主管也不知道張主管得的是十文金錢。晚上小夫人又託人送張勝衣物和五十兩銀。張勝交衣服銀子給母親，母親懷疑，說她已六十歲，自從張主管的爹過世，便整隻眼只看著張勝，若是他做出糊塗事來，她將能依靠誰？要張勝隔天不要再去店裡。眉批說：「賢哉母氏。」（警 16，頁 620）母親雖不清楚小夫人的心意，但推測突然收到許多禮物和銀兩，必定有隱情。假使張勝陷入其中，可能有詐，可能有害。於是以孝養母親為由，責令張勝迴避。這是張勝母親的社會經驗告訴她的，而她不願兒子誤入歧途，百般教誨，自是賢節。

〈萬秀娘仇報山亭兒〉（警 37）也是母親囑附兒子的例子。賊盜孝義尹宗救出遭強拐的萬秀娘，背她回家。尹宗的母親知道前因，也知道尹宗要護送她回去後，拿出一件千補百衲的舊紅色背心披在秀娘身上，跟伊宗說：「你看見我這件背心，就好像看見為娘的一般，路上千萬不能亂來，生事淫污這位女子。」（警 37，頁 664）眉批評價：「賢哉母□。」（警 37，頁 664）雖然句子末尾不清，但配合小說上下文，合理推測是「賢哉母氏」。尹宗母親知道尹宗孝順，所以以她的背心示警，萬一尹宗突生不良之心，見背心如見母，便不會做出違禮之事了。這是母親的機智，也是賢良教子的展現。

女子賢良有德，歷來多為人稱頌。尤其母賢，更能引導子女向善，因此「三言」評點頗為肯定。

第三節　朋友交往

一、守信

真誠守信，是朋友交往的基本條件。假使為了守信，而甘願犧牲自己的生命或金錢，顯然更高一層。

以〈范巨卿雞黍生死交〉（喻 16）為例。范式與張劭結為兄弟，約定隔年的重陽節必去張家拜訪。一年將至，張劭細心準備菜餚。張母以為千里迢迢，范式未必會如期到來。張劭則堅信范式會準時，一等等到半夜三更，范式果然來了，卻有異狀。原來范式已死，是其魂魄來訪。范式解釋，因被蠅利所牽，忘記約期，想起後只剩一日，來不及準時到訪，又不可爽約，因為「雞黍之約，尚自爽信，何況大事乎？」（喻 16，頁 637）曾聞魂魄能行千里，故自刎以魂赴約。眉批評論范式之舉：「人到死了，還論甚大事？大抵英雄做事，要論生生世世，正不在眼前遮飾也。」（喻 16，頁 637～638）評點道出范式寧死不負信的崇高道德觀，他懷抱著「若小信無謂，則大信必失」的態度。若生命比信用來得重要，則無信之人活著，只是苟延無恥地殘喘；反之，信重於命，則無論任何局面，他都會堅守住約定，毅然不離。馮夢龍視范式為英雄，正因為范式能以信自持，以不棄小信為原則，在生命和信用只能二擇一的兩難中，坦然地挑選了他的堅持。

〈宋小官團圓破氈笠〉（警 22）的宋敦也是個極有信用的人，某日他到陳州娘娘廟求子嗣，焚香禮拜後忽見廟牆旁有個棚子，中有臥躺一個生病的老和尚。經旁人告知，知老和尚將死，宋敦願行好事幫忙買棺材。但正在店裡買棺材時，忽聽人說老和尚已死了。宋敦因錢不夠，原想找朋友借，但怕遲了而失信於老和尚，於是將身上新的道袍和髻上銀簪取下典換，以為棺材之資。眉批說：「延陵掛劍之誼不過是，宜厥後之□也。」（警 22，頁 841）延陵掛劍為一典故，說春秋時徐國國君喜歡延陵公子季札的寶劍，季札心裡默許完成出使任務後會送給徐君。但回來時徐君已死，季札便將寶劍掛在徐君墓前樹上，以示信用。這則眉批末尾不清，但一樣肯定信守約定的情誼。雖然宋敦與老和尚素昧平生，而宋敦要自己買棺材也只是心裡答應，並非口頭應允，卻能堅守到底，與季札相似，洵屬可貴。馮夢龍將兩者相比是可行的，同樣是讚許，互相輝映了守信的真誠與崇高。

生命與信用何者可貴，應是見仁見智，但以信用為尊，而寧可犧牲生命，實在難得。以現今眼光來說，范式「魂飛千里」的情節看似不理性，但其守信的心志依然令人感佩。另一個季札之例，更訴說守信不是表面工夫，而是發自內心的真誠要求。

二、重義

誼者，義也，宜也。〔註 4〕友誼的展現，在人際交流上來說，就是要有適宜的舉止、互動。而這種適宜的行為，在友朋之間，往往含有義氣。

〈范巨卿雞黍生死交〉（喻 16）講張劭去洛陽應舉，投宿時知道隔壁有秀才感染流行病，仍過去探望。張劭用心照顧病秀才范式，託人請醫生用藥調治，早晚的湯水粥食也是張劭親自供食的。眉批說：「難得。」（喻 16，頁 631）

〔註 4〕誼者，人所宜也。誼、義為古今字。義者，本訓禮容各得其宜，引申為善。見（漢）許慎撰，（清）段玉裁注：《說文解字注》（台北：洪葉文化：1998 年 10 月），頁 94、638。

但張劭也因此誤了考期。范式因張劭為己誤了功名，內心十分不安。張劭說，大丈夫以義氣為重，功名富貴只是枝微末節，早有緣份註定安排，何來耽誤之說。眉批對此極為讚美：「肯拚著自己功名為朋友者，真正義氣。」（喻16，頁631）馮夢龍多年屢試不第，對此應該感悟最深。尤其在他所處的晚明，政治黑暗，士人在追求仕宦上，經常是徒勞無功的。〔註5〕十年寒窗爭的就是一舉成名，張劭竟然為了照顧一個非親非故的人而放棄機會，說明張劭的價值觀是救人於危難勝於爭求自己的前途。平常人若是沒有足夠的義氣，相信是很難割捨的，因此更加襯顯張劭此舉的可貴。

俞伯牙和鍾子期相交相惜，也可看出他們交往時重義的程度。在〈俞伯牙摔琴謝知音〉（警1）裡，伯牙知子期為孝養父母而不仕宦，且寵辱無驚，於是益發敬重他。問明年歲後，兩人結義，從此以兄弟相稱，生死不負。眉批道：「始而慢，繼而疑；始而敬，繼而愛；而終於相親不捨。古人交誼，真不可及。」（警1，頁42～43）評點講的是兩人友情增生的過程，馮夢龍還讚許此般古風高尚不可及。沒料道隔年約期已至，子期卻未現身。伯牙訪望，才知子期早已亡故。伯牙哀傷欲絕，墳前祭拜後撫琴一曲，口誦短歌，接著割斷琴絃，雙手舉琴摔碎。子期父親疑問原因，俞伯牙慨嘆因為再難覓及知音。伯牙還說隨身帶有黃金二鎰，一半願代子期奉養父母，一半買幾畝祭田，為每年掃子期墓的費用。等待他回朝，上表告君歸隱，再來迎接子期父母到他家以盡晚年。又對子期父親說可以把自己當成兒子般看待，說伯牙就是子期，子期就是伯牙。眉批感嘆：「古人交情如此，真令末世富貴輕薄兒愧殺。」（警1，頁56）伯牙嘆知音難遇，珍惜友誼可貴，還主動願意代替子期孝養父母終老，因此評點裡雖無「義」字形容，但「辭官」、「費錢買地」、「奉養結拜兄弟的父母」等連串舉動，無一不是友誼裡義氣的風範表現。

有義氣者，肯以對方為重，自己奉獻而不計回報。張劭、范式與俞伯牙、鍾子期的例子，都讓讀者見識到友情裡的義氣風骨。

三、報恩

懂得回報恩德，也是朋友間往來真誠的表現。即使未必已有深交，但為

〔註5〕晚明的朝綱廢弛，令臣子、士人的抱負受到沉重打擊，如武宗荒淫、世宗與臣子有議禮之爭、神宗多年因立儲問題不主朝政。見林崗：《明清之際小說評點學之研究》，頁22～27。

對方義舉所感，而相知相惜者，在馮夢龍眼中是不可多得的。以〈吳保安棄家贖友〉（喻 8）來說，吳保安修書向郭仲翔自薦，仲翔認素昧平生的保安是知己而推舉他。眉批有言：「無交而求，求之而反喜，此意誰人解得？」（喻 8，頁 329）馮夢龍拋出的疑問並不費解，但真要做到，恐怕只有深深認同「知己」之意者才可為。故事有轉折是從郭仲翔打仗被南蠻擄去開始，因他是宰相之姪，所以值一千疋好絹才能贖回。仲翔寫信給保安，希望他代傳語給伯父宰相郭元振。可是郭元振當時已死，吳保安感慨當日偶然寄自薦信而受仲翔薦拔，如今仲翔在生死之際以性命交託，遂不忍辜負，誓言贖回仲翔。保安將家產變賣後不足，還出外經商，任何一筆小錢都不敢隨意花用，皆存來買絹。眉批嘆：「誰肯？誰肯？」（喻 8，頁 337）但十年未通消息，保安的妻兒難以為濟，只得千里迢迢往姚州尋保安。眉批解釋：「或謂：『吳保安棄家十載，求贖未識面之友，未免賢智之過。』虞仲翔有言：『士有一人知己，死可無恨。』此言可寫保安心事。」（喻 8，頁 339）虞仲翔即三國吳之虞翻（164～233），文武全才，但個性率直，曾多次直諫孫權，後被流放到交州。〔註 6〕眉批所引的「士有一人知己，死可無恨」，是他到交州後的心情。〔註 7〕馮夢龍引虞翻的話，在於解釋吳保安的報恩，是知己式的報恩，故非「為友棄家」這等疑慮所能非議。

贖回郭仲翔的吳保安被舉薦做官，三年後郭仲翔尋訪他，才得知夫婦兩人已病死，只留一子吳天祐。郭仲翔痛哭，背負保安夫婦的骨灰歸葬。到家後留天祐同居，又設保安夫婦牌位，自己戴孝，行殯殮事。眉批道：「保安所施之恩，是從來未有之恩；仲翔所以報恩者，亦從來未有之報。」（喻 8，頁 353）小說前段著墨於吳保安對郭仲翔報恩，但這種知己式的報恩，對仲翔來說即是施恩。後段則反過來，由仲翔回報保安。馮夢龍評「從來未有」，是明白如此崇高的施恩、報恩友誼，乃是無人企及的，是足為楷模的。其後郭仲翔上奏，願讓官給保安之子吳天祐。眉批則評論：「身家可棄，何況一官，畢竟為仲翔易，為保安難。」（喻 8，頁 355）吳保安和郭仲翔都是有情有義的

〔註 6〕（晉）陳壽撰，（劉宋）裴松之注，盧弼集解：《三國志集解．吳書．虞陸張駱陸吾朱傳第十二》（台北：藝文印書館），頁 1080～1081。

〔註 7〕《三國志》注云：「翻放棄南方，云：『自恨疏節，骨體不媚，犯上獲罪，當長沒海隅，生無可與語，死以青蠅為弔客，使天下一人知己者，足以不恨。』」見（晉）陳壽撰，（劉宋）裴松之注，盧弼集解：《三國志集解．吳書．虞陸張駱陸吾朱傳第十二》，頁 1082。

人，馮夢龍認為都值得敬重，但評價時卻仍有差等。這是因為郭仲翔「棄官報恩」的層次，遠比不上吳保安「棄家報恩」的緣故。

〈獨孤生歸途鬧夢〉（醒 25）的主角獨孤遐叔科舉不第，在妻子白娟娟建議下，去向遐叔先父的門生故舊韋皋討資助。韋皋先後出兵征討蠻夷和吐番，致使遐叔在碧落觀等了一年半載。韋皋得勝返回後，讀遐叔〈蜀道易〉一篇文章而有意提拔他為官，遐叔卻以未登科第拒絕。當遐叔告別時，韋皋為回報當年遐叔之父的提拔，以黃金萬兩等多金送別，且說不要說他輕薄，辜負了恩人。眉批評：「古人交誼之重如此。」（醒 25，頁 15A）提拔乃是多年前的舊事，何況遐叔之父早已亡故，但韋皋還是願意贈送恩人之後，以多達萬兩的黃金報恩，可見情誼之深，看重友誼之堅。

回報他人對己的恩德也是友誼的展現。「三言」的故事多舉出大恩大德，因而回報之舉也是十分醒目、龐大的。這些施恩、報恩的例子，其潛藏的教化觀，無疑能讓讀者深深感動，甚至奮起效法。

第四節　英雄豪俠

一、忠義

凡忠於己應為之事，行合宜之舉，都是正人君子。而在此基礎上還有更高一層的道義考量者，往往會被評為英雄豪俠。

〈楊謙之客舫遇俠僧〉（喻 19）這篇故事，說楊益要往貴州安莊任知縣，在鎮江搭船，遇到一名無禮和尚。和尚愛罵人，卻有奇異，似乎還會法術。楊益邀和尚同船，和尚告誡他去做官要留意，知楊益要往蠻荒瘴癘之地，便說他暫且不上武當山了，要先陪楊益到廣州。眉批評價：「撇卻自己，替人幹事，都是豪傑。」（喻 19，頁 724）暫緩自己的事，優先別人之事，當是有義氣。何況無禮和尚與楊益萍水相逢，不理楊益也沒人會怪罪，後來卻因想維護他的安危，變換自己原本的行程安排，實屬難得。這就是豪傑比常人多進一層之處。

〈鄭節使立功神臂弓〉（醒 31）的鄭信也是一例。故事裡的張員外經常被諢名夏扯驢的夏德恐嚇詐財。在某次社團出遊時，夏德又來討錢。其他員外各給二兩，但夏德堅持，有把柄在他身上的張員外必須交二百兩。張員外無奈殺價到二十兩，要夏德去取。但受張員外收留做管帳事的鄭信卻不肯支付，定要夏德同他去見員外，員外當面吩咐才肯付錢。眉批解釋：「鄭信豪傑，豈為他人吝此二十兩銀，必素知夏扯驢無賴，心中懷忿不平故耳。」（醒 31，頁 10A～B）鄭信對於夏扯驢的無賴氣忿不平，堅持不給二十兩銀，也是有義之舉。否則錢銀本非鄭信所有，交給夏德並無損於他的道德評價。評點解釋鄭信的心理，實比平常人多了義氣考量，讀者既能釋疑，又在無形中受豪傑形象點撥、啟發，達成馮夢龍教化的目的。

本論文第二章已提過馮夢龍以忠義者為尊，藉由這些故事和評點，我們可以明確看出馮夢龍解釋、讚揚之舉，其目的是認同忠義的豪傑形象，可為眾人的榜樣。

二、豪邁

說起英雄好漢，「氣度寬厚」、「性情豪放」似乎是少不了的形容，這樣的豪邁本色可以〈葛令公生遣弄珠兒〉（喻 6）的葛周和申徒泰為例。

葛周時任中書令兼兗州節度使，為人有度量，人稱葛令公。底下的申徒泰也有勇謀，但因家貧而壯年未娶，某回看葛令公的美妾珠娘時傻了眼，三魂七魄都飛走。眉批解釋：「英雄失意時，往往寄情酒色，如馬周、申徒泰是也。」（喻 6，頁 287）馮夢龍評價的前提，是容許英雄可以寄情酒色，因為那是真性情的表現。他舉〈窮馬周遭賣䭔媼〉（喻 5）的主角馬周為例，失意時常飲酒至爛醉；申徒泰是同類型人物，但將注意力放在女色上。儘管如此，申徒泰始終沒有做出違法亂事來，葛令公心知其意，並不怪罪他死盯著愛妾。後來申徒泰立了戰功，葛令公要將珠娘送與申徒泰為妻，珠娘仗勢平日寵愛，不敢置信。葛令公說他生平不作戲言，已交辦嫁妝，且他當晚獨宿，不要珠娘服侍。眉批：「英雄做事，一刀兩段，每每如此。」（喻 6，頁 296）申徒泰的勇謀當然可視為英雄，但葛令公是握權者，大可不必為了申徒泰做出這項決定。可是他為了成就申徒泰，心意決絕，斷然割捨男女情長。其豪邁果決，不拖拖拉拉，度量之大，當也屬英雄人物。

再舉〈單符郎全州佳偶〉（喻 17）的單符郎。在故事末尾，太守讓春娘從良，與單符郎成親。單符郎任職司戶三年任滿，春娘對單符郎說，因失身風塵，與其他姊妹相處情誼深厚，今日將遠去，可能一輩子再也難見上一面，希望準備些酒餚，與她們話別。單符郎答應，說春娘之事全州之人皆知悉，沒什麼好隱瞞的，且以酒宴話別，也不礙大體。眉批認為：「自是豪俠舉動，若腐儒鮮不以為蛇足矣。」（喻 17，頁 667）不拘小節，自是豪邁。單符郎肯定春娘對朋友的真情，因而不理會一般人可能會有「既已脫離妓院，何必還要有掛勾關聯，實是多此一舉」的質疑。此眉批讚揚有情者如春娘，豪邁者如單符郎，同時還批判了庸腐之儒。

又如蔡瑞虹，她是〈蔡瑞虹忍辱報仇〉（醒 36）的中心角色，為報殺父之仇，忍辱嫁強盜、進妓院。但瑞虹後來找到蔡續，讓他歸宗，使蔡家有後，加之已報家仇，遂留遺書，以剪刀刺喉而死。雖然遺言說已完成使命，當為貞節死，但瑞虹的所做所為是自主性極強的英雄本色，是豪邁自如的。眉批評論：「不死不足以明謝，如此從容就死，比慷慨捐生者，信倍難耳。」（醒 36 頁，35A）蔡瑞虹本不需要自盡，她可以大方活著。可是為了答謝，為了守貞這一等的道德理由，讓她從容地為信念而死。馮夢龍視這種人，比起不吝惜地奉獻自己生命，如沙場上為國捐軀者，更難做到。畢竟「可以不死而主動為道德死」，境界上更加崇高。

英雄豪邁，便不拘小節，自然從容行事，自信地頂天立地。平凡人見此，往往納為偶像，其行其心便受影響而易端正，而這就是馮夢龍評點的意圖。

第五節　才能發揮

一、知人

俗謂「知人知面不知心」，即使有著明亮的眼，也沒有人能夠看透安靜外貌下的瘋狂。但依此說可以作進一步的推展：能知心者，才可謂真的知人。

〈李汧公窮邸遇俠客〉（醒 30）裡的畿尉李勉，見強盜房德有材貌，又是被誘逼入夥，甚為憐憫。因認房德是未遇時的豪傑，有心要出脫他，故託親信的押獄長王太私下放走他。眉批說：「好個豪傑，李公誤矣，所以聖人言必有試。」（醒 30，頁 10B）由小說後文知房德並非真豪傑，日後反而有小人之心，恩將仇報。馮夢龍提醒「言必有試」，是知人的重要工夫。李勉是豪傑，卻在此有了紕漏，光憑幾番言語便縱放，實是知人不夠深的緣故。正因為李勉使犯人逃走，以疏漏之名被罷為民，貧困多時，只得去投靠故人顏杲卿，途中遇到已成縣令的房德。房德拜謝、宴請李勉，因太慇懃使李勉過意不去而離開。但房德之妻貝氏不滿房德送太多財物給李勉，而有了爭執。房德以為五百疋布還不足，貝氏怒說湊成一千疋，房德才以為差不多，貝氏因而更氣，連番責罵房德。也難怪眉批會說：「李勉何嘗望報，房德以小人之常待君子，即果贈千金，已不得稱知心矣。」（醒 30，頁 20A）本可成為豪傑的房德，初始尚有善心，但受妻子貝氏影響，才逐漸走偏。縱使這樣，房德也非真的懂得李勉的心思。像李勉這般英豪，非是貪財才放走房德，他是以為知人而縱人；房德說起來屬小人之流，謀以財物贈李勉，以為如此可報恩德，終究不算知人知心。綜合以上兩則眉批，馮夢龍以知心才算知人，是很明確的。

再看〈三孝廉讓產立高名〉（醒 2），有段話說漢代法度很妙，只要推舉過某人為孝廉，連帶推舉之人也受獎賞；但若是推舉不善，萬一某日貪贓枉法，輕的罷黜，重的抄家，推舉之人也要一同受罪。推舉的與被推舉的，兩人攸戚相關，不敢胡來，所以推舉制度相當嚴明。也就是說，推薦者要擔保被薦之人的道德舉止是否得當。有眉批評論：「此法今日亦可用於薦剡，庶無朝夷暮蹠、彼桀此堯之笑。」（醒 2，頁 5A）薦剡，即推薦也。馮夢龍認為這種連坐的方式很適合用在推薦賢才上。薦者隨被薦者受賞，故人願主動推薦；薦者隨被薦者受罰，故人會謹慎，不胡亂推舉。像這樣的推舉制度，才能達到真正的「知人」。

明代政治混亂，人才難以出身，馮夢龍此說，想來是有很多感慨的。馮夢龍和眾多不遇的才子一樣，也渴求他人真正理解、重用，於是先提醒同一陣線的讀者：知人須知心。

二、愛才

好賢愛才是馮夢龍對掌權者最深的期許，在第三章已有論及。此處所述，是讚美愛才者，安慰無遇者，以見馮夢龍對好賢之人與才人自處的評價。

〈吳保安棄家贖友〉（喻 8）講了三個賢人，三人緊密相關。其一是新任的姚州都督楊安居，遇到千里尋夫的吳保安妻張氏，才曉得吳保安離家十年求買一千疋絹，希望能以之贖回被蠻夷擄走的郭仲翔。楊安居嘆保安為義士，決心要幫助張氏，到處尋訪其夫的下落。找到後，楊安居請保安到都督府，親自下階迎接，登堂慰勞辛苦，且答應幫忙籌到一千疋絹。眉批：「楊公十分好賢，如今那有此人。」（喻 8，頁 341）吳保安的義舉值得稱揚，但還要有賞識的貴人相助才得以完成。楊安居與吳、郭二人素無瓜葛，也非摯友，但看重保安，其行再度讓馮夢龍嘆怨今不如昔。

社會裡懷才不遇者自然非少數，〈鬧陰司司馬貌斷獄〉（喻 31）的司馬貌，字重湘，家貧，也是空有才學，至五十歲仍不得出身。他寫〈怨詞〉怨天，說就算他到閻羅殿也可以理直氣壯。生氣的玉帝在太白金星求情下，讓重湘暫代閻王工作六小時。因時間有限，重湘重審幾個未決的案子。如判韓信投胎為曹操，劉邦為漢獻帝，英布為孫權，彭越為劉備等，並解說緣由。閻王看了斷案簿籍，為之嘆服，替重湘轉呈給玉帝定奪。眉批：「賢哉閻王，能憐才服善。」（喻 31，頁 385）在陰間審案本是閻王工作，其勢力有如凡間能定人生死的君王，但司馬重湘判得好，連閻王也欽敬佩服。這類情節，這般評語，其實反而襯顯現實裡少有「憐才服善」之人。一句眉批：「陽間誰許你平心論理？」（喻 31，頁 355）就是明證。世情如此，可是才人只能哀聲嘆氣，無法論理，無從有遇嗎？

看〈灌園叟晚逢仙女〉（醒 4）的評論。主角秋先和反派張委正好是相反的人物，一個愛花、憐花、惜花，一個採花、蹂躪花、踐踏花。張委倚勢欺人，喝酒後起了歹念，率人強行要買下秋先的花園，秋先不從，張委便亂摘花。秋先心疼，拚命攔阻，甚至衝撞張委。眉批批道：「有憐香的，定有逐臭的；有憐才的，定有欲殺的。此亦陰陽對代之理。」（醒 4，頁 16B）人生中各種相對立場的人所在多有，馮夢龍以秋先和張委來談憐香和逐臭的相對本可，卻還以此為基準，更進一步指出人事上有「憐才」，必然也有「欲殺」的，或許正是順此安慰仕途上不順心的讀者們，當然也包括馮夢龍自己，一切乃是人世之必然、天地之經常。

三、明察

好官員的辦事能力體現在兩方面，一是細察人民冤情，明辨是非曲直；二是體恤人民困苦，解決生活難題。能明察，才能洞悉，才會真正視民如傷地體諒。

〈陳御巧勘金釵鈿〉（喻 2）的得勝頭迴說金孝聽了母親的教訓，要將撿來的三十兩銀子給失主，但失主怕金孝要賞金，故意誣賴金孝貪了銀兩。縣尹審案，問失主是否看見金孝拾取或是金孝自己承認的。眉批道：「實在一問。」（喻 2，頁 119）縣尹說如果金孝要賴銀子早就全拿了，為何只藏一半，而且還自己招認拾到銀子，可見他沒有賴著銀子。又說失主掉了五十兩，金孝撿到的是三十兩，故銀子不是失主的，是另有他人的。失主說銀子是他的，情願只領三十兩。縣尹又說數目不同，不能冒領，判三十兩讓金孝領去奉養母親，而失主的五十兩自己去尋。眉批評論：「辦事的有大劈著。」（喻 2，頁 119）這則小故事的縣尹明察秋毫，不僅沒有受到失主的謊言牽引，還能主見地斷案，在判決時考量了道德因素。依「理」來說，三十兩銀應歸還給失主，但失主居然想多佔便宜，縣尹於是改由考量「情」的因素，將三十兩銀判給了孝順的金孝。馮夢龍肯定此般決斷，可看出他的道德意識，並非死守於「理」，而是情理通融、情理兼具的。

〈范鰍兒雙鏡重圓〉（警 12）談到建州饑荒，民不聊生，但時為南宋初年，朝廷正值用兵之時，顧不到人民窮困。百姓因沒有錢糧交稅，加以官府威逼，承受不了的情況下，多有入山相聚為盜者。眉批：「此時調停得體，方見能吏手段。」（警 12，頁 455）地方官府是朝廷和人民的中介，朝廷的政策，是由地方官府宣布，要求人民遵守的。但執政者未必能聽見百姓的心聲，地方官府假若罔顧民怨，黎民被威逼不過，自然極易走上絕路或惡途。明察政策與人民之間的需求是否一致，居中調解得宜，徹底排除糾紛，成了有才能的官吏應該做到，也必須做到的事。

〈木綿菴鄭虎臣報冤〉（喻 22）裡賈似道聽從御史陳堯道建議，實行限田之法。起因是大戶人家田連阡陌卻不耕，一般百姓欲耕卻無田可種。其法大略是以官品大小限制田地上限，超過的，運用「回買」、「派買」、「官買」的方式。回買，是讓原賣者不拘年限買回；派買，是挑選富裕的人家，未達上限者買地；官買，是官府買為公田，雇人耕種，再收租。但限田之法在浙江推行，造成怨聲載道。眉批評價此法：「必然之弊，若公道舉行，聽民自便，雖王安石青苗法，亦是美政，何害？」（喻 22，頁 40）評點舉了王安石青苗法為例，認為其法可行，但前提是必須公正實施，且明察民意。賈似道之限田法，本意也是好的，可惜在推行的過程，罔顧百姓的聲音，於是民怨四起。就這點來說，馮夢龍強調的是：人民百姓的聲音執政者能聽進幾分，明察幾分，改善幾分，社會的亂象就能減少幾分。

為官之道，重在愛民，欲愛其民，便得細辨明察百姓的生活。細辨明察，才能真正了解百姓的無奈與願望，社會也才有變革向善的一日，所以「三言」評點多闡釋。

第六節 情愛欲望

本論文已在第三章批判「好色誨淫」，但兩人情愛若是真心展現，未必就能以色情縱欲論斷，其真情反而受到馮夢龍的肯定。

一、肯定情欲

本質上馮夢龍肯定真情，也認為真情重要。在其化名為詹詹外史的《情史．敘》開頭便說：「六經皆以情教也。易尊夫婦，詩有關雎，書序嬪虞之文，禮謹聘奔之別，春秋於姬、姜之際，詳然言之，豈非以情始於男女？」〔註 8〕男女間的愛戀自然是情之始，若無情，則無男女婚配，無夫婦，無家庭。儒家六經皆有提醒，故馮夢龍以六經為言說靠山，強調情教的重要。《情史．情通類》甚至還說：「生在而情在焉。故人而無情，雖曰生人，吾直謂之死矣。」〔註 9〕無情則不配為人，那麼情在這個原則上已可象徵是人活著的根本精神。王鴻泰在《三言二拍的精神史研究》裡說：

> 這種觀念並非只是把情的地位拉到與既有的道德綱目平等，在既有道德項目中增加情這一項而已，而是把情作為一切德目的綱領，以之為一切德目的根源和內涵。〔註 10〕

如此說來，是否「情」勝於「理」，高於「禮」呢？

吳子林在《經典再生產——金聖嘆小說評點的文化透視》裡的談到吳中士人文化時，有一番對情的延伸論述：

> 這種尊崇性情的士風盛極一時，使得整個社會生活與意識形態領域，發生了由「理」到「情」、由「雅」到「俗」的轉變。晚明吳中的這股士風注入了俗世之美，集中表現為清新的「才子氣」。其文化品格的主要特徵表現為：追求藝術化的人生形式，以艷麗詞章與書畫的創作為重要文字表徵，以玩賞為主要意識特徵；喜歡收藏小說戲曲，對著書的才子極其崇仰，充滿著對過去成就和智慧的讚賞；其審美情趣趨於世俗化，擁有龐大的世俗大眾。出於這種才子心態，

〔註 8〕（明）馮夢龍：《情史．敘》，收於魏同賢主編：《馮夢龍全集》（上海：上海古籍出版社，1993 年 6 月），頁 1～2。

〔註 9〕（明）馮夢龍：《情史．情通類》，收於魏同賢主編：《馮夢龍全集》，頁 2227～2228。

〔註 10〕王鴻泰：《三言二拍的精神史研究》（台北：台大出版委員會，1994 年 6 月），頁 102。

> 非毀典謨，厭棄理學，成了吳中的風氣。明代中後期，當心學廣為流布，一般文人都追求「良知」和「性命」之學，形成思想界的一股勁流時，吳中士子似乎不僅沒有關注的意向，而且不無排斥。馮夢龍宣稱：「天地若無情，不生一切物。一切物無情，不情環相生。生生而不滅，由情不滅故。四大皆幻談，惟情不虛假」；他甚至主張創立與儒教、道教和佛教對立的「情教」，要「無情化有，私情化公」，喚醒人們心中的「情種子」，破「禮法」而出，開花結果。〔註11〕

此說提及馮夢龍的情教說，明示是厭棄理學、排斥心學而獨生的系統。〔註12〕胡士瑩則以為馮夢龍的「情真說」是從李贄的「童心說」一脈相承來的，和當時徐渭、湯顯祖、袁宏道等人的文學思想基本上一致，是把「真」看作是文學的第一要素，反對名教，反對擬古，批判偽道學。〔註13〕

龔鵬程則有與一般學人不同的看法：

> 李贄等人根本不反對禮，甚至可說他們非常強調禮法。以李贄最親密的友人焦竑為例……，禮有兩種，一就是這種能使人達到生命和諧狀態的真正的禮，另一種則是一般世儒所膠執堅守的那種純然外在的名義器數之禮。他反對後者，謂其「不知禮意」，而熱烈呼籲恢復前者。……一般人總覺得禮是外的道德與行為規範，焦竑卻將禮內在化、本體化，說「禮者，心之體」、「禮者，體也」。因此人之行禮，並不是去依從一種外在的規範，而是生命與德目合一，要袪除生命的情欲知見等障蔽，讓心性本體得以恢復其清淨。〔註14〕

〔註11〕吳子林：《經典再生產——金聖嘆小說評點的文化透視》（北京：北京大學出版社，2009年9月），頁23。

〔註12〕筆者以為馮夢龍並非「厭棄理學」，這從「三言」提倡儒家傳統教化以及馮夢龍編的《三教偶拈》中崇奉王陽明這兩事即可得證。況且《醒世恆言．序》的末尾署名處，除「可一居士」的朱文用印外，還有「理學名家」的白文用印在上頭。見（明）馮夢龍：《醒世恆言．序》，頁4B。

〔註13〕胡士瑩：《話本小說概論》（北京：商務印書館，2011年9月），頁531。但即如袁宏道，對「真」、「情」的看法和李贄也有差異。袁宏道雖受李贄影響，但後期有所修正，不以「真人」便有「真文」，且對李贄的「情」加上了外在的約束限制，以免濫情，以使詩文能順理合情。見林保淳：《經世思想與文學經世——明末清初經世文論研究》（台北：文津出版社，1991年12月），頁188～192。

〔註14〕龔鵬程：《晚明思潮》（北京：商務印書館，2008年6月），頁20～21。

依此論據，龔鵬程進一步說馮夢龍根本不反禮教，因為他最重春秋大義。〔註15〕馮夢龍的情教說不僅不反對儒家的禮教，而且根本是要恢復漢代經學的。〔註16〕

龔鵬程且認為馮夢龍在《情史・敘》中關於「六經皆以情教」、「情始於男女」的說法，有三個重點：第一，正面肯定人之好色。對美色的愛好，被視為是最真誠的表現，所謂「好好色」。故對美色不必避忌屏絕，也不以為好色之心是應該遏抑之人欲。第二，強調男女性事為一切倫理之基點，故應擴充此好色之心，所謂「如好好色」。第三，情欲倫理學並不鼓吹縱欲，仍是克己復禮式的，反對蕩情，主張情要能發而中節。因此它反而與漢人的講法頗為接近。〔註17〕

筆者贊成龔鵬程的意見，而且認為還可以從馮夢龍其他的說法裡找到證據。例如〈喬太守亂點鴛鴦譜〉（醒8）有則眉批說：「還虧曲終奏雅。」（醒8，頁21A）這和《情史》的論點一致。《情史・情私類》說：「崔鶯有言：『必也，君亂之，君終之。』是乃所謂善補過者。微之薄幸，吾無取焉。我輩人自有我輩事，慎勿以須臾之歡，而誤人於沒世也。」〔註18〕《情史・情史敘》說：「雖事專男女，未盡雅馴，而曲終之奏，要歸於正。善讀者可廣情，不善讀者亦不至於導欲。」〔註19〕序中又有情偈，有言「我欲立情教，教誨諸眾生。」〔註20〕因此馮夢龍教誨眾生的情教意涵，有一大重點是：儘管男女情事之中有「未盡雅馴」者，但「慎勿以須臾之歡，而誤人於沒世」，只要「曲終之奏，要歸於正」，此情便能合禮，此即「善於補過」。「曲終奏雅」，即是馮夢龍的「三言」有情欲描寫的前提和準則。

馮夢龍並不是反對禮教，而是了解人皆有私欲，正好「情」是人本性所發，順情而又合於禮教才是合宜的。但若違理、違禮，則此發動之情只是矯情罷了。所以違理非情，違情也非理，馮夢龍〈敘山歌〉才說：「借男女之真情，發名教之偽藥。」〔註21〕指的就是揭穿社會禮教裡違情而虛偽不實的那一面。

〔註15〕龔鵬程：《晚明思潮》（北京：商務印書館，2008年6月），頁236。
〔註16〕龔鵬程：《晚明思潮》，頁270。
〔註17〕龔鵬程：《儒學新思》（北京：北京大學出版社，2009年1月），頁118～119。
〔註18〕（明）馮夢龍：《情史・情私類》，頁271。
〔註19〕（明）馮夢龍：《情史・情史敘》，頁5～6。
〔註20〕（明）馮夢龍：《情史・情史敘》，頁8。
〔註21〕（明）馮夢龍〈敘山歌〉，《山歌、掛枝兒》，收於魏同賢主編：《馮夢龍全集》（上海：上海古籍出版社，1993年6月），頁3。

董國炎的《明清小說思潮》則以為：

> 忠孝節烈成了教的目的，以情教不過是一種教的方式。通過富於感情、令人動情的故事，讓人自然而然地接受忠孝節烈。顯然，如果情既是教的目的、內容，也是教的方式，通過令人動情的故事，向人傳播現實生活中的人情人性，那麼整個以情教的主張就是內在統一的。如果以情教是一種方式一種手段，根本目的是向人灌輸忠孝節烈，那麼以情教本身就是矯情的。因為所謂忠孝節烈，與現實生活中的人情人性是矛盾的，對抗衝突的。〔註22〕

董國炎的說法肇因於他認定《情史》比「三言」早出，而《情史》裡的「以情教」，到了「三言」的序言卻消失了，轉成了「以理教」。〔註23〕如此似乎是說，馮夢龍起初著重「情」，在後期轉向「理」投降了。可是《情史》據高洪鈞和傅承洲的考察，認為應當在崇禎初年寫成。〔註24〕筆者認為馮夢龍的「三言」和之後編的《情史》，兩者的觀念是一致的：順人情欲，而非完全禁絕，因為禁也是禁不完的，此亦是為了合於教化，較有彈性，與忠孝節烈的名教並無相背。陳萬益在《晚明小品與明季文人生活》中也說：

> 道學執著固定處方，乃成「偽藥」。……他拿出來的藥方是：以笑療腐，以癡趣破認真，以男女私情破搢紳學士的虛假不情，以民間文學破除詩文的俗濫。……「情史序」何以要特別強調「曲終之奏，要歸於正。」使「無情化有，私情化公，庶幾鄉國天下，藹然以情相與，於澆俗冀有更焉。」這個厚俗的終極目標，與名教並不相背，或許我們可以這樣說，名教所標榜的忠孝節烈，被道學家製成條條框框，以至於腳鐐手銬式的桎梏人民，幾乎使人窒息僵斃，馮夢龍則希望以內在自然的彈性的教導方式，擺脫一切外在的、壓迫的、不能變通的道理，以達到他自己期許的「多情歡喜如來」的境界。〔註25〕

〔註22〕董國炎：《明清小說思潮》（太原：山西人民出版社，2004年3月），頁233。

〔註23〕董國炎：《明清小說思潮》，頁234～239。

〔註24〕高洪鈞：〈馮夢龍的俗文學著作及其編年〉，〈天津師大學報〉第1期（天津：天津師範大學，1997年），及傅承洲：《馮夢龍與通俗文學》（鄭州：大象出版社，2000年8月），頁14～15。

〔註25〕陳萬益：《晚明小品與明季文人生活》（台北：大安出版社，1997年10月），頁178～179。

這也就是溫孟孚所說的：

> 其實在嚴刻自律和自我放縱之間，理應有一個寬廣的地帶，正是在這個地帶馮夢龍建立了自己「情」的理論。他沒有走王學左派認欲為理的老路，而是給芸芸眾生立起一個不走兩極、合乎人情的行為規範，這就是他說的「我欲立情教，教誨諸眾生」的「情教」。和李贄等晚明思想家不同，馮夢龍其實是把情提升到本體地位，將其視為本然和當然。〔註26〕

本節既認同於馮夢龍的情教說，以及龔鵬程、溫孟孚的解釋，則當為此說在評點裡找例證。

如〈賣油郎獨占花魁〉(醒3)裡，秦重初見王美，為之所迷，存錢三年，只為一會王美。哪知秦重到了妓院，老鴇王九媽收了銀兩答應成全秦重，卻又因王美受歡迎，到處赴約而無機會。連等多日，王九媽想要退錢，秦重卻說，就是一萬年，小可也情願等著。眉批因而評價秦重是：「第一情種。」(醒3，頁29B)某曰王美大醉回來，秦重細心照料整晚，半夜王美嘔吐時還以袖子盛接。王美知秦重體貼，有些開心。後來有個吳八公子，風流粗魯，竟教人強擄王美上船。王美痛哭思尋死之下，卻遭脫鞋，被遺棄在岸邊。秦重剛好經過，心裡疼痛，也為她流淚。並將自己的一條汗巾扯半，幫美娘裹腳，親手為她拭淚。秦重又幫她挽起頭髮，再三好言寬慰。眉批說：「真正相愛，不為肉麻。」(醒3，頁42B)後來秦重送王美回妓院，王美感念秦重深情，留他過夜，並明言要嫁他。秦重追求妓女，以傳統道德觀來看是不雅、不莊重、不應為的；但秦重真心展現，馮夢龍便視為有真情有真愛，其行反而是值得肯定的。

再舉〈樂小舍拚生覓偶〉(警23)為例。樂和與順娘自小是一對，長大後樂和在潮王廟祈禱，願與順娘成眷侶。但因不門當戶對，樂和父親自認高攀不上，所以不允親事。三年後樂和知順娘家去觀錢塘江大潮，他也去尋順娘。兩人遠遠相見，恨不得摟抱說話，此時大潮湧來，人人喊走，順娘卻因出神看樂和而不慎落水。樂和眼裡見順娘落水，也跟著撲通跳水。眉批道：「一對多情種，非得潮神撮合，且為情死矣。」(警23，頁24)小說正文有說明原因：「他那裡會水，只是為情所使，不顧性命。」(警23，頁25)當然小說有

〔註26〕溫孟孚：《三言話本與擬話本研究》(北京：中國社會科學出版社，2005年6月)，頁147。

安排潮神解危，但由寧可為救情人而不顧性命一事，則顯見真情比生命重要。正因為「情在人在，情亡人亡」，不然〈杜十娘怒沉百寶箱〉（警 32）就不會有杜十娘因情滅而抱寶匣跳江之舉了。

「三言」既然肯定真心的情欲，則男女在情感上都可以主動。如〈鬧樊樓多情周勝仙〉（醒 14），范二郎去金明池遊賞，到茶坊裡看見一個女孩，兩人四目相接，各有情意。但因羞於直接問對方有否婚娶，女孩兒故意以喝糖水暗講自己未嫁的身份，范二郎也跟著講起自己，他人卻都聽不懂。眉批評此舉：「比《西廂記》對白，更覺對付有情。」（醒 14，頁 2A）在這裡「對付」是「安排」之意。兩人對話情意深刻，評價比《西廂記》高，顯現馮夢龍看重戀愛自主的觀念。女孩兒又引范二郎隨她到家，進門後還推簾子出來望。眉批再評：「步步是女孩兒，情勝於男子一倍。」（醒 14，頁 3B）雖然仍有嬌羞之態，但這裡明確表示女性可以主動追求感情。

再舉〈金明池吳清逢愛愛〉（警 30）為例。趙氏兄弟的介紹某間酒肆的女兒有姿色，吳清和趙氏兄弟同去，店裡走出一個「十五六歲花朵般多情女兒」來。見面後女子似乎動了春心，但正巧女子父母歸家。一年後三人再訪該女，女子的父親表示，女兒去年因被罵與三個輕薄兒吃酒而絕食死了。三人感傷，不久女子卻現身，邀請三人到她的租處。吳清與女子雲雨，可是回家後日漸枯瘦。吳清父母問趙氏兄弟，才知實情，遂求救於皇甫真人。真人指示急往西方三百里外避之，若滿一百二十日女鬼都不離，便不可救治。吳清請趙氏兄弟同行，但是不論登山涉嶺、過河度橋、靜處鬧處，「但小員外吃食，女兒在旁供菜；員外臨睡，女兒在傍解衣；若員外登廁，女兒拿著衣服；處處莫避，在在難離。」（警 30，頁 385）眉批說：「不枉叫做多情女兒。」（警 30，頁 385）馮夢龍將此故事的原本〈金明池當壚女〉收在《情史‧情靈類》，〔註 27〕其末尾有總評：

> 人，生死於情者也；情，不生死於人者也。人生，而情能死之；人死，而情又能生之。即令形不復生，而情終不死，乃舉生前欲遂之願，畢之死後；前生未了之緣，償之來生。情之為靈，亦甚著乎！夫男女一念之情，而猶耿耿不磨若此，況凝精翕神，經營宇之瑰瑋者乎！〔註 28〕

〔註 27〕（明）馮夢龍：《情史‧情靈類》，頁 798～802。
〔註 28〕（明）馮夢龍：《情史‧情靈類》，頁 859。

女子多情，即使死後成鬼，依然愛護吳清，細心照料，為之付出。「一念之情」不因人的生死而滅，「舉生前欲遂之願，畢之死後」，這也是馮夢龍讚賞、肯定的真情。

二、以淫戒淫

馮夢龍並未刪修「三言」裡的色情描寫，而是透過評點批評色欲展現的動機；其原因，筆者以為是要「以淫戒淫」。

沈德符的《萬曆野獲編》中說：「吳友馮猶龍見之（金瓶梅）驚喜，慫恿書坊，以重價購刻。」〔註 29〕馮夢龍以為有色欲描寫的小說能刊行於世，非以該種書寫方式為有害，必然是看重於書裡呈現的教化、醒世意義。之所以會如此，其實根源於明代流行縱欲主義。

費振鐘說：「欲望的滿足並不能帶來生命的滿足，反而要以生命的消耗為代價。在此意義上，《金瓶梅》一書又似乎成為士大夫文人的自我勸戒了。」〔註 30〕劉建明的《明代政權運作與文學走向》則解釋，此類色情作品的出現，除了與士風、世風的變化有關外，與朝廷主流意識形態影響的減弱、當政者興起的縱欲風氣、朝廷綱紀的嚴重廢馳有著密不可分的關係。〔註 31〕他也提到，針對色情作品，像是《金瓶梅》，朝廷官員可是一面指責，一面傳播、閱讀、收藏。〔註 32〕

在當時整體社會風氣都流行的情況下，「三言」故事的行文描述，並不隱晦，而是以直筆，實為再自然不過的。這當然與銷售手段脫不了關係，畢竟淫筆書寫，有其一定的市場價值。〔註 33〕

〔註 29〕（明）沈德符撰：《萬曆野獲編》（北京：中華書局，2007 年 10 月），卷 25，頁 652。

〔註 30〕費振鐘：《墮落時代——明代文人的集體墮落》（台北：立緒文化，2002 年 5 月），頁 104～107。

〔註 31〕劉建明：《明代政權運作與文學走向》（北京：光明日報出版社，2010 年 12 月），頁 186。

〔註 32〕劉建明：《明代政權運作與文學走向》，頁 186。

〔註 33〕胡萬川：「其實不論《三言》或《石點頭》皆不乏色情描寫，雖然可以說是對當時通俗小說市場反應，但畢竟與教化勸善的說辭有些扞格不入，因此不免讓人覺得警世教化之說也只是商業手法的美麗包裝。受其影響的《二拍》，情形正相彷彿，一方面大談教化，一方面情色不拘。但不論如何，這一個勸善教化的說法，就成了他編寫作品時的引導，成了型塑話本小說傳統的一個框框，或者說成了一道拘束話本小說發展的緊箍咒。」見胡萬川：《真假虛實——小說的藝術與現實》，頁 336。

書裡一些色情描寫，如〈月明和尚度柳翠〉（喻 29，頁 273～274）和〈明悟禪師趕五戒〉（喻 30，頁 320）都相當露骨。甚至眉批還讚揚寫得好，如〈赫大卿遺恨鴛鴦縧〉（醒 15）裡兩女童笑鬧地扮作性交動作，眉批直接說：「光景好。」（醒 15，頁 20A）「光景」應作「情景」解，則評點的馮夢龍不僅未指謫，反倒稱讚描述得好。又如〈莊子休鼓盆成大道〉（警 2）眉批：「描寫此婦一腔慾火，可謂化工。」（警 2，頁 75）如〈蔣淑貞刎頸鴛鴦會〉（警 38）眉批：「此回書於街坊婦人淫鄙之態，摹寫曲盡，亦能手也。」（警 38，頁 686）等等皆是。但這些眉批都要考量馮夢龍的立場，他並不是鼓勵淫欲，而是從「真」這方面來評論的。陳大康便認為：「色情小說雖淫穢污臭，屠毒筆墨，其內容卻是現實生活的展現。」〔註 34〕

比較馮夢龍在「三言」序言裡曾說過的話，如《喻世明言．序》：「（使）淫者貞」〔註 35〕。如《警世通言．序》有「不害於于風化，不謬于聖賢，不戾于詩書經史」的標準。〔註 36〕如《醒世恆言．序》：「節檢為醒，而淫蕩為醉」〔註 37〕，又說「若夫淫譚褻語，取快一時，貽穢百世。夫先自醉也，而又以狂藥飲之，吾不知視此三言者得失何如也？」〔註 38〕皆可以印證馮夢龍的色情描寫，其動機並不單純，除了商業考量，還有其教化意義。

何以色情描寫卻有助於教化呢？袁宗道《白蘇齋類集》卷十七〈說書類．讀論語〉：

> 今夫盈河皆冰也，而取湯澆之，豈惟不能遍及，且恐所澆之湯隨化為冰矣。人心多欲也，而擬用心禁之，豈惟不能盡禁，即恐所用之心復增為欲矣。故太陽一出，則堅冰潛消；本地瞥見，則眾欲退聽。所謂不離情欲，而證天理，正聖門為仁之真脈也。原思求仁，要使克伐怨欲不行，政如以湯銷冰者。〔註 39〕

此說舉出「不離情欲，而證天理」一途。小說文句雖離不開生活中確實存在著的色欲情思，但教化人心的作用仍舊存在。劉果解說得很清楚：

〔註 34〕陳大康：《明代小說史》（北京：人民文學出版社，2007 年 4 月），頁 434。
〔註 35〕（明）馮夢龍編，李田意編校：《古今小說．序》，頁 9。
〔註 36〕（明）馮夢龍編，李田意編校：《警世通言．序》，頁 8。
〔註 37〕（明）馮夢龍編，李田意編校：《醒世恆言．序》，頁 2B。
〔註 38〕（明）馮夢龍編，李田意編校：《醒世恆言．序》，頁 4A。
〔註 39〕（明）袁宗道：《白蘇齋類集》（台北：偉文圖書出版社，1976 年 9 月），頁 539～540。

> 馮氏以為，「色」與「情」有著不可分割的聯繫，「色」如果能與「情」相結合，就能夠獲得「理」所認同的合法性地位。……在此前提下，馮夢龍認為「色」是人的正當需求，與「淫」有區別。……綜之，情在維護既定性別規範的過程中起到的作用是十分微妙的：它輻射於「理」，為之注入新的活力，令其重煥生機；另一方面，它貫注於「色」，使其獲得合「理」化地位，擴大了「理」的包容閾限。與此同時，它又對自身的邊界作出規定，使自身得以不逾「理」之矩。通過以上三個途徑的努力，僵硬冰冷的「理」在「情」的改造下具有了「情」的溫度，更易為人們所接受而廣為流播；而火熱的「情」在「理」的規範下也得到了冷處理，以更好地服從於「理」的要求。〔註 40〕

所以，有「情」支撐的「色」，才是有「理」的，是可以站穩腳步的。反之，無「情」無「理」的「色」，便須去除。這個道理，「三言」評點可以印證，如〈喬太守亂點鴛鴦譜〉（醒 8）有眉批：「不見可欲，使心不亂。」（醒 8，頁 18A）同於〈蔣興哥重會珍珠衫〉（喻 1）的眉批：「不見可欲，使心不亂。婆子妙算，不得不墮其術中。」（喻 1，頁 45）因為過多的欲望足以擾亂人心，已非合「情」合「理」的「色」，這是馮夢龍在情色氛圍描述中所強調的「理」的教化提點。而且「三言」裡墮於色欲之人，下場通常是很慘的。也就是說，馮夢龍雖編選了這些情色之作，但還是起到了警醒曉喻世人的功效。

所以馮夢龍僅推崇賢君聖主，針對貪愛女色以致亡國的皇帝，他並沒有同情。如〈新橋市韓五賣春情〉（喻 3）的得勝頭迴，批評周幽王、陳後主、隋煬帝、唐明皇等皆是。評點方面，例如在〈金海陵縱欲亡身〉（醒 23）裡，對海陵王好色寡恩的惡評便不少，像是眉批：「□淫喪心，豈人君所為哉？」（醒 23，頁 5A）眉批：「海陵好色寡恩，其使存歿，俱□快矣。」（醒 23，頁 7B）眉批：「殺夫淫妻，何以服人？」（醒 23，頁 11A）另外，在故事末尾，蒲速碗強力拒絕仍遭海陵強姦後，辭朝再不入宮，甚至以死相逼拒絕，海陵無可奈何，評點便說：「可見諸人還是自家心肯，未可全咎海陵也。」（醒 23，頁 47B）其他淫亂的女子也有責任，算是公允的評論，非維護之言。

另一則故事，〈隋煬帝逸遊召譴〉（醒 24）講述隋煬帝之非，評點也攻擊

〔註 40〕劉果：《「三言」性別話語研究——以話本小說的文獻比勘為基礎》，頁 25～27。

其淫行。當大夫何稠進御女車及任意車，困住童女的手腳，以供隋煬帝玩樂，便有眉批評論：「纖毫不能動，有何情趣？」（醒 24，頁 4B）此則批評隋煬帝淫樂之舉，其情欲過度，已然違理，已非男女真情範疇。畢竟因為好色引來主滅國亡，實是馮夢龍不願見及之事。

三、讚美貞節

殷商和西周時期的婚姻關係是相對鬆散的，男女的交往較自由，甚至混亂，婚姻觀念也較為淡薄。從春秋開始，婚姻觀念漸漸有了規範，例如有「媒」的產生，婚姻的禮儀也趨複雜、嚴格。最晚在春秋的中後期，針對女性貞節的觀念已略現端倪。〔註 41〕只不過這時期的要求還相當淡薄，在漢代，「貞節」二字並無性別之分，多用以形容男性的道德修養；「貞婦」也不是守節的寡婦，主要是指忠孝信義突出的女性。可是儒學獨興後，日漸要求女性貞節，宋代從理論過渡到實際要求，明清時則進一步強化。〔註 42〕

馮夢龍對於貞節觀，基本上站在讚揚的立場，例如〈陳御史巧勘金釵鈿〉（喻 2）。故事中，魯學曾之父魯廉憲為官清廉，亡故後家境更加窘寒。累世通家的顧僉事有悔婚之意，不願將女兒阿秀嫁給自小有婚約的魯學曾。阿秀對母親說，婦女之義，在於從一而終。若婚姻從錢財上來考量，那是夷虜之道。父親欺貧重富，全沒人倫，難以從命。眉批評阿秀：「婦人之義，從一而終，賢哉此女。」（喻 2，頁 122）〈閒雲菴阮三償冤債〉（喻 4）的故事後段則說阮三死後，陳玉蘭將小孩拉拔長大。陳完阮直做到吏部尚書留守官，將他母親十九歲時守寡、教子成名等事，表奏朝廷，修建賢節牌坊。眉批評價：「倒是真賢節。」（喻 4，頁 256）〈金玉奴棒打薄情郎〉（喻 27）的玉奴，她說她雖出寒門，還頗知禮數，既與莫稽結婚，便當從一而終。雖然莫稽得官後嫌貧棄賤，忍心害理，但她各盡其道，不肯改嫁而傷婦節。眉批評為：「難得，難得。」（喻 27，頁 225）〈李秀卿義結黃貞女〉（喻 28）的李秀卿思娶黃善聰，無奈恢復女裝打扮的善聰不肯。她說，此刻正是有嫌疑之時，不可以不謹慎。今日如果兩人結合，無私有私都把七年貞節，付諸東流水，豈不惹人嘲笑。無奈媒人與姐姐兩人交相規勸，黃善聰就是不答應。眉批說：「確是

〔註 41〕張繼軍：《先秦道德生活研究》（北京：人民出版社，2011 年 2 月），頁 248～270

〔註 42〕彭華：《儒家女性觀研究》，頁 257～269。

真正女道學，可敬，可敬。」（喻 28，頁 258）〈錢舍人題詩燕子樓〉（警 10）裡盼盼焚香指天發誓，說她乃一妾婦人，沒有其他方法可以回報尚書的恩德，請求落髮為尼，誦念佛經，以幫助尚書祈求冥福，而且發誓這一輩子不再嫁人。於是盼盼閉戶獨居，經過十來年，都沒有人再見上她一面。眉批再評：「真節婦，難得，難得。」（警 10，頁 348）

以上諸評點都可印證馮夢龍認同於愛情上的理想是從一而終。但守貞節不該是死板地壓抑，而是要考量情理。例如〈喬彥傑一妾破家〉（警 33）馮夢龍就有眉批：「真聖賢絕不做自了漢，高氏自倚貞潔何用？」（警 33，頁 491）獨善其身式的守貞不夠，還要兼善天下地將此貞節之心擴散出去。所謂「己欲立而立人，己欲達而達人。」自己堅貞，還要讓周圍之人也能操守存正高潔才算，否則單是堅守貞節之名，實是枉然。

蕭欣橋、劉福元的《話本小說史》認為「三言」有不少鼓吹貞節觀的作品，但有些故事又理解、認同於婦女的失貞行為。既肯定情欲，有色情描寫，戒淫和宣淫同時存在，是一矛盾。〔註 43〕但馮夢龍其實有解釋，《情史・情貞類》說：「自來忠孝節烈之事，從道理上做必勉強，從至情上出者必真切。」〔註 44〕王鴻泰以為，馮夢龍所謂「情貞」觀念下的「貞」是強調由真情出發，以對情感的真切來作為守貞的動力，而不是以形式的禮法規範來壓制人的本能。〔註 45〕駱冬青則認為明清小說表現出「境遇決定實情」的狀況，對於善惡的分辨常常是依同理心來衡量，用「境遇」裁決道德的正當性。因而〈蔣興哥重會珍珠衫〉裡的三巧兒雖然偷情，但是是在丈夫長年出外經商、馬泊六挑逗、陳大郎用計的情況下產生的，所以馮夢龍雖然讓蔣興哥休妻，但最終仍原諒了三巧兒，甚至使夫妻重新團聚。〔註 46〕《情史・情貞類》又言：「無情之夫，必不能為義夫；無情之婦，必不能為節婦。世儒但知理為情之範，孰知情為理之維乎？」〔註 47〕說的就是這個道理。

〔註 43〕蕭欣橋、劉福元：《話本小說史》（杭州：浙江古籍出版社，2003 年 4 月），頁 318～329。

〔註 44〕（明）馮夢龍：《情史・情貞類》，頁 82。

〔註 45〕王鴻泰：《三言二拍的精神史研究》，頁 107～108。

〔註 46〕駱冬青：《心有天游——明清小說美學》（南京：南京大學出版社，2008 年 9 月），頁 95～96。

〔註 47〕（明）馮夢龍：《情史・情貞類》，頁 82。

四、肯定女性

本論文第二章提及馮夢龍批判惡妻，甚至以為男子不該怕老婆，因此不乏有像〈喬太守亂點鴛鴦譜〉（醒 8）的眉批：「女流見識，每每如此。」（醒 8，頁 4A）之類的例子，但基本上馮夢龍也很肯定女性勝於男子的才華、堅定的意志。例如〈楊謙之客舫遇俠僧〉（喻 19）的楊謙之在赴任的路上經李氏幫助，先後避過狂風之難、買到贓物蒟醬之險。李氏對楊謙之說，今後依她，保管沒事。眉批便評價：「如此婦人，也值得怕老婆。」（喻 19，頁 735）以怕老婆為不然的馮夢龍，顯然在此更認同、讚許於女子的才能、胸襟。

關於「三言」中對女性的讚揚，大約可分兩項來討論：

（一）頌揚女子賢才有智

「三言」的〈李秀卿義結黃貞女〉（喻 28）之開頭說：「常言有智婦人，賽過男子，古來婦人賽男子的也儘多。」（喻 28，頁 235）〈莊子休鼓盆成大道〉（警 2）的莊子妻自認為遠比以扇扠墳的婦女貞節，便言：「有志婦人，勝如男子」（警 2，頁 70）相似的評點例子也是有的，而且為數甚多。除前文已有談論，稱頌賢德母親者外，以下針對讚揚女子賢才有智的眉批，以表格呈現。

表 4-1：讚揚女子眉批

卷　名	眉　批	頁碼
〈陳御史巧勘金釵鈿〉（喻 2）	田氏果有俠氣。	149
〈滕大尹鬼斷家私〉（喻 10）	梅氏賢而有智，非此婦不能保孤。	408
〈楊謙之客舫遇俠僧〉（喻 19）	如此婦人，也值得怕老婆。	735
〈張舜美燈宵得麗女〉（喻 23）	素香此行甚拙，然實是大有心人，又且有才有智，作用勝舜美多多許。	93～94
〈明悟禪師趕五戒〉（喻 30）	婦人憐才，反勝男子。然才人遭禍，而使婦人憐之，亦可悲矣。	339
〈梁武帝累修歸極樂〉（喻 37）	婦人乃有此見識，此拘儒所不及。陳實弔張讓，狄仁傑臣武氏，皆此意也。	635
	到來方見公主心事，真女中豪傑。	639
〈趙太祖千里送京娘〉（警 21）	大英雄語。	824
〈宋小官團圓破氈笠〉（警 22）	宜夫第一之人。	882
〈趙春兒重旺曹家莊〉（警 31）	春兒有用之才，不枉做奶奶。	428

〈王嬌鸞百年長恨〉（警 34）	嬌鸞志氣不減齊姜，惜周公子之非晉公子也。	551
〈萬秀娘仇報山亭兒〉（警 37）	萬秀娘忍小恥而報大仇，是大有作用女也。	654
	秀娘大有急智。	669
	秀娘步步精細。	673
〈陳多壽生死夫妻〉（醒 9）	賢哉婦也，難得難得。	20B
〈劉小官雌雄兄弟〉（醒 10）	大劉雖曰端人，終是獃漢；小劉固然貞女，誠亦巧婦。	24A
	有心人。	25A
	主意在此。見識既高，作事又且細膩，真閨傑也。	25B
〈蘇小妹三難新郎〉（醒 11）	悟徹禪機，敏捷驚人。	15A
	小妹事事勝人，秦郎那得不愛敬？	17A
	清新藻麗，有唐人風致。二詩較之，兄當遜妹矣。	17B
〈白玉孃忍苦成夫〉（醒 19）	萬里心傻，玉孃腸熱，俱是英雄本色。	8B
	女中豪傑。	10A
	心堅鐵石，吐詞峻絕。	17B
	剛腸烈志，凜乎不可犯。	19A
	和氏亦賢婦也。	19B
	不念舊惡，不忘報施，皆如烈丈夫所為。	23B
〈張淑兒巧智脫楊生〉（醒 21）	這女子儘有智數，可敬，可敬。	12B
	既放釋元禮，又出脫母親，直恁周密，真女中豪俠也。	13A
〈金海陵縱慾亡身〉（醒 23）	詎意濁世中瞥見烈婦人，信乎天地正氣，皆由人心自出耳。	52B
〈十五貫戲言成巧禍〉（醒 33）	此婦亦大有作用。	21A

馮夢龍對於女子的稱讚，有賢、才、智、節、堅、貞、烈、巧、高、精細、英雄、豪傑等評價，且非少數，由以上表格所列眉批應可得證。值得注意的是，他在稱揚女子的同時，也正代表認可女子不輸男子，肯定女子在才智上可以不卑，情欲上可以主動，性情上能堅貞卓烈。

（二）尊重女性婚姻自主

古代婚姻以父母之命、媒妁之言為準，但馮夢龍有不同的呼聲。如〈張古老種瓜娶文女〉（喻 33），擔任駙馬監判院的韋恕，一日帶著妻女去感謝送瓜吃的張公，同時也謝他收留梁武帝遺失的御馬。這時有一眉批評：「十八歲女兒未嫁，一不是也；又攜之遊園，二不是也；請張公同坐，三不是也。」（喻 33，頁 430）之所以會有此評，是因為其後張公指定十八歲的韋恕女兒為配偶。此處眉批評：「念頭甚怪。」（喻 33，頁 432）若求匹配，自然是求年齡相仿的，但令人奇異的是張公已上八十，一邊說話，一邊咳嗽，像是得了肺癆，一副氣弱游絲模樣。評點者也訝異了：「八十老兒害相思，大奇。」（喻 33，頁 432）韋恕自然是不肯，還大怒叫人來要打張公，幸被夫人勸回。但張老竟真的託媒人說親，韋恕用指頭指媒人說要十萬貫錢為定等條件才准，沒料到張公真的準備了十萬貫錢。到這步田地，韋恕夫婦委決不下，畢竟不可言而無信，又不願讓寶貝女兒嫁一園叟，只好詢問女兒的意思。眉批評：「處分最是。」（喻 33，頁 440）也就是馮夢龍認可了劇情的發展：父母在婚事上應尊重女兒的意見。

〈陳多壽生死夫妻〉（醒 9）也有一例。朱世遠看到女兒所寫之詩，感嘆地說：「真烈女也！為父母者，正當玉成其美，豈可以非理強之？」（醒 9，頁 17A）因而跟妻子商議，認為福壽乃天成，是神明默定。如果私心更改，上天必然不會護祐。而且女兒自誓，若不能嫁給陳多壽，寧死不生。一個不注意，女兒死了，徒然背負不義之名，讓人看了笑話。還是把女兒嫁給陳家，一來表示情誼，二來了了女兒心意，也減卻父母的責任。眉批評曰：「此見最當。」（醒 9，頁 17A）足見馮夢龍認同女子主動追求婚姻、選擇匹配對象的態度。

馮夢龍肯定情欲，小說裡不忌淫筆，目的在以淫戒淫；雖認同女子守貞節，又以為應當考量情理；他也肯定女子才華，尊重突破父母之命的婚姻選擇；「三言」的眉批都可以一一舉證。最後再舉二個可以綜合本章第五節觀點的故事作為結論。

〈喬太守亂點鴛鴦譜〉（醒 8）裡孫潤假扮姐姐代嫁到劉家，錯與劉家女兒慧娘有了私情，發生關係，以致慧娘無法再嫁給自小訂有婚約的裴家，因而裴劉二家起了爭執。喬太守審理此案，兩造問明，又問了慧娘、孫潤後，已有意成全年輕男女。太守拿筆判道：

弟代姊嫁，姑伴嫂眠。愛女愛子，情在理中。一雌一雄，變出意外。

> 移乾柴近烈火，無怪其燃；以美玉配明珠，適獲其偶。孫氏子因姊而得婦，摟處子不用踰牆；劉氏女因嫂而得夫，懷吉士初非衒玉。相悅為婚，禮以義起；所厚者薄，事可權宜。使徐雅別壻裴九之兒，許裴政改娶孫郎之配。奪人婦，人亦奪其婦，兩家恩怨，總息風波。獨樂樂，不若與人樂，三對夫妻，各諧魚水。人雖兑換，十六兩原只一斤；親是交門，五百年決非錯配。以愛及愛，伊父母自作冰人；非親是親，我官府權為月老。已經明斷，各赴良期。（醒 8，頁 32B～33A）

先後兩眉批：「如此斷法，許多醜事化為一段美談。不然，各家爭訟，何時而息？所以善做官者，只是化有事為無事。」（醒 8，頁 32B～33A）及「絕妙審單。」（醒 8，頁 33A）可以證明馮夢龍認同這樣的判決，以息訟為為官之道。值得注意的是，馮夢龍藉喬太守之筆拈出「情在理中」四字，又說「相悅為婚，禮以義起；所厚者薄，事可權宜」。則馮夢龍對情的看法相當明朗：情在理的規範中，理之內也應講究情意，於是肯定男女相悅成親；且事可權宜，禮法並非死板，仍是尊重情欲的。

另一個例子是〈宿香亭張浩遇鶯鶯〉（警 29），講張浩與李鶯鶯的戀愛故事，雖典出元稹《鶯鶯傳》，但在情節上有不少新的突破。在宿香亭相會，反倒是女主角向男主角告白。李鶯鶯對張浩有一番真情傾訴：

> 妾自幼年慕君清德，緣家有嚴親，禮法所拘，無因與君聚會。今君猶未娶，妾亦垂髫，若不以醜陋見疏，為通媒妁，使妾異日奉箕箒之末，立祭祀之列，奉侍翁姑，和睦親族，成兩姓之好，無七出之玷，此妾之素心也。不知君心還肯從否？（警 29，頁 344～345）

眉批評論鶯鶯：「此女大有心人。」（警 29，頁 344）顯然馮夢龍讚揚李鶯鶯在禮法束縛下，還能強調自己的真心情意。

《鶯鶯傳》裡男主角跳牆見女主角的情景，也改成了李鶯鶯踰牆見張浩。所以眉批說：「鶯鶯跳牆，翻案甚奇。」（警 29，頁 355）兩人相會於宿香亭後，入房雲雨，作者亦有描寫，並不迴避。這樣看來，張、李兩人感情應是一帆風順，但故事到此卻出現轉折。張浩之父要張浩娶孫氏，張浩向來畏懼父親的剛暴性情，不敢抗拒，又不敢明白說出與李鶯鶯之情事，只能屈服，與孫家商議婚事。眉批批評：「男子不如婦人，其張浩李鶯乎？」（警 29，頁 358）馮夢龍在此稱揚了李鶯鶯雖為女子，但氣節勝過男人；張浩在感情上反不如李鶯鶯堅毅。而在李家，鶯鶯堅持非張浩不嫁，寧死不屈，強烈向父母表明她的心思。說她自幼欣慕鄰居張浩的才名，曾以身體私許，願白頭偕老。且曾透過奶媽告訴父母想要和與張浩締結良緣，但當日不允許；現在聽聞張浩將與孫氏結婚，那便是拋棄鶯鶯了。可是她貞節已失，不可再嫁他人。因此若嫁張浩的心願無法達成，她只能含笑自絕。馮夢龍透過眉批說：「父母一不是。」（警 29，頁 359）代表馮夢龍贊成女子追求情欲的果敢、主動、堅持，父母應該尊重子女婚配的選擇。

李鶯鶯在情愛、婚姻上的主動不僅於此，她還告到官府。其狀紙上針對立法的精神，便注明「禮順人情」（警 29，頁 361）四字。龍圖閣待制陳公明察審理後說：「天生才子佳人，不當使之孤另，我今曲與汝等成之。」（警 29，頁 361）眉批又道：「好官府。」（警 29，頁 361）說官府好，即是判得好，代表馮夢龍也認同應使相愛之男女在一起。儘管他們以私相許，未先得父母之命；儘管她們的偷情，在禮法上是違背傳統社會風俗的。

從小說上下文來看，這幾則眉批的意涵是：馮夢龍既讚美女子有勝於男子者，強調貞節重要，肯定男女相愛的情欲，又希望父母聽從子女戀愛自主而婚嫁的心願。一切既以理為情之規範，又以情為理之綱要。情與禮、理是和諧的，也就是前文闡述時所說的「情在理中」、「禮順人情」，這才是馮夢龍情教說的主要精神。

馮夢龍情教說的相關討論中，溫孟孚結合「三言」與《情史》之說，解釋「化欲為情」表現兩方面：一是以欲始，以情終，將自然短暫的情欲，轉化為執著且恆久的真情；二是「無情化有，私情化公」，將利己的私欲轉化為利他的公情；但此說的前提，是溫孟孚將 120 篇的「三言」區分為 49 篇話本和 71 篇擬話本，以為馮夢龍在編輯時對話本小說基本上改動不多，所以是弱主題，以娛樂為主；擬話本小說是馮夢龍和明人擬作的，為強主題，以教化為主。因此他認為「三言」的擬話本小說才有強主題：「情在理中，禮順人情」。〔註 48〕而筆者以「三言」裡「評點與小說正文結合，才算讀者閱讀時的完整讀本。」這個立場，從「三言」評點切入，舉例印證「三言」話本與擬話本小說的評點皆有「情在理中，禮順人情」的思想。當可確定，馮夢龍的情教說、教化觀在「三言」裡是通貫、一致的。

〔註 48〕溫孟孚：《三言話本與擬話本研究》，頁 2～3、148～163。

第五章　「三言」評點的美學觀

「三言」評點多為隨文批評，並未有長篇深論。這些評點並不系統化，也不像金聖嘆、毛宗崗等人，對文章技巧具有深刻見解。這毋寧是「三言」評點在美學上的局限。同時，教化觀的大量嵌入，也可能有令人減少閱讀樂趣的疑慮。儘管如此，筆者認為「三言」的批語雖簡潔，但確實存有對故事內涵、寫作技巧的具體評述，因此不論作為讀者或是研究者，還是有其參考價值。至於教化觀，馮夢龍已在「三言」序言裡明白訴說其用意，況且由本論文第二、三、四章的討論也可以看出，馮夢龍的評語基本上是融合當時社會的風氣而發，教化信條也是三言兩語為主，不是大篇議論。因此筆者認為當時讀者應該極容易接受，甚至可能引發共鳴。

經過研析「三言」評點的教化準則和意涵後，本章將把重點放在討論「三言」評點的美學觀。

追尋美，是人的本能。然而美之為美，必有其因。小說是一種藝術形式，從形式或內容上，都有美的價值可言。而評點附於小說之中，已然成為小說的一部分，不可分割，因而評點的美學，亦是小說美學的一環。

葉朗的《中國小說美學》認為小說評點作為一種文學批評和小說美學的獨特形式，有幾個顯著的優點。第一，小說評點可以指導讀者閱讀，又可以總結作家的創作經驗。第二，小說評點家是小說批評家、小說美學家、小說藝術的鑒賞家。

第三，讀者閱讀小說的過程中，隨時會聽到評點家的聲音。雖然多少會割斷故事情節的連貫性，但有三個好處：提醒讀者注意容易被忽略的東西、勸讀者放慢閱讀的速度、幫助讀者對作品的感受上升到理論的高度，從而在小說美學的理論方面也有所進益。第四，一流的小說評點，一般都寫得通俗易曉。〔註1〕依葉朗之說，可見探究小說評點，有助於深度理解小說美學。

除了序言外，「三言」的評點文字，正是馮夢龍作為編者、作者以及讀者的內在思想，在「三言」小說美學上的呈現。本論文的第三章、第四章已探討評點的教化準則和內涵，本章再就評點風格、特色、作用為論點，以明朗「三言」的美學意涵。

第一節　評點風格：雅俗交融

「三言」評點的風格，乃是同時典雅化、通俗化，藉「雅俗交融」達成「雅俗共賞」的目的。蕭欣橋、劉福元的《話本小說史》說：

> 馮夢龍將宋元小說話本輯入「三言」，作為以雅入俗方面的語言錘煉，結合各個方面的藝術處理，既保留「諧於里耳」的原色，又染上「入於文心」的新彩。逆向的藝術處理則是，把「入於文心」的雅言改寫成「諧於里耳」的俗文。這是改雅為俗，與以雅入俗同在。藝術處理的各個方面，其中一個方面則是語言的錘煉。「三言」中明代短篇話本小說的名篇多由傳奇文（或稱文言短篇小說）改成，將文言與口語的阻隔變成了白話的通暢自如。這一轉變，不是簡單的改雅為俗，或是為俗而棄雅，而是實現雅俗交融……以雅入俗與改雅為俗同在，給「三言」中明代短篇話本小說的語言賦予了雅中有俗、俗中見雅的鮮明特色。〔註2〕

不惟「三言」小說內文如此，評點文字也符合此種「雅中有俗，俗中見雅」的現象。以下從「典雅化」與「通俗化」兩方面論證。

一、典雅化

「三言」這一類擬話本小說的典雅化，就內容而言，是放入了教化的信條，是要化民成俗；就形式而言，則是納入文人筆法和敘事技巧。龔鵬程的《中國文學史》云：

> 這類作品有共同的體例，以題目、篇首、入話、頭回、正話、篇尾

〔註1〕葉朗：《中國小說美學》（台北：里仁書局，1987年6月），頁16～17。

〔註2〕蕭欣橋、劉福元：《話本小說史》（杭州：浙江古籍出版社，2003年4月），頁335～336。

> 組成，看來是沿用說話人之作風。其實不然，其語言已是融合散文、史傳、詩詞曲賦等文體而成之新書面語，距口語甚遠。又屏棄了書場套數，減少了說書鄙俚隨意性。作者且在敘事模式、題材取捨上仿效史傳，在創作態度上強調「羽翼史傳」。它後期的章回化傾向及作者在篇尾的議論，更與史傳淵源匪淺。因此所謂擬話本，意義實不在模擬而在改造，朝文人化、文學化、文雅化的路子走。〔註3〕

「融合了散文、史傳、詩詞曲賦等文體而成之新書面語」，其實就是「三言」雅化一個很明顯的特徵。「三言」乃是以民間說話的模式為基底，朝「文雅化」的方向修飾的。至於「三言」評點，也有典雅化的一面，例如評點語句中，便「偶運用典故」，以及強調「正面化劇情」。

（一）偶運用典故

「三言」評點偶有運用典故的情形，例如〈蔣興哥重會珍珠衫〉（喻1），蔣興哥與新婚妻子三巧兒恩愛，形影不離，但五年後蔣興哥不得不去廣東經商，兩人分開。過了一年多，俊俏的陳大郎經過蔣家，三巧兒遠遠瞧見，誤認是丈夫而揭開簾子細看，陳大郎以為三巧兒對他有意，也使了個眼色。三巧兒發現不是丈夫，「羞得兩頰通紅，忙忙把窗兒拽轉，跑在後樓，靠著床沿上坐地，兀自心頭突突的跳一箇不住。」（喻1，頁36）眉批論此：「絕似河間婦初景。」（喻1，頁36）「河間婦」典出柳宗元的〈河間傳〉。言河間有一位婦人，甚有賢操，後被戚里惡少引誘、挾持而淫亂，於是陷害原本深愛的丈夫，落於荒淫十餘年而病死的下場。〔註4〕三巧兒同河間婦一樣初始為賢節、害羞，因錯認丈夫便心驚膽跳而羞愧。河間婦起先也是不理會勾引，以非婦道而堅辭，後在小姑勉強下，才與戚里之人出遊。但到了佛寺，聽聞男子咳嗽聲，又驚懼害羞地返家，甚至哭泣數日，不與眾人往來。〔註5〕馮夢龍以河間婦為比附，是恰如其分的。

〈俞仲舉題詩遇上皇〉（警6）的得勝頭迴，寫司馬相如與卓王孫之女卓文君私奔之事。卓王孫知兩人私奔而怒，更因文君為當鑪賣酒而羞慚不認女。不過半年後相如寫〈子虛賦〉而受朝廷徵召，卓王孫聽得消息，自言：「我女

〔註3〕龔鵬程：《中國文學史》下冊（台北：里仁書局，2010年8月），頁319。

〔註4〕（唐）柳宗元撰：《柳宗元集》（台北：頂淵文化，2002年9月），頁1341～1345。

〔註5〕（唐）柳宗元撰：《柳宗元集》，頁1341～1342。

兒有先見之明，為見此人才貌雙全，必然顯達，所以成了親事。」（警 6，頁 209）眉批立即評道：「卓王孫不如太史敫強項。」（警 6，頁 209）太史敫個性是強硬的，從何事可知？《史記》記載戰國時樂毅率聯軍攻齊，佔臨淄，殺齊湣王。齊湣王之子田法章改名換姓，成為莒太史敫的家傭，太史敫之女常憐助田法章，後與之私通。田法章繼位為齊襄王，立太史敫之女為后，生太子建。太史敫大怒：「女不取媒，因自嫁，非吾種也，污吾世。」遂與女兒斷絕關係，終身不願見面。〔註 6〕對照之下，卓王孫同樣反對女兒與人私通，卻因女婿受了薦舉而一改態度，無怪乎評點有所比較。不過，在此處馮夢龍只是認為卓王孫不如太史敫態度強硬，並未因此明確批評卓王孫的行為違反道德。

又如〈李公子救蛇獲稱心〉（喻 34），有條眉批說：「青洪如願之事略似。」（喻 34，頁 475）青洪、如願的故事出自南朝宋佚名的《錄異傳》與東晉干寶的《搜神記》。從編著的時代順序來看，《搜神記》在先，其故事云：

> 昔有商人歐明，乘船過青草湖。忽遇風，晦暝，而逢青草湖君。邀歸止家，堂宇甚麗。謂歐明曰：「惟君所須富貴金玉等物，吾當與卿。」明未知所答。傍有一人私語明曰：「君但求如願，不必餘物。」明依其人語，湖君默然。須臾，便許。及出，乃呼如願，是一少婢也。湖君語明曰：「君領取至家，如要物，但就如願，所須皆得。」明至家，數年遂大富。後至歲旦，如願起晏，明鞭之。如願以頭鑽糞帚中，漸沒，失所在。明家漸貧。故今人歲旦，糞帚不出戶者，恐如願在其中也。〔註 7〕

《錄異傳》亦載有此事，但有些差異：「青草湖」作「彭澤湖」，「青草湖君」作「青洪君」，且從「後至歲旦」至「恐如願在其中也」所記略有不同。〔註 8〕〈李公子救蛇獲稱心〉（喻 34）故事應當源自於《青瑣高議後集》卷九的〈朱

〔註 6〕事見（漢）司馬遷：《史記．田敬仲完世家》，收於（日）瀧川龜太郎著：《史記會注考證》（台北：文史哲出版社，1997 年 10 月），頁 723。

〔註 7〕（晉）干寶撰，李劍國輯校：〈如願〉，《新輯搜神記》（北京：中華書局，2008 年 5 月），頁 105。

〔註 8〕《錄異傳》作：「歲朝，雞一鳴，呼如願，如願不起。明大怒，欲捶之，如願乃走。明逐之於糞上，糞上有昨日故歲掃除故薪，如願乃於此得去。明不知，謂逃在積薪糞中，乃以杖捶使出。久無出者，乃知不能。因曰：『汝但使我富，不復捶汝。』今世人歲朝雞鳴時，轉往捶糞，云使人富也。」見（晉）干寶撰，李劍國輯校：《新輯搜神記．如願》之注，頁 106～107。

蛇記——李百善救蛇登第〉，〔註 9〕馮夢龍分別以《錄異傳》的「青洪」和《搜神記》的「如願」為典故，來比附〈李公子救蛇獲稱心〉（喻 34）裡的「王」與「稱心」，在故事情節至為相似的條件下，是極為恰當的。

再如〈玉堂春落難逢夫〉（警 24），王三官愛妓女玉堂春，後三官錢財花盡，玉堂春不顧老鴇反對，極力援助他。王三官回家後，另一有錢人沈洪出現。他欲求得玉堂春歡愛，沒料到玉堂春心意堅決，只愛王三官一人。沈洪多方設法，只是徒勞。在這裡，眉批認為：「沈洪亦自可憐，是《西廂記》中鄭恆也。」（警 24，頁 99）《西廂記》中，鄭恆是崔家的準女婿，又是崔母的姪子，卻不能贏得崔鶯鶯歡心，反倒被張生奪走。後來鄭恆騙崔家，誣說張生變心成為衛尚書女婿，被識破後落得撞樹自盡的下場。〔註 10〕馮夢龍哀憐沈洪如同鄭恆一樣，追求玉堂春落得一場空。果然，後來沈洪依老鴇之計，騙抬王堂春回家，卻遭與鄰人趙昂通奸的妻子皮氏毒死，其景淒慘。

另外，像〈黃秀才徼靈玉馬墜〉（醒 32）也有用典的眉批。黃損自幼佩帶父親留下的遺物玉馬墜，後來送給一位說話玄妙的老叟。節度使劉守道邀請黃損當他的書記，黃損於路途上搭上巨船，夜裡聞淒婉箏聲而識得一名美少女，回艙後睡不著，吟成一詞，投給少女。少女玉娥心儀黃損有才有貌，但彼此雖有情，卻苦無機會說話。玉娥約黃損半夜相見，有意婚約，並約定水神生日時再相會。之後黃損雖到劉守道處任職，卻因思念玉娥而憂鬱。約期已至，黃損要請假，劉守道不允，黃損遂夜裡踰牆偷跑。對此，有眉批道：「此番跳牆，比張生更有情趣。」（醒 32，頁 8B）張生跳牆典故出自唐代元稹的《鶯鶯傳》，是指張生為崔鶯鶯詩「待月西廂下，迎風戶半開，隔牆花影動，疑是玉人來」之約而爬杏花樹踰牆。〔註 11〕馮夢龍評價黃損踰牆之舉，比諸僅一牆之隔的張生為鶯鶯翻牆更有情趣，是因為黃損是思念遠隔他方的玉娥，甚至不惜棄工作不顧而行，在動機上、在為愛追求上，黃損是更為瘋狂、執著的。

〔註 9〕見譚嘉定編：《三言兩拍資料》，頁 201～203。及（宋）劉斧：《青瑣高議》（台北：河洛圖書出版社，1977 年 4 月），後集卷 9，頁 172～174。

〔註 10〕事在《西廂記》第五本第三折，見（元）王實甫著：《西廂記》（台中：曾文出版社，1975 年 2 月），頁 134～149。

〔註 11〕汪辟疆編：《唐人傳奇小說》（台北：文史哲出版社，1993 年 10 月），頁 135～136。

後來黃損雖見著了船上的韓玉娥，但要解纜時船卻被水流帶走。黃損狂追一、二十里仍不見該船，走投無路下，欲投江自盡，被送玉馬墜的老叟制止。老叟要黃損以玉馬墜為憑信，去找他的師兄胡僧。胡僧開示，並以錢相助黃損先求功名。另一方面，玉娥被老鴇薛媼所救，帶至長安。玉娥夜裡夢見羅漢報佳音，隔日遇到胡僧，胡僧即是夢中羅漢，他贈送玉娥玉馬墜。而黃損雖因掛念玉娥以致於無心讀書，卻高中並且任官。黃損向上指陳呂用之亂政，天子免除呂用之官職，於是黃損名動朝野。呂用之派人搶走玉娥，玉娥不從，忽然有一匹白馬從床中奔出，向呂用之撲咬，呂用之驚嚇跳竄。隔日胡僧來，說呂府有妖氣，願助解除，且指明妖氣來自某房。呂用之說該房為新納小妾所住，胡僧說她是上帝玉馬之精，來人間行禍，必須將她送給他人，其禍始能免除。呂用之因心恨黃損，故將玉娥送給他。這裡有眉批評析：「胡僧善為說辭，勝似古押衙、許俊費許多力氣也。」（醒 32，頁 19B）古押衙為唐代薛調《無雙傳》裡的俠義角色，為了王仙客，至宮中用假死法救出劉無雙，完事後古押衙自刎。〔註 12〕許俊則為許堯佐〈柳氏傳〉裡的角色。韓翊與柳氏相愛，但安史生亂，柳氏剪髮毀形避於佛寺，仍被蕃將沙吒利所奪。韓翊傷悲之下，以材力自負的許俊，自願直搗沙吒利府第，救出柳氏。〔註 13〕古押衙與許俊皆以武力救人，如馮夢龍所云，不若口才好的胡僧以三言兩語便達成任務，但兩人同為唐傳奇裡的人物，故眉批文字確實融入了小說典故。

（二）正面化劇情

要使內涵典雅化，還可以從劇情的改編上著手。如《眾名姬春風弔柳七》（喻 12）是從《柳耆卿詩酒翫江樓記》改編而來。原內容是柳永欲與周月仙同歡，被月仙再三拒絕，故用計，讓舟人載月仙夜渡，至無人處強姦，使柳永能強佔周月仙。〔註 14〕馮夢龍認為此內容傷害柳永文人形象，所以予以改編。眉批說：「此條與《翫江樓記》所載不同，《翫江樓記》謂柳縣宰欲通月仙，使舟人用計，殊傷雅致，當此以說為正。」（喻 12，頁 484）於是改成劉員外用

〔註 12〕汪辟疆編：《唐人傳奇小說》（台北：文史哲出版社，1993 年 10 月），頁 169～173。

〔註 13〕汪辟疆編：《唐人傳奇小說》，頁 52～55。

〔註 14〕佚名著：〈柳耆卿詩酒翫江樓記〉，收於（明）洪楩編：《清平山堂話本》（台北：河洛圖書出版社，1980 年 11 月），卷 1，頁 7～11。

計強佔月仙，而在柳永幫助下，周月仙得以和其思嫁的黃秀才結為連理。因為考量「鄙俚淺薄，齒牙弗馨」，〔註 15〕以為「殊傷雅致」，於是修改情節，使柳永保有正面形象，使情理兼具。這不僅代表了編者、評者認可小說的虛構性，也強調編入「三言」的故事須含有教化性。

在這個故事裡，馮夢龍多次為柳永發聲。如宋仁宗欲用柳永為翰林，但宰相呂夷簡因柳永在詞裡嘲笑過他，於是對柳永懷恨在心。呂夷簡上奏，說柳永雖有才華，但恃才傲物，不以功名為念，且任職屯田員外郎，卻日夜留連妓院，恐影響士風，不該舉用。同時多位諫官打聽呂丞相銜恨柳永，也逢迎參劾。眉批為柳永辯解：「郭令公、文丞相皆縱情聲妓者，一朝柄用，便殉國忘家，腐儒何足以知之？」（喻 12，頁 492）舉郭子儀和文天祥為例，認為柳永雖縱情聲妓，但一旦執掌權柄，便會「殉國忘家」，此非腐儒能夠知曉的。其後，柳永被罷了官職，卻依照宋仁宗的批文，手執一笏，上寫「奉旨填旨柳三變」，仍以妓院為家。（喻 12，頁 494）眉批順此評價：「快活煞，強似做官。」（喻 12，頁 494）認為柳永之舉遠比為官快活自在。

故事末尾，柳永晝寢，夢見一名黃衣吏從天而降，說他奉玉帝之令，〈霓裳羽衣曲〉已舊，欲換新曲，故欲借重柳永之筆，要他馬上前往。柳永醒來後，對趙香香說玉帝將召喚他，其他相識妓女只能寄信說明，無法等候相見，說完瞑目而死。有眉批云：「如此灑脫，誰云留連花酒者？枉煞英雄，千古遺恨。」（喻 12，頁 494）據此眉批，董上德《古代戲曲小說敘事研究》認為：

> 這可以看出明人對柳永的評價，明確地將他視為「文化英雄」。……柳永以其出色的才華，「上天」重新創造《霓裳羽衣曲》，連玉帝也要借重他的「仙筆」，正是「天生我才必有用」，皇帝不用玉帝用。這樣的文學想像，多少有點「賭氣」的成分，而柳永自稱「奉旨填詞柳三變」，不也是含有「賭氣」的成分嗎？明人的想像很有趣味：柳永不僅「奉聖旨填詞」，而且還要「奉玉帝敕旨」譜曲，這又是在「賭氣」之外對現實的一種嘲諷。……現實中，「奉聖旨填詞」只是一種苦澀的幽默，而在虛擬的時空中，「奉玉帝敕旨」譜曲則是一場精神上的勝利。〔註 16〕

〔註 15〕（明）馮夢龍編，李田意編校：《古今小說．序》，頁 5。

〔註 16〕董上德：《古代戲曲小說敘事研究》（廣州：廣東高等教育出版社，2011 年 5 月），頁 229～230。

故事發展至此，確實是對現實無奈的「苦澀幽默」和「精神勝利」。因而馮夢龍仍強調柳永的高尚，說他雖做兩任官，卻絲毫無家產留下。眉批評贊：「只此便高人萬倍。」（喻 12，頁 495）故事又說謝玉英為主喪，其他妓女都相聚在一處帶孝，且在樂遊園上買地安葬柳永。眉批再評：「人解得否？此豈浪子能致？」（喻 12，頁 495）以懸問，又一次地讚賞柳永，能獲眾妓女痴心支持，並非只是一般的風流浪子。

至於把柳永葬在「樂遊原」，董上德說：

> 一個失意的文士，其「風流塚」就與漢代皇帝的陵墓同處一地，與唐太宗的昭陵兩相對望，這是何等狂放的想像，何等驕傲的勝利！……我們看柳永的「上天」與「入地」，也是有如夢幻，那是「體制」之外的夢幻；在「體制」之外竟是一片無限廣闊的天地，「上天」可以得到玉帝的垂青，「入地」可以享有皇帝般的風光，這才是那些失意的人所尋求的最高級的人生之夢。〔註 17〕

可見得，馮夢龍對於改寫柳永這一文人的形象，是有很深刻的見解與豐厚情懷的。藉由柳永形象的改善，注入道德，注入曠達，同時也寬慰了失意的讀者。

另外一個「正面化劇情」的例子，出現在〈李謫仙醉草嚇蠻書〉（警 9）中。迦葉司馬問李白，憑他高才，為何不參加科舉考試。李白坦白說朝政紊亂，須請託納賄，才有功名可得。但後來李白還是聽從迦葉司馬建議，認為到長安必然有人薦拔。一日李白在長安紫極宮遊玩，遇到賀知章，彼此欽慕。賀知章邀李白到自家裡住，結為兄弟，每日談詩飲酒。此處有一則眉批云：「舊小說謂李白為賀家婢出，得此正之。」（警 9，頁 306）程毅中於〈試探隋唐兩朝志傳的淵緣〉一文中說：

> 《隋唐志傳》第九十九回敘翰林學士賀內翰向玄宗推薦李白說：近有一人姓李名白，西川綿州人也。先因綿竹縣令賀知章家一使女名曰秀春，嘗在綿江洗菜，忽然跳一鯉魚入籃。其女取魚歸家食之，因而有孕，後生一子，容貌希奇，身體端嚴。知章異之，取名李白。及長，穎悟絕人，才學無敵。下面《李太白立掃番書》、《華陰李白倒騎騾》兩回，與《警世通言》第九卷《李謫仙醉草嚇蠻書》故事相似，但情節差異很多。可一主人眉批說：「舊小說謂李白為賀家婢

〔註 17〕董上德：《古代戲曲小說敘事研究》，頁 231～232。

> 出，得此正之。」可見可一主人曾見過有李白出身故事的「舊小說」，似即指《隋唐志傳》。他稱之為「舊小說」，年代應該較早，那麼書中的李白故事當有更早的來源，未必是刻印者的新創。〔註18〕

關於《隋唐志傳》，明人林瀚的〈隋唐志傳敘〉曾說該書為羅貫中所作。〔註19〕《隋唐志傳》第九十九回正如程毅中所言，提到李白的出身，以李白為賀知章家的婢女所生。〔註20〕但在〈李謫仙醉草嚇蠻書〉（警9）中，劇情改變，李白和賀知章成了義結金蘭的兄弟。馮夢龍以此說訂正舊小說《隋唐志傳》的情節，則顯然不以李白出身低為然。於是，修改李白和賀知章的關係，成為平起平坐的結拜兄弟。既拉高李白的地位，也雅化了李白的文人形象。

藉由上述的幾個例子，筆者認為，「三言」評點者透過「偶運用典故」與「正面化劇情」的方式，既豐富了評點文句的內涵，也強調劇情有了轉化，達成「典雅化」的手段。這是評點與小說內文相輔相成的一個面向，有助於刺激讀者深入理解情節，並進一步省思、認同。

二、通俗化

「典雅化」固然有之，「通俗化」同時存在並不矛盾。「三言」評點文字亦有「通俗化」的特質，以下從「評語簡潔」和「注解眾多」兩方面來談。

〔註18〕程毅中：〈試探隋唐兩朝志傳的淵源〉，收於《文獻季刊》（第3期，2009年7月），頁67～78。

〔註19〕（明）林瀚〈隋唐志傳敘〉：「偶寓京師，訪有此作，求而閱之，始知實亦羅氏原本。因於暇日遍閱隋唐之書所載英君名將忠臣義士，凡有關風化者，悉編為一十二卷，名曰《隋唐志傳通俗演義》，蓋欲與《三國志》、《水滸傳》並傳於世。」見（明）羅貫中編，（明）楊慎批點：《隋唐兩朝史傳》，收於古本小說集成編委會編：《古本小說集成》（上海：上海古籍出版社），頁2～3。

〔註20〕原文：「言未絕，只見階下一人進曰：『臣舉一人，胸藏錦繡文章，筆寫龍蛇鳥跡，若答番書，實國家之大才。』眾視之，乃翰林學士賀內幹也。帝曰：『卿薦何人？試與朕言之。』內幹曰：『近有一人，姓李名白，西川錦州人也。先因錦竹縣令賀知章家一使女名曰秀春，嘗在錦江洗菜，忽然跳一鯉魚入籃。其女取魚歸家，食之，因而有孕。後生一子，容貌希奇，身躬端嚴，知章異之，取名李白。及長，穎悟絕人，才學無敵，因來赴選，被太師楊國忠、太尉高力士二人批落不用，現在臣家安下。臣觀此人，文章蓋世，提筆驚人，必識此書。臣乞為保官，答番書萬無一失。』帝曰：『既有斯人，何不早為朕召來？』內幹奉詔到宅三宣，李白入朝，拜於階下。帝曰：『朕被番使催促番書，不能回答，內幹舉卿有經濟之才，安邦之策，特宣卿來答書，與朕分憂，卿意若何？』白對曰：『臣來赴選，因學淺才疏，為楊太師、高太尉批卷不中，搶出場門，臣有何才，能辨字跡以答書乎？』」見（明）羅貫中編，（明）楊慎批點：《隋唐兩朝史傳》，頁1171～1173。

（一）評語簡潔

「三言」的評點文字，少則一個字，如「怪」（喻33，頁437）、「趣」（喻33，頁433）；至多則是〈臨安里錢婆留發跡〉（喻21）中的一則：「『古人結義真結義，今人結義乃結氣；古人結義勝同胞，今人結義沒下稍。酒肉場中心腹訴，一朝臨難如陌路。同胞兄弟多作仇，何怪區區結義流。』此歌雖俚，切中世弊。」（喻21，頁812）總計有六十四個字；然絕大多數評點僅為一、兩句話。

有些眉批，甚至在同一篇故事裡反覆出現，重覆強調。如〈沈小霞相會出師表〉（喻40）裡沈小霞躲進馮主事府邸，讓押解的李萬在府外乾著急，受了另一名公差張千的罵，眉批便批：「快意。」（喻40，頁805）底下沈小霞之妻聞氏假意哀告李萬、張千殺夫，李張二人都被知州用刑苦打伺候，在尋訪沈小霞屍體不得的情況下，落得一病死一求乞而歸的下場。馮夢龍連番批下「快意」，計有八則（包含「大快意」）。

或如〈王安石三難蘇學士〉（警3），蘇東坡仗恃聰明而常譏刺王安石，引起王安石厭惡，認為他輕薄。後來王安石知東坡詩裡有意譏誚他，遂有意貶謫東坡，果然東坡被貶為黃州團練副史。出發前王安石請東坡吃飯，叮嚀東坡到黃州為官，閒暇無事時還要多讀書以博學。眉批評此說：「氣殺人。」（警3，頁105）後來幾次刁難東坡，王安石說話皆尖酸刻薄，如「一向相處，尚不知子瞻學問真正如何？」（警3，頁119）、「這也不是什麼祕書，如何就不曉得？」（警3，頁121）、「考別件事，又道老夫作難。」（警3，頁123）這幾處眉批都評「氣殺人」。一再出現，乃是馮夢龍強調王安石用語尖刻，令人氣結，故未再更換其他用語。

大致而言，現今可辨識的「三言」評點文字，多是簡潔明晰的，並無長篇大論的情況出現。如此，讀者在閱讀小說本文時，一方面還可以快速瀏覽評點者的介紹、感想，有助於對小說的體會及思索。

（二）注解眾多

「三言」也有用字及人名、地名、故事的注解，形式上皆為眉批。底下筆者以表格方式呈現，以求分明。

1. 釋音

首先是注釋字音部分，列出「三言」裡所有可辨識的相關眉批文字。

表 5-1：釋音眉批

<table>
<tr><th>卷　名</th><th>正　文</th><th>注釋</th><th>頁碼</th></tr>
<tr><td rowspan="2">蔣興哥重會珍珠衫（喻 1）</td><td>拿向臥房中藏過，忙踅出來</td><td>踅，寺劣切</td><td>39</td></tr>
<tr><td>雨聲未絕，閛閛的敲門聲響</td><td>閛，音烹</td><td>49</td></tr>
<tr><td>楊謙之客舫遇俠僧（喻 19）</td><td>又有一隻船上叫賣蒟醬</td><td>蒟，音矩</td><td>730</td></tr>
<tr><td rowspan="2">臨安里錢婆留發跡（喻 21）</td><td rowspan="2">楚國土語，喚乳做縠，喚虎做於菟</td><td>縠，□耨切</td><td rowspan="2">795</td></tr>
<tr><td>於菟，音胡徒</td></tr>
<tr><td>楊思溫燕山逢故人（喻 24）</td><td>與兄賃舟下淮楚，將至盱眙，不幸……</td><td>盱，音虛</td><td>117</td></tr>
<tr><td>李秀卿義結黃貞女（喻 28）</td><td>再除卻曹大家、班婕妤、蘇若蘭……</td><td>家，音姑</td><td>235</td></tr>
<tr><td>簡帖僧巧騙皇甫妻（喻 35）</td><td>面長皴輪骨，胲生滲癩腮</td><td>皴，音春</td><td>502</td></tr>
<tr><td>汪信之一死救全家（喻 39）</td><td>搖旗吶喊而前，揚入湖中</td><td>揚，音盪</td><td>734</td></tr>
<tr><td>旌陽宮鐵樹鎮妖（警 40）</td><td>鮮卑慕容廆居昌黎</td><td>廆，音□</td><td>784</td></tr>
<tr><td>蘇小妹三難新郎（醒 11）</td><td>如今有誰忺摘，守著窗兒，獨自怎生得黑</td><td>忺，音軒，意好</td><td>2B</td></tr>
<tr><td>金海陵縱慾亡身（醒 23）</td><td>此名何物？何所用？而郎罷囝急急治之</td><td>囝，音囤</td><td>3A</td></tr>
<tr><td>薛錄事魚服證仙（醒 26）</td><td>失其雲雨勢，無乃困余且</td><td>且，音疽</td><td>1A</td></tr>
</table>

從上列釋音表，可知「三言」評點者是針對難字及特殊發音的字，提出注解，以解決讀者可能會遇到的閱讀阻礙。

2. 字詞、地名、人名釋義

以下則是針對專有名詞所作的注解，筆者同樣將之表格化，呈現字詞、地名和人名的涵意。

表 5-2：字詞、地名、人名釋義眉批

<table>
<tr><th>卷　名</th><th>正　文</th><th>注　釋</th><th>頁碼</th></tr>
<tr><td rowspan="3">吳保安棄家贖友（喻 8）</td><td>郭震，字元振，河北武陽人氏</td><td>武陽，今大名府大名縣</td><td>326</td></tr>
<tr><td>朝廷差李蒙為姚州都督，調兵進討</td><td>今雲南大理、姚安，皆唐時姚州也</td><td>327</td></tr>
<tr><td>單身到京，補嘉州彭山丞之職</td><td>今眉州彭山縣</td><td>347</td></tr>
</table>

陳希夷四辭朝命（喻 14）	忽一日遣門人輩於張超谷口高巖之上，鑿一石室	南漢張楷，字公超，隱居太華山，張超谷蓋因此得名	561
李秀卿義結黃貞女（喻 28）	再除卻錦車夫人馮氏、浣花夫人任氏，錦繖夫人洗氏和那軍中娘子、繡旗女將，這一班大智謀、大勇略的奇人也不論	馮氏名嫣，見《漢書》。任氏，崔寧妾；洗氏，馮寶妻；俱見《通鑑》。娘子，柴紹妻也，女將，見《金史》	236
宋四公大鬧禁魂張（喻 36）	你是浙東人，不知東京事，行院少有認得你的	行院，猶云本行也	540
崔待詔生死冤家（警 8）	當下喝賜錢酒，賞犒捉事人，解這崔寧到臨安府	今吳中賞人，亦云喝賜，是古來之語	288
范鰍兒雙鏡重圓（警 12）	雖在賊中，專以方便救人為務，不做劫掠勾當。賊黨見他凡事畏縮，就他鰍兒的外號改做范盲鰍，是笑他無用的意思	好人中有賊人，賊人中有好人，俗語盲鰍本此	456～457
旌陽宮鐵樹鎮妖（警 40）	悉將仙家祕訣，及金丹寶鑑、銅符鐵券……	銅符鐵券乃修煉文書	746
	令開棺視之，果無屍骸，始知璞脫質昇仙也	五解之中，璞為兵解，亦名金遁	888
勘皮靴單證二郎神（醒 13）	冉貴……兩隻眼東觀西望，再也不閉	冉貴是宋時有名的捕盜，平時雙眼常閉，故云	25B
金海陵縱慾亡身（醒 23）	此名何物？何所用？而郎罷囝急急治之？	郎罷囝，虜人呼父之稱	3A
	貴哥舔啖道：我只說幾貫錢的東西，我便充得起	舔啖，咋舌也	14B
李玉英獄中訟冤（醒 27）	我是個涾來僧	漂流和尚為涾來僧	24A
一文錢小隙造奇冤（醒 34）	聳身往罐口一跳，如落在萬丈深潭，影兒也不見了	壺隱法	3A

這一類的眉批同樣是針對特殊用法的「詞語」作簡單解釋，或是物名，或是地名，或是人名，使讀者閱之即能知曉詞意，有助於閱讀「三言」。

3. 故事內文注解

（1）品評時人

「三言」眉批針對故事內文作注解，也有藉此品評時人的。如〈眾名姬春風弔柳七〉（喻 12）該卷正文裡談到柳永，說：「耆卿所支俸錢，及一應求詩求詞餽送下來的東西，都在妓家銷化。」（喻 12，頁 488）眉批評論：「此等行業，吳中張幼于頗似之。」（喻 12，頁 488）張幼于，名獻翼，為嘉靖、萬曆年間人，〔註 21〕是戲曲名家張鳳翼之弟。〔註 22〕依錢謙益《列朝詩集小傳》，張幼于是當時頗受爭議人物，其行狂放，好聲妓。〔註 23〕費振鐘在《墮落時代——明代文人的集體墮落》中說：

> 張幼予顯然意在表演，他的這種荒唐行為，是做給世人看的，而目的是為了發洩內心的不平。……嘉靖四十三年，即一五六四年秋天，張幼予從金陵考場失意回到長洲，開始設計他未來的狂士生活方式，……張幼予一點也不掩飾他的「墮落」和「下流」，所有那些文人必須具備的高尚教養和品德，他都放棄了，……當全社會的注意點集中到了他身上，也就意味著他的存在意義實際上得到了社會承認。尤其在明季，市民社會的趣味，往往把那些語言荒誕、行為不經的文人，當作文化明星來看待，這就越發鼓勵和成全了像張幼予這樣的文人去佯作「顛狂」。〔註 24〕

科舉無法得名，故改求「狂名」。張幼于之舉雖然瘋狂，但仍是可以被理解的。〔註 25〕社會視他為文化明星，助長了他的氣焰。馮夢龍拿他來比附柳永，筆

〔註 21〕《列朝詩集小傳》記載：「萬曆甲辰年，年七十餘，攜妓居荒圃中，盜踰垣殺之。」萬曆甲辰年為萬曆 32 年，則張幼予當活躍於明代嘉靖、隆慶、萬曆年間。見（清）錢謙益著：《列朝詩集小傳》下冊，收於楊家駱主編：《中國文學名著》第三集（台北：世界書局，1961 年 2 月），頁 453。

〔註 22〕（清）錢謙益著：《列朝詩集小傳》下冊，頁 483。

〔註 23〕《列朝詩集小傳》記載：「張獻翼，字幼于，一名敉。……好游大人，狎聲妓，以通隱自擬，築室石湖塢中……。晚年與王百穀爭名，不能勝，頹然自放。與所厚善者張生孝資，相與點檢故籍，刺取古人越禮任誕之事，排日分類，倣而行之。或紫衣挾伎，或徒跣行乞，邀遊於通邑大都，兩人自為儔侶，或歌或哭……。每念故人及亡妓，輒為位置酒，向空酬酢。孝資生日，乞生祭於幼于，孝資為尸，幼于率子弟衰麻環哭，上食設奠，孝資坐而饗之，翌日行卒哭禮，設妓樂，哭罷痛飲，謂之收淚。自是率以為常。萬曆甲辰，年七十餘，攜妓居荒圃中，盜踰垣殺之。幼于死之前三日，遺書文文起，以遺文為屬，及其被殺也，人咸惡而諱之，故其集自《紈綺》諸編外，皆不傳於世。」見（清）錢謙益著：《列朝詩集小傳》下冊，頁 452～453。

〔註 24〕費振鐘：《墮落時代——明代文人的集體墮落》（台北：立緒文化，2002 年 5 月），頁 120～123。

〔註 25〕如明代袁宏道與之往來，多有詩文，便極稱譽。曾有詩〈張幼于〉：「家貧因任俠，譽起為顛狂。盛事追求點，高標屬李王。鹿皮充臥具，鵲尾薦經牀。不復呼名字，彌天說小張。」見（明）袁宏道著，錢伯城箋校：《袁宏道集箋

者推論，應也是認定柳永將錢財全花在妓院乃是狂放的，但有其背後的意義：寄託了對現實環境的不滿，將失意情懷藉「狂」而解放。〔註 26〕

又如〈灌園叟晚逢仙女〉（醒 4）。秋先平日最恨攀折花朵，以為花開不多時，在最得意時摧折，於心何忍，且花若能開口，必然會悲泣。插花入瓶只可供片刻勸酒之歡，或幫助婢妾妝扮，不如於花下飲酒飽玩，妝飾也可借巧於人工。此處有眉批評議：「玩此段議論，袁石公〈瓶史〉可廢。」（醒 4，頁 9B）袁宏道於萬曆二十七年（1599）寫〈瓶史〉，時三十二歲，馮夢龍二十六歲。〈瓶史〉的引言說：

> 余遂欲欹笠高巖，濯纓流水，又為卑官所絆，僅有栽花蒔竹一事，可以自樂。而邸居湫隘，遷徙無常，不得已乃以膽瓶貯花，隨時插換。京師人家所有名卉，一旦遂為余案頭物。無扦剔澆頓之苦，而有味賞之樂，取者不貪，遇者不爭，是可述也。〔註 27〕

觀〈瓶史〉之意，雖言插花不得已，但為了玩賞而「隨時插換」，畢竟是對花做離土、剪枝等處理，這與小說裡灌園叟秋先愛花、護花、不忍花傷的心境，遠遠相異。可見得馮夢龍認同於小說人物秋先的觀點，反以時人袁宏道之作為非。秋先的議論末尾又說，手裡折一枝，樹上就少一枝，不如延其性命，使年年可賞玩。況且花蕊若受折，與人夭折同理。若是折後隨人討取便給，有的可能不久便遭棄擲，如人枉死，無由申冤。有眉批再論：「以此類推，萬物莫不皆然，暴殄天物，不可不痛戒。」（醒 4，頁 10A）此則除了勸人惜物，也進一步印證馮夢龍不以插花為然的看法。

（2）比附俗諺

俗諺之例，可見〈裴晉公義還原配〉（喻 9）。唐璧與黃小娥自小有婚約關係，卻因縣令要奉承晉州刺史，刺史要奉承晉國公裴度，於是黃小娥被縣令

校》（上海：上海古籍出版社，2008 年 4 月），頁 145～146。袁宏道並曾自己解釋「譽起為顛狂」是讚美張幼于的意思。見（明）袁宏道著，錢伯城箋校：《袁宏道集箋校》，頁 502～504。

〔註 26〕周明初對此認為，名士的人格結構有問題，往往心理素質不健全，故過多地埋怨時世。由於懷才不遇而憤世嫉俗，又由於憤世嫉俗轉而為頹然自放、遊戲人生，甚至有反社會的傾向和行為。見周明初：《晚明士人心態及文學個案》（北京：東方出版社，1997 年 8 月），頁 143。

〔註 27〕（明）袁宏道著，錢伯城箋校：《袁宏道集箋校》（上海：上海古籍出版社，2010 年 6 月），頁 817。

強抬至刺史處交差。刺史將小娥妝扮如天仙後，連同另外五人一齊送入晉國公府，以為裴度生日賀禮。誰知相國府裡各地所獻美女不計其數，小娥等人未被裴度看在眼裡。此處有眉批：「可憐如花女，卻作遼東豕。」（喻 9，頁 370）「遼東豕」為一俗諺，典出自東漢朱浮（約 5～66）的〈與彭寵書〉：「往時遼東有豕，生子白頭，異而獻之。行至河東，見群豕皆白，懷慚而還。」〔註 28〕遼東有頭豬生了白豬，主人認為非常奇異而思進獻，到了河東，卻看見當地有許多白豬，因而羞愧走回。此詞漸漸成了俗諺，用以比喻少見多怪而自視不凡，或因見識淺薄而羞慚。馮夢龍恰當地運用「遼東豕」為喻，憐惜黃小娥並未因此麻雀變鳳凰。

再如〈盧太學詩酒傲公侯〉（醒 29），說貪婪好酒、性復猜刻的汪知縣，一心想拜會清高的才子盧柟。六次遞帖約期，要到盧柟花園裡賞花，當日都因恰有他事而不能赴約。第三次汪知縣以為可去了，偏有左右來報：「吏科給事中某爺，告養親歸家，在此經過。」江知縣少不得要去奉承款待，於是又誤了花期。故有眉批曰：「既要周旋世故，又要享清福清玩，世間那有揚州鶴？」（醒 29，頁 8A）既要違心與人交遊，又想享受清高、享福遊玩，世事當然不可能樣樣如己意，只能順心去做，擇一而行。在此要注意的是，眉批中的「揚州鶴」比喻「如意事」，為一俗諺。〔註 29〕馮夢龍將「揚州鶴」納入評點文字中，是俚俗化了文句，讓眉批在讀者熟悉的文字中蘊涵了寓意，加深其印象。

（3）解釋來源

馮夢龍在批語上說明某故事情節或曾在他書中使用，則應可據此推論小說的來源，或是馮夢龍在修改、編入時有參考該書。

例如〈游酆都胡母迪吟詩〉（喻 32）中有一節，謂宋徽宗與皇后皆夢見吳

〔註 28〕（梁）蕭統編，（唐）李善注：《昭明文選》（台南：台南新世紀出版社，1975 年 1 月），卷四十一，頁 583。

〔註 29〕現流行說法之原文為：「有客相從，各言所志。或願為揚州刺史，或願多資財，或願騎鶴上升。其一人曰：『腰纏十萬貫，騎鶴上揚州』，欲兼三者。」引自「維基文庫」：《殷芸小說》卷六（http://zh.wikisource.org/wiki/%E6%AE%B7%E8%8A%B8%E5%B0%8F%E8%AA%AA/%E5%8D%B706，2011 年 10 月 18 日）。舊說多以為此典故出自（梁）殷芸的《小說》，但查余嘉錫：《古代小說叢考》（北京：國家圖書館出版社，2010 年 10 月，頁 16～51）裡輯證的《殷芸小說》，並無此則。黃東陽以為此種說法乃是後人徵引訛誤，可能出自於當時俗諺。筆者從其說。見黃東陽：〈「騎鶴上揚州非殷芸《小說》佚文辨正」〉（《文獻季刊》第 4 期，2007 年 10 月），頁 48～52。

越王錢鏐欲討回江山，而使其子托生。由是，皇后醒來生皇子構，即宋高宗。高宗既為錢鏐第三子轉世，欲索回舊疆，故偏安江南，而秦檜恰好遇此機會，力主和議，得到宋高宗的支持。小說眉批評曰：「《宣和遺事》有此說，《西湖志》取之。」（喻 32，頁 407）查《宣和遺事》確有提及此事：

> 顯仁皇后生皇子構。徽宗隔夜夢吳越錢王，以手挽徽宗御衣，云：「我好來朝，你家便留住我；終須還我山河社稷，待教第三子來。」顯仁皇后亦夢金甲神人，自稱錢武肅王；及寤，而生皇子。蓋徽宗第九子也。其始生之時，官中紅光滿室。宣和二年封為康王。後即位於南京，為高宗；建都於杭州，即符錢王還我山河之夢。錢武肅王即錢鏐，享年八十一歲，高宗亦壽八十一，豈偶然哉！〔註 30〕

另，依韓南（Patric Hannan）之說，「西湖志」可能是同時指《西湖遊覽志》及《西湖遊覽志餘》。〔註 31〕《西湖遊覽志餘》卷二有類似故事：

> 徽宗夢錢武肅王乞還兩浙舊疆甚懇，且曰：「以好來朝，何故留我？我當遣第三子居之。」覺而與鄭后言之，鄭后曰：「妾夢亦然，果何祥也？」須臾，韋妃報誕，即高宗也。既三日，徽宗臨視，抱膝間，戲妃曰：「酷似浙臉。」蓋妃雖籍貫開封，而原占於浙，豈生固有本？而錢王壽八十一，高宗亦壽八十一，以夢讖參之，良不誣矣。〔註 32〕

內容與句法是相似的，看得出來《西湖遊覽志》乃是承襲《宣和遺事》之說，而「三言」的〈游酆都胡母迪吟詩〉則是再根據兩者，引為材料，編寫出新故事。

又如〈沈小霞相會出師表〉（喻 40）。其正文裡頭提到兩首詩，對於第一首，「其時有無名子感慨時事，將〈神童詩〉改成四句云：『少小休勤學，錢財可立身。君看嚴丞相，必用有錢人。』」（喻 40，頁 759）眉批說明：「前詩《鳴鳳記》中用之。」（喻 40，頁 759）《鳴鳳記》為明代傳奇，主旨在攻擊明世宗時嚴嵩父子專權誤國，且讚揚反對派的正直官員，如楊繼盛等人，故當作於明穆宗隆慶（1567～1572）至明神宗萬曆（1573～1620）年間。〔註 33〕呂

〔註 30〕曹濟平等校點：《宣和遺事等兩種》（南京：江蘇古籍出版社，1993 年 3 月），頁 13～14。

〔註 31〕韓南（Patric Hannan）著，王秋桂等譯：《韓南中國小說論集》，頁 67～68。

〔註 32〕（明）田汝成：《西湖遊覽志餘》，收於楊家駱主編：《大陸各省文獻叢刊》（台北：世界書局，1963 年 5 月），第一集第五冊，頁 16。

〔註 33〕（明）佚名著，林侑蒔主編：《全明傳奇——鳴鳳記》，中國戲劇資料第一輯（台北：天一出版社）。

天成《曲品》列為無名氏作品，〔註34〕評論此劇：「記時事甚悉，令人有手刃賊嵩之意。詞調儘𢍰達可咏，稍嫌繁。江陵時亦有編《鸞筆記》者，即此意也。」〔註35〕表明了《鳴鳳記》是極力攻擊嚴嵩而作的時事劇。〔註36〕《曲品》初寫於明萬曆三十年（1602），後增補兩次，於萬曆四十一年（1613）完成，〔註37〕至多晚於此劇四十幾年，但已不曉得該劇作者姓名。後來有人認為作者是王世貞或王世貞的門人，不過都沒有明確的證據。〔註38〕查《鳴鳳記》第二十三齣，一末一丑扮二吏（嚴嵩家人），末一上場便開口：「朝為田舍郎，暮登天子堂，問道因何故，家中有孔方。」丑接著說：「小小休勤學，金銀可發身，君看嚴宰相，必用有錢人。」〔註39〕丑所說四句文字雖和〈沈小霞相會出師表〉的略微出入，但如眉批所言，《鳴鳳記》中已有使用。正因如此，則當能推論〈沈小霞相會出師表〉的編著者，必然有參考《鳴鳳記》以修改劇情。

由上述例子，可知馮夢龍確實在改寫時，曾利用某些相關書籍的片段，作為三言故事情節的一部分，納入書中。只可惜馮夢龍未針對這些資料作說明。

（4）分析原因

三言評點也分析情節中的特殊處，解釋可能的原因，如〈崔衙內白鷂招妖〉（警19）。崔衙帶著新羅白鷂去打獵，在一酒店休息。先是看到酒保長得兇惡，後見酒色異常紅豔，遂掀酒缸缸蓋偷看，只見血水裡浸著浮米。衙內驚嚇，教同行之人不要喝酒，把三兩銀子給酒保當酒錢後離去。對於酒資竟

〔註34〕（明）呂天成撰，吳書蔭校註：《曲品校註》（北京：中華書局，2006年7月），卷下，頁367。

〔註35〕（明）呂天成撰，吳書蔭校註：《曲品校註》，卷下，頁369。

〔註36〕李焯然在〈從鳴鳳記談到嚴嵩的評價問題〉一文中，認為：「純以政治為主的劇本，在當時殊為少見，而且還用當時發生的事為題材，可見作者寫《鳴鳳記》是有目的的，並不是單為寫劇本而寫。作者是要頌揚他所支持的楊繼盛等人的行動，並貶責嚴嵩和他的支持者。所以作者在戲裡特別突出忠和奸的對立，他認為奸的，他盡量醜化，他認為忠的，他不惜借取前人所發生的忠義事蹟，集於劇中『忠臣』的身上。」見李焯然：《明史散論》（台北：允晨文化，1991年12月），頁70。

〔註37〕（明）呂天成撰，吳書蔭校註：《曲品校註．自敘》，頁1～6。

〔註38〕引自《曲品校註》裡吳書蔭的說法，見（明）呂天成撰，吳書蔭校註：《曲品校註》卷下，頁369～370。

〔註39〕（明）佚名著，林侑蒔主編：《全明傳奇——鳴鳳記》下冊，中國戲劇資料第一輯（台北：天一出版社），頁12A。

然花費三兩銀子，眉批說：「宋人小說人說賞勞，凡使費動是若干兩、若干貫，何其多也？蓋小說是進御者恐啟官家裁省之端，是以務從廣大，觀者不可不知也。」（警 19，頁 713）宋人小說因為要進獻至宮內，怕宮廷刪減金額，故每次小說內文提到犒賞慰勞要花費多少錢時，便動輒好幾兩好幾貫錢，以供朝廷參考。馮夢龍在此向讀者解釋金額所以龐大，是有其原因的。

同樣是〈崔衙內白鷂招妖〉（警 19），崔衙內被紅衫女妖迷住了，經推薦，崔府請來真人羅公遠作法。眉批解釋：「宋時小說，凡言道術必托之羅真人。蓋附會公遠之名也。」（警 19，頁 733）羅公遠曾讓唐玄宗信服其道術，並帶玄宗到月宮聽〈霓裳羽衣曲〉，後又教玄宗隱身術。但玄宗隱身術學不全，怒殺羅公遠。幾年後羅公遠又出現了，玄宗嘆服，承認己過。〔註 40〕馮夢龍遂依此解釋，宋人小說每提到道術皆有羅真人，是因為附會羅公遠道術高強的名聲。

以上眉批，皆是注解小說行文及故事的底蘊，主要是幫助讀者理解劇情，或品評當時人物、比附俗諺，或說明來源，或解釋看似不合宜之處。

所以「三言」評點的風格是雅俗交融的。宋若云《逡巡於雅俗之間——明末清初擬話本研究》說：

> 考察雅與俗的關係，其界線並不是涇渭分明的。俗是雅所由誕生之處，而雅則是俗所運動的目標方向。人類任何一種雅文化的模式，都是在俗文化的母腹中孕育的。……俗的文體，經過時間的沖刷，尤其是文人的加工塑造而成了雅體，臻於完美精緻。……雅俗是互為前提、相互依存、相互滲透的。真正審美的理想境界是雅俗融合、雅俗共賞。〔註 41〕

馮夢龍的「三言」既保留原有的通俗，又加工其雅，評點時亦然。同時典雅化、通俗化，遂使雅俗共賞。

第二節 「三言」評點的特色

「三言」評點文字如前述，是簡潔明暢的，而在內容方面，歸納起來，表現的特色有三方面。

〔註 40〕羅公遠事，見（宋）李昉等編：《太平廣記》（台北：文史哲出版社，1987 年 5 月），頁 146～150。

〔註 41〕宋若云：《逡巡於雅俗之間——明末清初擬話本研究》（北京：中國社會科學出版社，2006 年 1 月），頁 265～266。

一、真實為上

小說裡的情節大多為虛構，但在描繪時往往採用寫實手法，力求相像。對「三言」評點而言，所謂的相像，即是求真，求現實生活的真實呈現。馮夢龍在其他作品裡也有提及此種觀點，《太霞新奏》卷十有他自己的評語說：「子猶諸曲，絕無文采，然有一字過人，曰『真』。」〔註42〕這是馮夢龍自道自己作品求真的事實。另外〈敘山歌〉也說：

> 情真而不可廢也，山歌雖俚甚矣，獨非鄭衛之遺歟？且今雖季世，而但有假詩文，無假山歌，則以山歌不與詩文爭名，故不屑假，苟其不屑，而吾藉以存真，不亦可乎？〔註43〕

可見即使俚俗，但情真便不可偏廢。「真」是描摹像，「真」也是指將真性情顯影出來。「三言」的評點多處談及，以下舉例說明。

例如〈蔣興哥重會珍珠衫〉（喻1），陳大郎為求與三巧兒成其好事，委託善於言語的薛婆幫忙。薛婆以計得到三巧兒的信任，常常到蔣家找三巧兒。正文道：「這婆子俐齒伶牙，能言快語，又半癡不顛的慣與丫鬟們打諢，所以上下都歡喜她。」（喻1，頁58）眉批評此：「像，像。」（喻1，頁58）這是指薛婆的形象歷歷如繪地呈現，引來評點者認同。後來薛婆常在蔣家歇宿，小說正文又說：「夜間絮絮叨叨，你問我答，凡街坊穢褻之談，無所不至。……或時裝醉詐風起來，到說起自家少年時偷漢子的許多情事，去勾動那婦人的春心，害得那婦人嬌滴滴的一副嫩臉，紅了又白，白了又紅。」（喻1，頁61～62）眉批再評：「一步步緊去，摹得絕似。」（喻1，頁61）馮夢龍認同小說寫得極像，看到了薛婆一步步緊湊起來的計倆。

另一方面，蔣興哥得知了三巧兒與陳大郎的奸情，急急趕回家鄉，但也心亂如麻。眉批對蔣興哥「在路上性急，巴不得趕回。及至到了，心中又苦又恨，行一步，懶一步。進得自家門裡，少不得忍住了氣，勉強相見」（喻1，頁80），評為「真，真。」（喻1，頁80）一個被妻子背叛之人的心境與舉止，如實地在小說行文裡被描繪出來了。當然蔣興哥既有充分證據，便想離婚。看到休書後，岳父氣問原因，說：「你兩箇是七八歲上定下的夫妻，完婚後並

〔註42〕（明）馮夢龍：《太霞新奏》，收於魏同賢主編：《馮夢龍全集》（上海：上海古籍出版社，1993年6月），頁439。

〔註43〕（明）馮夢龍《山歌、掛枝兒．敘山歌》，收於魏同賢主編：《馮夢龍全集》（上海：上海古籍出版社，1993年6月），頁2～3。

不曾爭論一遍兩遍，且是和順。你如今做客纔回，又不曾住過三朝五日，有什麼破綻落在你眼裡？你直如此狠毒，也被人笑話，說你無情無義。」（喻 1，頁 83）眉批評論：「口氣逼真。」（喻 1，頁 83）岳父只知蔣興哥與女兒三巧兒結婚五年，相當恩愛，此回蔣興哥離家經商一年半，一回來便要休妻，理當覺得奇怪。筆者認為，這一連串的故事發展，描寫十分貼切，也難怪馮夢龍頻頻認同，以為摹寫極似。

在〈陸五漢硬留合色鞋〉（醒 16）裡，潘壽兒自從見了張藎之後，「精神恍惚，茶飯懶沾，心中想道：『我若嫁得這個人兒，也不枉為人一世。但不知住在哪裡，姓甚名誰。』那月夜見了張藎，恨不生出兩個翅兒，飛下樓來，隨他同去。得了那條紅汗巾，就當做情人一般，抱在身邊而臥。睡到明日午牌時分，還癡迷不醒。」（醒 16，頁 12B）眉批道此：「描寫癡女心迷，情態逼真。」（醒 16，頁 12B）可說文筆極為細膩，能寫實地描繪。

故事發展到後來陰錯陽差，潘壽兒夜裡誤認陸五漢是張藎，被陸五漢恣意取樂，正文描述：「一個口裡呼肉肉肝肝，還認做店中行貨；一個心裡想親親愛愛，哪知非樓下可人。」（醒 16，頁 19A）眉批評曰：「如見如聞。」（醒 16，頁 19A）又強調了馮夢龍是認同於寫實風格，以真為上的。

二、妙奇為趣

「三言」評點者不喜荒唐，此待後說，但合理之奇、劇情之妙，仍足以為趣為快。先舉〈陳御史巧勘金釵鈿〉（喻 2）為例。陳御史要從梁尚賓手裡套出證據，遂假扮賣布的商人，願意虧損，只要出脫布匹。一番討價還價後，陳御史冷笑道：「這北門外許多人家，就沒箇財主，四百疋布買不起！罷，罷，搖到東門尋主兒去。」（喻 2，頁 161）激起了梁尚賓的怒氣與好勝心，反想購買了。眉批評：「激之妙。」（喻 2，頁 161）陳御史又說：「你真箇都買我的，我便讓你二十兩。」（喻 2，頁 162）眉批再評：「誘之妙。」（喻 2，頁 162）幾番激誘後，終於談妥了價錢。陳御史以布換得梁尚賓從顧家騙來的八十兩和若干首飾，做為證據，開堂審案，讓梁尚賓啞口無言。於是「將魯學曾枷杻打開，就套在梁尚賓身上。」（喻 2，頁 166）眉批稱道：「快絕。」（喻 2，頁 166）另一方面，被梁尚賓誣為同謀的賢妻田氏，求見孟夫人訴冤屈。突然阿秀上了田氏的身，泣訴前因後果。眉批再評：「奇絕。」（喻 2，頁 169）馮夢龍連番稱快稱奇，便是感於劇情有出人意料的驚喜感。

再舉〈杜子春三入長安〉（醒 37）。杜子春愛亂花錢，又結交無賴，日漸窮困，親族都不願接濟。有位老人問說：「難道你這般漢子，世間就沒個慷慨仗義的人周濟你的？只是你目下須得銀子幾何，纔勾用度？」（醒 37，頁 4A～B）眉批批曰：「問得奇。」（醒 37，頁 4A）杜子春先開口三百兩，老人以為不足，杜子春直說三千兩。眉批評曰：「一添便是十倍，答者□奇。」（醒 37，頁 4B）沒料到老人竟主動加碼到三萬兩，且約杜子春隔日午時某處相會。隔日老人說了黃石公與張良的故事後，真的取出三萬兩。杜子春「好不莽撞，也不問他姓甚名誰，家居哪裡，剛剛拱手，說得一聲：『多謝，多謝！』便顧三十來個腳夫，竟把銀子挑回家去。」（醒 37，頁 8A）馮夢龍顧此也莞爾了，評為：「妙甚，奇甚。」（醒 37，頁 8A）

上述眉批乃是針對劇情的奇、妙而發，以之為趣為快，實際上也有吸引讀者的效果。笑花主人在《今古奇觀》序裡說：

> 天下之真奇在，未有不出於庸常者也。仁義禮智，謂之常心；忠孝節烈，謂之常行；善惡果報，謂之常理；聖賢豪傑，謂之常人。然常心不多葆，常行不多修，常理不多顯，常人不多見，則相與驚而道之。聞者或悲或嘆，或喜或愕。其善者知勸，而不善者亦有所慚恧悚惕，以共成風化之美。則夫動人以至奇者，乃訓人以至常者也。〔註 44〕

也就是說，原本「至常」之道理，特地用「至奇」來表現，以導引讀者深入觀賞、體會。譚邦和在《明清小說史》裡也說：

> 常中出奇的美學追求，還反映了話本藝人和擬話本作家們對聽眾讀者心理學的研究。話本擬話本小說以通俗平易的市井白話，真實地或者虛擬地面對著說書場中的市民聽眾，這些市民聽眾有著市民階層特有的審美趣味，非奇巧驚人不能令其默坐靜聽，而如果奇巧驚人的故事偏又能令人信其真實，且有許許多多故事是講著市民們自己的事，包含著許多生命哲理和生存智慧，則聽眾更感親切動人。〔註 45〕

因此，何以馮夢龍在「三言」評點中認同的「以妙為趣」、「以奇為快」所在多有？大致而言，仍是以誘使聽者、閱讀者注意為目的的創作手段。

〔註 44〕引自高洪鈞編著：《馮夢龍集箋注》（天津：天津古籍出版社，2006 年 5 月），頁 89。

〔註 45〕譚邦和：《明清小說史》（上海：上海古籍出版社，2006 年 12 月），頁 152。

三、憐憫為嘆

「三言」評點者也常哀憐故事主角的不堪遭遇，發出無奈的嘆音。

如〈陳御史巧勘金釵鈿〉（喻2）裡魯學曾借了表哥梁尚賓的衣物要前往顧家，但頭巾尺寸不對，把舊的脫下來洗，向鄰居借熨斗來熨。「有些磨壞的去處，再把些飯兒黏得硬硬的，墨兒塗得黑黑的。只是這頭巾，也弄了一箇多時辰，左帶右帶，只怕不正。」（喻2，頁139）眉批說：「貧儒常事，可憐。」（喻2，頁139）深以為乃常見之事，憐憫窮困文人多如此。

又如〈蘇知縣羅衫再合〉（警11），良善的徐用反對徐能對蘇雲家劫財劫色，但趙三主動向徐能提供援助。正文裡趙三說：「既然二哥不從，倒不要與他說了，只消兄弟一人便與你完成其事。」（警11，頁390）眉批：「好人孤立，歹人多助，奈何？」（警11，頁390）評點者不禁同情起好人缺乏備受孤立，而壞人居然容易得到助力。

在「三言」評點裡，馮夢龍多處發出哀怨之聲。光是感慨「可憐」的，便出現二十四則，還有感嘆世間無人肯做出義舉的悲鳴：「誰肯？」總計也有十則。其他諸如「可恨」、「可殺」、「可嘆」、「可惜」、「可悲」者，多不勝數。馮夢龍對於小說人物遭遇甚有同情，實乃是對實際世情的感慨、悲憐。進一步來說，也是想得到讀者的認同。

「三言」評點的特色是真實為上、妙奇為趣、憐憫為嘆，不管究竟是不是馮夢龍有意的作為，或只是單純地表達他閱讀時的直接感想，理當能吸引心有戚戚的讀者，增加讀者閱讀的接受度。

第三節　「三言」評點的作用

教化批判和引導之外，「三言」評點對小說劇情、小說的虛與實，小說的筆法等有一定的解釋。雖然未成文章系統，論點也多支離在「三言」各篇小說裡，但筆者以為，這些有助於理解「三言」，理解馮夢龍，所以在中國小說評點的文學史、美學史上不容忽視。

一、評論小說劇情

除卻對人物的評價，絕大多數的「三言」評點文字，是針對小說劇情著眼。有肯定之言，也有針對不合理處的批判。情節的評點，大致可分為三類。

（一）佳劇要訣

為數不多，從「三言」可辨識的眉批來看，總共八則，皆是讚賞劇情妙、好、感人。

如〈窮馬周遭際賣䭔媼〉（喻 5），講的是馬周家貧且懷才不遇，雖有刺史提拔，但醉酒得罪刺史，因而題詩於客店牆壁宣洩。經客店王公相助及推薦，馬周到長安尋王公賣䭔的外甥女王媼。受中郎將常何愛慕的王媼，一日夢有白馬化為火龍，恰好當日馬周前來，遂將馬周推薦給常何。馬周文筆好，常何與唐太宗皆稱善，拜為監察御史。後來馬周立功升官，娶了王媼，應了白馬化龍之夢。不到三年，馬周當到吏部尚書，王公來探訪，馬周以「一飯千金」感謝王公之助。眉批評：「一本好傳奇結束。」（喻 5，頁 277）從故事來判斷，這則眉批認可「夢境成真、一切命定」的劇情是好的。

〈裴晉公義還原配〉（喻 9）說一文人唐璧，與黃小娥有婚約。但刺史為討好宰相裴度，而欲使黃小娥為歌姬進奉，縣令又欲討好刺史而強求黃父答應。黃父不答應，黃小娥遂被縣令強行派人抬走，留下三十萬錢。唐璧想娶黃小娥，黃父告知已被搶走。黃父要給唐璧三十萬錢，唐璧不拿，兩人大哭。後來，唐璧聽了黃父建議到長安聽調派官，住到裴度府邸附近，只為打探黃小娥下落，但卻無絲音訊。唐璧被派往湖州任官，途中黃父偷偷塞給唐璧的三十萬錢遭搶劫，幸遇一蘇姓老人相助，得以到吏部。吏部長官因唐璧身無憑信，不准重發派官告敕，唐璧再次無奈大哭。在客店裡，一紫衫人問唐璧情由，願代問黃小娥下落。唐璧等候多時，以為紫衫人失信了，淒涼地回到客店，忽然有兩個似官吏的人慌忙走入店裡，直找唐璧，嚇得唐璧躲在一邊不敢答應。原來紫衫人正是裴度，兩小吏是來請唐璧至裴府的。此處有眉批評：「絕妙好傳奇。」（喻 9，頁 380）何以是絕妙好傳奇？筆者以為是由於它的「起伏」和「懸疑」。起伏，如唐璧諸事不順，於是一哭二哭三哭，但幸好終有人助。懸疑，如紫衫人代問黃小娥下落，卻沒有立即回報，引起唐璧失落，後來劇情才解答紫衫人即是裴度。

又如〈沈小霞相會出師表〉（喻 40）。沈鍊彈劾嚴嵩父子而被貶至關外為民，虧得一賞識沈鍊力抗嚴嵩父子的賈石相助，讓房子給沈鍊一家住，又跟沈鍊結為兄弟。地方上人人敬重沈鍊，沈鍊喜談忠孝節義，時常唾罵嚴氏父子。嚴嵩知情後，讓楊順當上當地的總督，以調查沈鍊是否有過失可以加害。楊順竄改沈鍊之詩，誣他要聯合韃虜殺嚴氏，後誣陷沈鍊為白蓮教徒，殺了沈鍊，及沈鍊二子沈衮、沈褒。遠在紹興府的沈鍊長子沈小霞，也被押解，其妻聞淑女相隨。押解的兩差人有不軌之心，沈小霞和聞氏都察覺，於是沈小霞找馮主事幫忙，躲進馮主事府裡的密室。押解的差人李萬在馮主事府外苦等沈小霞不出，心裡急了。受了馮主事囑咐的守門公再三裝不懂，推說沒見到什麼沈公子，既不通報馮主事，也不讓李萬進入，讓李萬更急更慌。眉批批曰：「絕好一齣耍戲。」（喻 40，頁 803）這段情節表現好人玩弄惡人，使惡人心急心慌、落得不堪的下場，筆者認為是著眼於戲耍惡人能大快人心。

又如〈玉堂春落難逢夫〉（警 24），故事裡王三官為玉堂春蕩盡家財，卻遭老鴇施計騙離開，又遇搶劫。三官想打更賺錢，但因失更而被趕走，無奈下討飯度日。王銀匠認出三官，款待半個月多，最後三官仍被銀匠妻閒言氣走。賣瓜子的金哥認出三官，代他去探玉堂春。玉堂春約三官在廟裡見面，並瞞著老鴇，資助三官二百兩。三官因有錢，重新打扮，再度受到老鴇敬重。王三官和玉堂春各起愛戀誓言，將鏡子拆開，各執一半為記。在玉堂春希望王三官為之贖身的情況下，三官先回家求援，在路途上要兩位姐夫向王父說情，求王父原諒敗家子三官回頭。多位家人親人向王父哭求，讓三官回家。王父允諾留下三官，但要打罰一百下。眾人求情願代受打罰。大哥二哥，大姐二姐，各替二十下，剩下二十，大姐二姐說：「叫他姐夫也代他二十，只看他這等黃瘦，一棍打在哪裡？等他膔滿肉肥，那時打他不遲。」使王父笑了，遂不打三官。眉批評價：「絕妙一齣戲文，比《鄭元和傳》更近人情。」（警 24，頁 85）白行簡的唐傳奇《李娃傳》，其男主角鄭生，到了元劇已有全名鄭元和。〔註 46〕《賣油郎獨占花魁》（醒 3）的入話也有提及鄭元和與李亞仙事（醒 3，頁 1B～2A），故眉批所說的《鄭元和傳》可能是專指《李娃傳》，也有可能是泛指馮夢龍當時有見及的相關劇名。因此故事和《李娃傳》相似，故馮夢龍拿來比較。只不過《李娃傳》的鄭生被他的父親打個半死，不得不行乞求生。〔註 47〕〈玉堂春落難逢夫〉（警 24）的王三官卻有眾多家人親人求情，馮夢龍遂以為情節絕妙，比諸鄭生之父之舉，顯得人道多了。

〈趙春兒重旺曹家莊〉（警 31）寫「有志婦人，勝如男子」的故事。曹可成不會持家，揮金如土，敗完家產。但可成因愛妓女趙春兒，偷換曹父藏於

〔註 46〕（元）石君寶：《李亞仙花酒曲江池》，收於嚴一萍選輯：《叢書集成三編．古雜劇第二函》（台北：藝文印書館，1972 年），頁 1。

〔註 47〕汪辟疆編：《唐人傳奇小說》，頁 103～104。

壁內的金元寶為之贖身。一日父病交代後事，交給可成壁內的五千兩，然而其中有四千九百五十銀已被可成換成假元寶，可成後悔莫及，可成妻亦氣病而死。三年喪滿，趙春兒嫁給曹可成，且不斷資助可成。可成卻仍多端浪費，令春兒生氣流淚，於是吃長齋，紡績度日。可成依春兒之勸教書，一轉眼十五年過了。曹可成欣羨同監的殷盛去赴任，也想當官，並夢見在廣東潮州府的任上，被一瘦長小吏誤觸茶杯，翻污了衣袖。春兒要可成去向親友借錢以捐官，但親友多數不理；春兒安慰她可以向之前同為妓女的姐妹借錢，但要可成去辦理捐官文書。好不容易可成得人之助，借錢辦起送文書，回家路上叫天地叫祖宗地祈願春兒有借到錢。走進家門，只見春兒依舊在紡績，可成「口雖不語，心下慌張，想告債又告不來了，不覺眼眼汪汪，又不敢大驚小怪，懷著文書立於房門之外，低低的叫一聲：『賢妻』。」（警 31，頁 426）眉批於此評價：「如畫，一齣絕妙戲文。」（警 31，頁 426）小說正文寫曹可成急需用錢的心緒與舉止，馮夢龍認為彷彿一幅畫，此乃讚賞其文筆描述的細微、佳妙。

〈兩縣令競義婚孤女〉（醒 1）裡知縣石壁為官清正，有一女兒月香。月香聰明，曾以水灌地穴，將蹴毬取出。後來石壁因官糧被火燒，還不起而病死。賈昌感激石壁曾申其冤情而幫忙喪事，並以禮收養月香。賈昌老婆勉強照顧月香，但常欺負她。賈昌知悉老婆未細心照顧，和她吵架，且分送飯菜給月香。賈昌出門作生意後，賈昌老婆開始尋事罵月香，且將她賣出，成為新任縣令鍾離義女兒的陪嫁。鍾離義的府邸，即是月香自小長大的地方。一日鍾離義步出中堂，看見新來婢女呆呆地拿著掃把立於庭中。鍾離義暗暗稱怪，悄悄上前看，原來庭中有一個土穴，月香對著那土穴流眼淚。眉批對此評論：「絕好一齣傳奇，令人可泣。」（醒 1，頁 17A）故事至此，表述了月香之處境，洵為深情，令人動容悲泣。評點評其絕好，乃是因為劇情強調了前後呼應，強調了今非昔比。

〈小水灣天狐詒書〉（醒 6）寫王臣欺負野狐反受愚弄之事。安史亂時，王臣一家避亂杭州小水灣。長安亂平後，王臣去長安尋訪親友。途中，在樹林裡遇兩隻野狐讀一冊文書，一時興起，以彈弓擊傷一狐的左眼，一狐的左腮。二狐逃走，王臣拾得全是蝌蚪文字的書。王臣到長安旅舍時，一人自稱郭子儀家的胡二也來，並稱遇到狐狸，跌傷左眼。但不久胡二因被識破是狐狸所變而逃走，王臣認定所拾之書必然可貴。半夜狐狸敲門討書，王臣倔強不肯。王臣訪長安親友家，皆寥落為瓦礫。整理舊家妥當後，家僕王留兒著麻衣從杭州帶來家書，信裡言及王臣母親病死，有遺命要王臣返回杭州。王臣心急，將京城田產以半價賣出，王留兒先行。另一頭，傷了左眼的僕人王福拿信回杭州，信裡言及王臣在京城遇舊友胡八判官，田園舊業皆安好，要接全家人回長安。王家變賣杭州田產要去長安，王福先行。在揚州碼頭，王臣和王家人巧遇。王臣疑惑，以為僕人們是王母死後歸於他人，王家人也疑惑王臣為何出現在此且著服喪麻衣。等到王臣望見船裡的母親健在，急忙脫下麻衣，換了衣裝相見。眉批評道：「絕好錯認，可做雜劇。」（醒 6，頁 14A）筆者以為，在兩相錯認之下，劇情有了奇異感。馮夢龍應是認為此奇異感有張力，可據此寫作雜劇。

〈獨孤生歸途鬧夢〉（醒 25）記敘妻子夢中有夢，且丈夫進入妻子夢中的故事。家居洛陽的獨孤遐叔，娶了白行簡之女白娟娟，科舉落第後，在娟娟建議下，前往西川向亡父之門生故舊韋皋討資助。途中經巫山神女廟，遐叔求神女託夢給妻子報平安。至西川，恰好韋皋去征討蠻夷，遐叔待在道觀等，一等就是半年。韋皋回府後沒幾天又是吐蕃兵襲，遐叔只得仍住在道觀裡。兩年後韋皋得勝，遐叔寫樂府〈蜀道易〉祝賀。韋皋讚其有才，欲薦為官，但遐叔以未登科第終究會被欺侮而拒絕，韋皋以多金送別。遐叔東返途中再經巫山神女廟，吟詩感激託夢，後在靠近洛陽的龍華寺安歇。另一方面，白娟娟因三年未見丈夫，思量以夢尋訪，但未能有夢。於是打算親自去找遐叔。白娟娟經巫山神女廟，神女託夢給娟娟，言遐叔已東返，要娟娟早日回家。白娟娟家返途中卻遇到幾位輕薄浪子，被逼去龍華寺唱曲。正在龍華寺的遐叔，疑心唱曲女子是被強奪或拐騙來的，偷看之下，發現女子竟然是妻子娟娟，遐叔因而生氣。這四個強逼娟娟的人，一為「白衣少年」，一為「紫衣人」，一為「皁帽胡人」，一為「長鬚」。此處有眉批說：「夢中一席，全班傀儡都具，儘可作劇。」（醒 25，頁 25A）夢中有夢，確實奇異，而夢裡人物分明，彷若深受作者操控的傀儡人物，若是拿來寫成劇本，是非常充分的。

評點的馮夢龍既然是明代人，顯然是把「三言」的小說故事當成戲劇的「傳奇」或「雜劇」來看待。筆者以為，此乃是看重於這幾篇故事絕妙的「戲劇性」而然。何謂「戲劇性」？透過上述這幾條眉批，筆者認為在「三言」中馮夢龍對「戲劇性」的看法，大致可歸納出幾點：

1. 夢境能成真。
2. 有起伏，有懸疑。
3. 戲耍惡人，大快人心。
4. 絕妙，有人情味。
5. 描述細微。
6. 前後呼應，強調今昔之比。
7. 情節有奇異感，奇異感產生張力。
8. 人物分明，足以編寫成劇本。

不見得八點要同時具備，但每一點都是產生戲劇性的關鍵。「三言」裡精彩的劇情發展，基本上不脫這幾項要素，馮夢龍在這些眉批裡一一舉出來了。

（二）品評劇情

此類眉批最多。如〈羊角哀捨命全交〉（喻 7）裡左伯桃和結義兄弟羊角哀同往楚國求用，路途大風雪，衣服單薄，食物缺乏。左伯桃認為單獨一人可至楚國，但若兩人同行，不是凍死，就是餓死，於是自願死於該處，要羊角哀獨行。羊角哀不肯，言二人雖非同父母生，但義氣更甚於親兄弟，不可能忍心拋下左伯桃獨去。左伯桃心領下，於僅能容下一人的枯桑下休息，故意支開羊角哀，叫他去取枯枝以燃燒禦寒，自己則趁機將衣物脫光。眉批解釋：「遣開角哀，為脫衣地，不如此不能絕角哀之念。」（喻 7，頁 312）左伯桃支開羊角哀，是為了解衣給角哀穿，而自己凍死，否則角哀不可能放棄兩人同行的念頭。對羊角哀而言，即使身死也要照顧受凍的左伯桃；對左伯桃來說，就算犧牲也要讓羊角哀能活著到楚國；兩者都是以對方為重的表現，馮夢龍明悉這點，故向讀者闡明此深摯的友誼。

〈鬧樊樓多情周勝仙〉（醒 14）則是個奇異的故事。周勝仙與開酒店的范二郎邂逅，彼此害了相思病，王婆作媒，兩家下定。但周勝仙之父周大郎回家後，生氣勝仙的母親不該亂作主。周勝仙得知不能嫁二郎，氣死過去。下葬後，幫忙入斂的朱真為貪圖陪葬金銀，遂於夜裡挖墳並姦屍。奇就奇在周勝仙因此得了陽氣竟醒轉過來。朱真背周勝仙回家，並恐嚇她待在他房裡。某日周勝仙趁機逃走，到樊樓酒店找范二郎，范二郎以為是鬼，拿湯桶砸死周勝仙。眉批評論此事：「利女兒之財者，朱賊也，而女兒又以朱賊生；為女兒加相思者，范二郎也，而女兒又以二郎死。事之怪幻，至此極矣。」（醒 14，頁 14B）人生有太多矛盾，假若同時擠在一塊兒，便使情節複雜；可是這種複雜，不是亂而無據，而是明確的「相對」的安排。朱真貪錢好色，周勝仙固然是受害者，卻因他而活過來；范二郎日日夜夜思念周勝仙，周勝仙卻因他而再次死去。害人者卻助了人，愛人者卻害了人，看似矛盾，實為怪、幻，而怪、幻的極致，其實更凸顯的是「奇」字。因奇而引人注目，而使讀者驚異，自然小說的影響人心的功效就達成了。

另外像〈十五貫戲言成禍〉（醒 33）的得勝頭迴，說的是十八歲舉子魏鵬舉娶了嬌妻，春榜揭曉得中了榜眼後發生的事。在京城的魏鵬舉，修了家書要接家眷入京，信言在京城裡因為早晚無人照料，已討了一個小老婆，等候妻子到京城裡同享榮華富貴。眉批對此解釋：「討口氣，看風色，非止戲謔而已。」（醒 33，頁 2A）明言魏鵬舉不只是開玩笑，還在戲謔中觀察妻子對此事的態度，若沒太大反應，必然會使玩笑成真，真的去娶小老婆。妻子明知鵬舉是玩笑話，卻也在起程前書信一封，說他在京中娶了一個小老婆，妻子在家裡也嫁了一個小老公，早晚一同到京師去。眉批分析：「必是平日以戲為常的。」（醒 33，頁 2B）因為魏鵬舉最直接的反應，便是認定為取笑的話，全不在意。只不過他沒料到這樣的笑鬧話，竟因沒有收好書信，讓此事傳遍京城，成了後來冤事的起源，把美好前程也丟了。於是才有眉批說：「風聞多枉，厚德君子慎之。」（醒 33，頁 3A）馮夢龍藉由此故事，一面點出玩笑開過頭之弊，一面也警惕人傳聞之可畏，不得不慎。

（三）質疑、批駁、訂正劇情

共有一百二十則故事的「三言」，部分由馮夢龍擬作，但絕大多數是馮夢龍據宋元明話本整理、改編而成。因此劇情中若有不合理處，照道理講，編者馮夢龍應會適度修正。不過實情是，評點者多次質疑，甚或批判，甚或在評點文字裡直接訂正劇情。

如〈臨安里錢婆留發跡〉（喻 21）。羅平見石碑有四句讖語，獻給錢鏐，但是錢鏐想低調，遂故作生氣，毀壞石碑。羅平湊合石碑，又思獻給越州觀察使董昌。往越州途中，羅平見一小孩的竹籠裡有隻會叫「皇帝董！皇帝董！」的鸚鵡，便問小孩，鳥兒是天生會說話，還是教出來的。此處有眉批：「高季迪歌云：『羅平惡鳥啼初起，犀弩三千射潮水。』羅平疑是地名，今作人者，或小說家流傳之誤。」（喻 21，頁 843～844）高季迪，亦即明初十才子之一的高啟（1336～1373）。其詩風清新豪邁，尤擅於七言歌行，他和馮夢龍一樣是蘇州府長洲縣人。韓南認為，高啟這首詩在田汝成的《西湖遊覽志餘》中全引出來，但該書對此的說明極為簡短而又含混不清，所以可能是這故事的作者誤解了《西湖遊覽志餘》，事後理會出錯誤，而才藉由評點者依高啟之詩，指出小說可能的錯誤。〔註 48〕在韓南的界定裡，此故事的作者即是編者，亦是評點者，才能在發生問題後運用評點補救。但從評點口吻觀察，筆者以為應是評點者提出不同意見，糾出了原創作者寫小說之誤。若評點者即是編者馮夢龍，那他只是選入。他明知其可能有誤，但保留原作風貌，未大篇幅詳加審改、訂正，單靠評點向讀者釐清。

〈鄭節使立功神臂弓〉（醒 31）則有一劇情引人爭議。故事裡炳靈公為東岳神明，鄭信的前身不懼炳靈公，堅持要做三年天子，不肯只做諸侯。在炳靈公也奈他無何的情況下，鄭信卻在和尚唆使黃巾力士打了幾杖後認分。眉批順此拋出疑問：「炳靈公之威靈何以不如和尚？」（醒 31，頁 5B）因為故事至最終都沒有說明和尚的真實身分，此眉批明顯不是要讀者思考解決此癥結，也非讚揚和尚能力強，而是質疑炳靈公的神威、能力，竟不如一和尚，在劇情上顯得不合一般的情理。

又如〈張古老種瓜娶文女〉（喻 33），正文裡說：「錯敲破了琉璃淨瓶，傾出雪來，當年便好大雪。」眉批批曰：「荒唐之甚，往時小說務頭類如此。」（喻 33，頁 424）「務頭」原是指戲曲中優美動人處，在此當是指小說的引人注目處。〔註 49〕孫楷第以為此篇可能是馮夢龍所作，〔註 50〕但據譚正璧說法，

〔註 48〕（美）韓南（Patric Hannan）著，王秋桂等譯：《韓南中國小說論集》（北京：北京大學出版社，2008 年 3 月），頁 65～66。

〔註 49〕袁震宇談到務頭的定義：「『務頭』作為戲曲說唱藝術的專門用語，最早見於元周德清的《中原音韻》。……自元代至明代初年，『務頭』一詞還是戲曲說唱界通用的行話，明代中期以後，『已絕此法』，真正瞭解務頭具體內容者已經不多。周德清將『務頭』列為『作詞十法』之一法，充分肯定了它在戲曲創作中的地位和意義。他的論述比較分散，綜合起來看，大體上已闡明了務頭的主要特點：文字必須是『俊語』，四聲音律應嚴格遵循譜式，其位置在觀眾喝采之處，也就是曲牌音樂的高潮。務頭在曲中猶似一輪孤月高懸於眾星之中，最能打動讀者觀眾。」見袁震宇：〈務頭考辨〉（引自「中國文學網」，http://www.literature.org.cn/Article.aspx?id=20345，2011 年 10 月 21 日）。另依李惠錦之研究，推源周德清之本義，採用童斐之說，認定「務頭」應是指「聲情文情最勝妙處」。詳見李惠錦：《戲曲批評概念史考論》（台北：里仁書局，2002 年 2 月），頁 11～52。依袁震宇與李惠錦之說，筆者將「小說務頭」視為小說的引人注目處、精彩處。

〔註 50〕轉引自徐文助〈喻世明言考證〉，收於（明）馮夢龍編撰，徐文助校注：《喻世明言》（台北：三民書局，2003 年 1 月），頁 7～8。

其本事應屬宋人羅燁所著的《醉翁談錄・種叟神記》。〔註 51〕眉批認為此情節一來很誇大不實，二來從前小說的引人注目處多是類似這樣的寫法。若評點者即是編者馮夢龍，則他頗不贊同這樣的描寫。

由此來看〈宋四公大鬧禁魂張〉（喻 36），也是同樣的情形。其得勝頭回講石崇炫財亡身一事。石崇還沒發迹前以射魚為生，某夜裡有一位老人呼救，原來老人是老龍王，累次相鬥輸給小龍，希望隔日再次大戰時石崇能助他一臂之力，要石崇箭射追趕他的小龍。石崇承諾，且言而有信，射死小龍。老龍王報答，要將空船划到蔣山腳下第七株楊柳樹下，送給石崇一船的金銀珠寶，且說如果石崇還要，只要在該處等候，便能取得財物。此後，石崇每每獲滿船珍寶，富可敵國。眉批批此為：「荒唐。」（喻 36，頁 521）同樣是認為過度誇大不實。

陳大康在《明代小說史》中以為《喻世明言》大多是簡單地整理，主力是在保存宋元話本：

> 虧得馮夢龍有心地搜尋與整理，宋元以來的一些話本才得以在「三言」中保存著。就這類作品而言，馮夢龍所做的主要是一些文字編輯工作，如將《古今小說》第三十五卷〈簡帖僧巧騙皇甫妻〉與收入《清平山堂話本》的〈簡帖和尚〉互作對勘就可以看出，兩者之間只有個別文字上的差別。也有一些是簡單的改編，因此這樣編成的擬話本中所含的獨創成分，即作者根據對現實生活的概括提煉而增添的內容，總的說來是相對較少。〔註 52〕

既然馮夢龍在《喻世明言》裡新創成份不多，主力放在保存宋元以來的話本，筆者以為，那保留原著小說裡某些荒唐、不符現實、不全然合於馮夢龍觀點的劇情，也就不足為奇了。

但是，像這類以為「荒唐」的評價，不僅在《喻世明言》裡出現，《警世通言》裡的〈莊子休鼓盆成大道〉（警 2）也有。其正文說道：「那莊生原是混沌初分時一個白蝴蝶。」（警 2，頁 64）眉批同樣認為不符現實人事之情理，故評為：「荒唐附會。」（警 2，頁 64）可見「三言」的評點者頗不以荒誕為然。

〔註 51〕轉引自溫孟孚：《「三言」話本與擬話本研究》（北京：中國社會科學出版社，2005 年 6 月），頁 7～8。

〔註 52〕陳大康著：《明代小說史》，頁 557。

不只是不以荒誕為然，評點者還點出了小說裡的錯誤。如〈崔衙內白鷂招妖〉（警 19）正文裡有一闋詞：「夏，夏！雨餘亭廈，紈扇輕，薰風乍。散髮披襟，彈棋打馬，古鼎焚龍涎，照壁古人畫。當頭竹徑風生，兩行青松暗瓦。最好沉李與浮瓜，對青樽旋開新鮓。」針對其中的「打馬」，眉批批評：「打馬戲起於靖康年間，唐時未有。」（警 19，頁 729）打馬即打雙陸，為棋類，因棋子是馬頭形，所以又稱打馬。評點者認為打馬起於北宋欽宗靖康年間（1126～1127），而小說內容是發生在唐朝，不該有「打馬」，故提醒讀者詞文內容有誤。

〈呂洞賓飛劍斬黃龍〉（醒 22）裡，呂洞賓生氣道教不被尊重，於是故意要找黃龍禪師的碴，卻在參禪論道時，輸了黃龍禪師，被禪師「手起一界尺，打得先生頭上一個疙瘩。」但眉批卻在此處說：「佛祖亦未見好勝，多此一界尺。」（醒 22，頁 11B）批評劇情至此有些添足。

〈李道人獨步雲門〉（醒 38）中，李清從仙境回返人世已隔數代，賃居在金大郎藥店旁行醫。行醫七十載後，正文道：「那金大郎也年八十九歲了，筋骨亦甚強健，步履如飛……人都叫他是金阿公，只有李清還在少年時看他老起來的。」（醒 38，頁 35A）眉批在此又指出錯誤：「此時金大郎亦應年九十餘矣，豈竊李清餘緒，故致高壽耶？」（醒 38，頁 35A）針對金大郎的年紀，小說正文作「八十九歲」，眉批作「亦應年九十餘矣」。觀看小說前後論述，確實如眉批所言，金大郎應在九十歲以上，而非八十九歲。此是評點者以眉批直接改正作者的說法。

針對上述評點者提出「質疑、批駁、訂正劇情」的例子，筆者以為只有一種可能的原因：評點者兼編者的馮夢龍，只是將小說編入，內容上無關俗雅的情況下，盡可能保留小說創作原貌，但怕讀者誤會，故以評語說明。也就是說，以上這幾則小說的實際作者皆非馮夢龍。〔註 53〕姑不論真正原因為

〔註 53〕歐陽代發認為「三言」裡扣除掉有原作留存、有注明出處、有見諸記載的，那麼 120 篇當中有 46 篇非馮夢龍的作品。依歐陽代發的分析為基礎，溫孟孚再補上〈月明和尚度柳翠〉（喻 29）、〈蘇小妹三難新郎〉（醒 11）、〈佛印師四調琴娘〉（醒 12）等 3 篇話本。分見歐陽代發：〈三言中的馮夢龍作品〉（《湖北大學學報》第 1 期，哲學社會科學版，1996 年，頁 9～14），及溫孟孚：《三言話本與擬話本研究》，頁 7～18。除非有新證據，否則很難明確界定到底還有哪些是或不是馮夢龍的作品。但依筆者從評點分析的這幾則具有質疑、批駁、訂正劇情性質的眉批，交錯比對後，應可推斷溫孟孚認定的 71 篇明人擬話本中，〈臨安里錢婆留發跡〉（喻 21）、〈莊子休鼓盆成大道〉（警 2）、〈呂洞

何，至少可以明確判斷的是，評點的馮夢龍針對劇情評價、分析，有自己堅持的一套原則。

二、提出小說虛構

「虛構」可加強小說所表達的主題，靈活地塑造人物形象。在《警世通言》的序中已明言：

> 人不必有其事，事不必麗其人。其真者可以補金匱石室之遺，而贗者亦必有一番淚揚勸誘，悲歌感慨之意。事真而理不贗，即事贗而理亦真。不害于風化，不謬于聖賢，不戾于《詩》《書》經史，若此者，其可廢乎？〔註 54〕

合理的虛構甚至是必要的，只要「事贗而理亦真」，不違背聖賢教化與經典道理，小說裡充斥的假情節或假人物，同樣能有說服力，可以影響讀者的心靈，達到編著者的目的。故而在眉批中亦有相符應的論點——談論情節虛構的注解。以下舉數例說明：

〈羊角哀捨命全交〉（喻 7）的內容大概，是春秋時楚元王求賢，左伯桃奔赴，在途中遇羊角哀，兩人結為兄弟，共往楚國。經梁山時大雪，雪越下越大，左伯桃受凍不過，歇於枯桑中，願一人獨死。他支開羊角哀後脫衣，將衣物及糧食都留給羊角哀，讓他一人去楚國，以免兩人同時凍死餓死。再三勸慰下，羊角哀才帶泣而去。眉批說：「按《廣典》記載，左伯桃死處在陝西西安府郃陽縣，梁山則在乾州岐山之界。」（喻 7，頁 313）馮夢龍認為左伯桃實際死處在西安府郃陽縣（今陝西省華陰市東北），而非小說中指稱的梁山（今陝西省乾縣和岐山縣之間）。兩地距離相差兩百公里以上，馮夢龍意指此情節是虛構的。

又同一篇故事末尾，羊角哀功成名就後，左伯桃托夢給他，說因墳地與荊軻墓相連近，故荊軻罵他，要他遷移他處。所以，天亮後羊角哀到荊軻廟罵其神像。左伯桃再托夢，要束草為人，以禦荊軻等人之侵害。羊角哀便連夜使人結數十草人，各執刀鎗器械，於墓側旁焚之。但荊軻有高漸離相助，羊角哀再罵荊軻，欲毀其廟，眾人求情而作罷。羊角哀於左伯桃墓前大哭，

賓飛劍斬黃龍〉（醒 22）、〈李道人獨步雲門〉（醒 38）這 4 篇，馮夢龍也只是編入，並非作者。

〔註 54〕（明）馮夢龍編，李田意編校：《警世通言．序》，頁 7～8。

願至陰間相助，遂自刎。隨從將羊角哀葬於左伯桃墓側。夜裡風雨雷電，隔日見荊軻墓上震裂，有白骨散於墓前，而且廟中突然起火燒光。楚元王知情後建廟立碑，香火不斷，荊軻之靈斷絕。馮夢龍在此也有意見，眉批曰：「《傳》但云角哀至楚為上大夫，以卿禮葬伯桃，角哀自殺以殉，未聞有戰荊軻之事；且角哀死在荊軻之前。作者蓋憤荊軻誤太子丹之事，而借角哀以愧之耳。」（喻 7，頁 322）同樣分析小說為虛構，認為情節違背《左傳》記錄的史實，並且馮夢龍還猜測可能原因：他懷疑故事作者之用心，是為了羞愧荊軻才有如此安排。

〈吳保安棄家贖友〉（喻 8）的前半段，寫唐玄宗開元年間，郭仲翔追隨姚州都督李蒙征討作亂的雲南蠻夷。李蒙想趁勝追擊，郭仲翔諫言可能有詐謀，不可深追，李蒙卻堅持破賊，果然遇埋伏。蠻兵洞主姓蒙名細奴邏，勇猛地率兵包圍唐兵，唐兵大敗，李蒙後悔不聽郭仲翔之言，持短刀刺喉自盡。此時眉批解釋：「按唐史，天寶後蒙氏遂據有姚州之地，細奴邏乃六詔開額之祖，小說特託名耳。」（喻 8，頁 331）唐代「姚州」在今日的雲南，「六詔」是雲南洱海地區六個大的部落，「開額」是指把額前的頭髮剃掉，讓髮線上移，使額頭變大，可化奇妝。六詔始祖蒙細奴邏，廟號高祖（649～674 在位），約是唐高宗時，遠在唐玄宗（712～756 在位）之前。故馮夢龍以為此時蠻兵首領不可能是蒙細奴邏，只是託名，藉其始祖，表達擊敗李蒙的蠻族十分強盛，肯定了小說的虛構性。

《警世通言》裡也有相關的評點，如〈俞伯牙摔琴謝知音〉（警 1）。俞伯牙是楚人，在晉國當官，奉晉主命令回楚修聘（古代諸侯國間遣使通問）。公事畢，伯牙貪看楚國家鄉，繞水路回晉，行至漢陽江口，突遇大雨大風浪而不能前進。雨後中秋月格外明亮，俞伯牙彈琴卻斷一弦，疑有聽琴之人在附近。聽琴人現身，竟只是一樵夫，但他深識琴音。俞伯牙邀他上船，問琴出處和琴音，樵夫鍾子期每每答出，遂引為知音，結為兄弟。評者此處有眉批曰：「按〈地里志〉，伯牙臺在浙江嘉興府海鹽縣，臺側有聞琴橋，疑即與鍾子期鼓琴處。小說大抵非實錄，不過舉事以見知音之難耳。」（警 1，頁 39～40）歷來伯牙臺有兩處說法，一是在今浙江省嘉興市海鹽縣的聞琴村，已遭拆除，拆除年代不可考，但現有聞琴公園；〔註 55〕一是建於北宋，後屢遭損毀，清

〔註 55〕參考 http://www.hyxmzj.gov.cn/city/jgdm.htm，2011 年 10 月 21 日。

嘉慶初年重建，位在今湖北省漢陽區龜山西側。〔註 56〕這兩地實際相隔達數百公里。若依此小說情節，則經水路由家鄉郢都要回晉的俞伯牙，行至漢陽江口，其彈琴處理應是在漢陽；但若照馮夢龍依〈地里志〉的看法，〔註 57〕俞伯牙彈琴的實際地點，可能位在杭州灣畔的嘉興海鹽。不管為哪一地方，總之是認定：小說未必是據實的記載，可是無礙於小說的內涵展現。

再如〈王安石三難蘇學士〉（警 3），正文裡王安石寫〈詠菊〉詩：「西風昨夜過園林，吹落黃花滿地金」，被蘇東坡瞧見。東坡有意譏刺，遂「依韻續詩二句：『秋花不比春花落，說與詩人仔細吟。』」（警 3，頁 102）這裡眉批有言：「按此詩乃歐陽公所作以譏荊公者，小說家不過借以成書，原非坡仙實事也。」（警 3，頁 102）馮夢龍應是根據宋代蔡條的《西清詩話》立論，其卷下第六記載：

> 歐陽文忠公嘉祐中見王文公詩：「黃昏風雨瞑園林，殘菊飄零滿地金。」笑曰：「百花盡落，獨菊枝上枯耳。」因戲曰：「秋花不比春花落，為報詩人仔細吟。」文公聞之，怒曰：「是定不知《楚辭》云『飡秋菊之落英』，歐陽公不學之過也。」文人相輕，信自古如此。〔註 58〕

所以真正續詩的人是歐陽脩。歐陽脩與王安石兩人爭論菊花落或不落，其實是品種不同的問題。絕大多數菊花不落，可是也有少量品種的菊花會。而馮夢龍以為假借東坡代替歐陽脩無妨，只是為了寫成小說，達到東坡與王安石間交互問難的效果罷了。

以上乃藉由「三言」眉批裡「提出小說創作具虛構性」的例子，印證馮夢龍針對小說的創作技巧，不以「假」為妨害，而在於人物與情節是否能完成小說的藝術價值，達到寫作意圖上的「真」。

〔註 56〕依百度百科：「古琴台」，http://baike.baidu.com/view/21576.htm，2011 年 10 月 21 日。

〔註 57〕此處〈地里志〉應是指《大明一統志》。其他明代以前有收錄〈地里志〉或〈州郡志〉的《漢書》、《晉書》、《舊唐書》、《新唐書》、《舊五代史》、《宋史》、《元史》，皆無「伯牙臺」的相關記載，《大明一統志》則有「伯牙臺在海鹽縣治南，相傳伯牙嘗撫琴於此，臺側有聞琴林、聞琴橋遺址尚存。」等文字。見《大明一統志》（台北：文海出版社，1965 年 8 月），卷 39，頁 2767。

〔註 58〕（宋）蔡條：《西清詩話》，收於張伯偉編校：《稀見本宋人詩話四種》（南京：江蘇古籍出版社，2002 年 4 月），頁 218。

三、分析小說筆法

除了劇情以外，小說的敘事風格及文筆技巧，往往會影響讀者參與文本的程度。而「三言」的評點文字在分析小說敘事筆法時，運用了幾個概念，以說明該故事的創作技巧。

以下分別就「關目」、「針線」、「照應」、「懸疑」、「伏筆」、「收拾」，談論「三言」評點所運用的小說分析概念。

（一）關目

關目，意指緊要的情節或關節，是戲曲文學的專有名詞。〔註 59〕馮夢龍借用來指稱小說劇情發展的關鍵，〔註 60〕由以下例子可以證明：

〈閒雲菴阮三償冤債〉（喻 4）寫陳太常欲為女兒玉蘭選婿，但玉蘭在元宵節聽得阮三郎吹簫之聲，思嫁給三郎。玉蘭命丫鬟邀三郎相見，三郎怕生異狀而未允。王蘭再託送她的戒指為物信，二邀三郎，恰好陳太常回家而未果。阮三戴著戒指，思念玉蘭而生病。朋友張遠來探望，代想計策，幾番到陳府衙前等候，終於看到一個人捧著兩個磁甕從衙裡出來，且要差人將那兩甕小菜送給閒雲菴的王師父。眉批評曰：「關目好。」（喻 4，頁 230）之所以有這樣的評論，是因為張遠聽到此消息，聯想到他也認識王尼姑，再由要送她小菜，推想王尼姑必然熟悉陳衙裡的狀況，而且王尼姑進進出出，極好傳遞消息，於是隔日張達便去尋王尼姑商議。可知這段情節，有承上啟下的作用，使接下來的劇情得以合理發展。

〈張舜美燈宵得麗女〉（喻 23）裡的張舜美，鄉試未中而淹留杭州，在元宵節吟詞時，勾引一女子。女子劉素香也心迷，隔日回詞給舜美表明心意。兩人約好共奔他處，卻於夜晚出城門時被人群擠散。舜美尋至新馬頭，看見一夥人圍著緊緊地看一隻繡鞋。眉批對看繡鞋一事評：「好關目。」（喻 23，頁 92）舜美認出該鞋是素香所有，加上聽得眾人說不知哪個女兒溺死而留鞋，有官吏訪查，於是生了場重病，幾瀕於死。可見得馮夢龍評其好關目有理，是劇情演變的關鍵。

〔註 59〕李惠綿：《戲曲批評概念史考論》（台北：里仁書局，2002 年 2 月），頁 200～202。

〔註 60〕張世君：「明清小說評點家借用關目概念，主要評價小說章回的情節安排和構思。這些章回構成了小說結構的關鍵處。表述關目的詞語有：『關目』、『關鍵』、『關節』、『樞紐』等。」見張世君：《明清小說評點敘事概念研究》（北京：中國社會科學出版社，2007 年 8 月），頁 181。

〈呂大郎還金完骨肉〉（警 5）講因行善而團圓的故事。呂玉邊做生意，邊尋找他走失的六歲兒子。幾年後，在回程上撿到二百金，後遇失主陳朝奉，將二百金歸還。陳朝奉欲報答呂玉還金之恩，願嫁女兒給呂玉之子。呂玉明說兒子已丟失，陳朝奉便送給他一名小廝，正巧小廝就是呂玉那走失多年的親生兒子，父子因而相會。呂、陳結為親家，呂玉將陳朝奉贈送的禮金拿去救人，所救者中有一人，正是出來尋訪呂玉下落的弟弟呂珍。另一位弟弟呂寶叫呂玉妻子王氏改嫁，好讓他賺得禮金。王氏不從，呂寶改用偷娶的模式，命人將戴孝髻的王氏強行載走，不思卻被誤載走自己的妻子。呂寶不死心，仍要賣嫂子，剛欲出門，只見呂玉、呂珍、姪子等人回家，呂寶只得逃出。眉批評：「關目甚緊。」（警 5，頁 193）一連串的劇情發展相當綿密，故有情節緊湊的評價。

（二）針線

「針線」一詞，在評點裡用來比喻「一個個情節段落用針線連綴起來」，〔註 61〕也就是串起情節的線索、媒介。

〈崔待詔生死冤家〉（警 8）裡郡王曾允諾崔寧，將來娶會針繡的養娘秀秀。一日郡王府失火，秀秀趁機拿了錢財避至崔寧家，成了夫妻，後逃往他處。郡王的使者郭立無意中撞破崔寧和秀秀，遂向郡王講了兩人的下落。郡王派人捉崔寧至臨安府問罪，後從輕發落，押回家鄉建康府居住。也被趕出府的秀秀追上崔寧，一同回建康。此時小說正文模仿說書的語氣，說押送的人若偷偷告密，則又會有一場事端產生，但押送者曉得郡王的火爆脾氣，惹火了他，是不會善罷甘休的，且押送者非郡王府裡的人，故不想管閒事。再加上崔寧一路上買酒買食物地奉承，自然押送者回返時便無多話。眉批評此：「針線甚密。」（警 8，頁 289～290）這是馮夢龍提示讀者，為何崔寧和秀秀得以安然回到家鄉，是有一連串原因的。這些原因像針線一樣密密縫實，使正文敘述能夠明晰推展。

又如〈鄭節使立功神臂弓〉（醒 31），張員外收留了曾在夢中見著、要當諸候的鄭信。鄭信打死強要索討張員外錢的夏德，到開封府自首。開封府大尹見一古井黑氣沖天，依建議，讓獄中有罪之人下井察看，死了數十人。這時監獄裡的人受了張員外囑託，要藏留鄭信。有眉批說此：「針線。」（醒 31，

〔註 61〕張世君：《明清小說評點敘事概念研究》，頁 90。

頁 12A）後來因大尹下旨有罪的人都要押來，鄭信不得不下井。鄭信在井裡見到一座宮殿，和日霞仙子成了夫妻，後來得了日霞仙子送的神臂弓，在戰場上立功。而另一頭，張員外每逢鄭信入井日就至井邊祭奠鄭信，如此數年。眉批所言的「針線」，串起了張員外和鄭信的因緣。故後來張員外夢裡受日霞仙子所託，養育鄭信的一對子女鄭武和彩娘，並於十二年後帶鄭武認父，正合於日霞仙子預言的十二年之約。鄭信為感激張員外之德，將彩娘許配給張員外之子張文，結為親家。從全文來看，敘述筆法如針線般，聯結起「張員外照顧鄭信——獄卒受託要藏留鄭信——張員外每年祭奠鄭信——張員外收養鄭信的子女——鄭信回報張員外」這一連串的情節。

（三）照應

「照應」，當是指劇情前後有互相對照、呼應。

如〈賣油郎獨占花魁〉（醒 3）說莘瑤琴因靖康之難與父母離散，被賣給妓院王九媽。瑤琴學才藝，改名王美，人稱花魁娘子，多人慕名而來。王美不願接客，王九媽邀來能言善道的劉四媽勸說。馮夢龍按其口才，連續多則眉批，如「絕高的說客」（醒 3，頁 10B）、「句句入情，漸漸入港」（醒 3，頁 11A）、「婉而入之」（醒 3，頁 12A）。劉四媽細說「從良」分為多種，有真從良、假從良、苦從良、樂從良、趁好的從良、沒奈何的從良、了從良、不了的從良，馮夢龍眉批「從良之行徑鋪排殆盡，辭如爛錦，比王婆說風情，正是對口。」（醒 3，頁 12B）經此詳加解釋，說得王美心動，於是開始接客。而賣油的秦重只見王美一面便被迷住了，不惜存錢三年一會王美。在體悟到秦重是真心誠意眷愛的情況下，王美思從良以嫁秦重，故請劉四媽幫忙向王九媽說情。王美對劉四媽說：「是個真從良、樂從良、了從良，不是那不真不假不了不絕的勾當。」（醒 3，頁 44A）眉批評註：「照應絕妙。」（醒 3，頁 44A）王美是鐵了心要從良，對從良的看法，呼應了當初劉四媽遊說她的分析，形成了前後對照，故獲此評。

〈勘皮鞋單證二郎神〉（醒 13）說一位韓夫人因未受宋徽宗寵幸而多愁生病，在太尉楊戩府裡靜養，求二郎神庇護。病好後韓夫人親到廟裡酬謝，見到二郎神像，心驚而欲嫁似二郎神的丈夫。回楊府後又祝禱，二郎神真的現形，惹亂韓夫人春心。二郎神多次趁夜色來訪，楊太尉和夫人皆疑心韓夫人有異，請了道士來對付，打落了二郎神一隻靴子。開封府滕大尹交代王觀察捉拿，王觀察部屬冉貴仔細查驗二郎神掉落的靴子，在一番調查之下，得知二郎神是廟裡妖人假扮。冉貴扮成買賣的行當，有一位婦人要賣單腳靴子給他，正好和二郎神遺落的配成一對。冉貴再由他人處問得，賣單腳靴子的婦人是二郎神廟官孫神通的女人，說孫神通與那女人「有兩三個月忽然生踈，近日又漸漸來往了」(醒 13，頁 27B)。眉批說明：「有了韓夫人，所以生疏；打落靴，故又往來。細細照應。」(醒 13，頁 27B）評點指出了何以會生疏、何以會往來的原因，皆和先前劇情遙相呼應。

（四）懸疑

又有一類眉批，也屬「分析小說筆法」的一環，乃是拋出一線索來，造成了懸疑效果。這類文字並非反對情節安排不合理，而是站在同樣讀者的立場，強調情節中的懸疑處，如此往往能引發讀者思考情節發展，使讀者更加專注於文本內容，產生閱讀興趣。

如〈張道陵七試趙昇〉(喻 13)，真人張道陵欲試煉來拜謁的趙昇。在趙昇通過一連串事件檢驗後，真人率弟子摘桃，但桃樹生在懸崖石壁，下有不測深淵。眾人皆懼，只有趙昇挺身而出，摘了便擲回給張真人，把樹上的桃子都摘光了。真人吃了一顆，大師兄王長也吃一顆，留一顆給趙昇，其餘二百三十四顆，分給所有弟子，恰好每人一顆，不多也不少。眉批對此疑惑：「此桃亦法力所化否？」(喻 13，頁 528）這迷團也正是讀者閱讀時的疑惑。讀者雖然隱隱約約感受到桃子應是某人的法術所變，但在前後試煉都沒有明確交代是誰所為的情況下，眉批提出的疑問，恰巧暗示了讀者，其實所有的試煉都是張道陵高強法術的表現。

〈楊謙客舫遇俠僧〉(喻 19) 裡楊謙之欲前往貴州安莊任職縣令，途中搭船遇到一位奇異和尚，邀和尚同行。和尚途中曾上岸，帶來美麗姪女李氏，服侍楊謙之。靠著會法術的李氏之助，連破了狂風、誤買贓物、老妖來襲等劫難。三年後楊謙之致仕，離開貴州安莊，經李氏家附近，和尚又出現，說李氏必須返回原先丈夫處。楊謙之以分別為苦而傷心，拿刀要自刎，虧得李氏抱住、奪刀，兩人同哭。和尚勸慰，強調原本就答應將李氏歸還給他的丈夫，出家人是不說謊的。讀者讀到這裡應當也會納悶，何苦拆散楊、李二人？眉批順此提出問題：「此丈夫又是何人，能使長老不失信？」(喻 19，頁 752）引起讀者思量楊謙之、李氏、李氏丈夫的三角關係。畢竟和尚奇、李氏奇，能讓和尚不失信的丈夫，想必也是不簡單的人物，讓人不禁想追問他的身分。但故事已到末尾，李氏丈夫的身分終究沒有解釋，於是這樣的懸疑效果並未跟著故事結束而消失，它很容易便在閱讀完的當下，讓讀者繼續留連、回想這故事的一連串奇異。吟詠回味再三，即達成吸引閱讀的目的。

又如〈黃秀才徼靈玉馬墜〉（醒 32）的主角黃損，靠著老叟及胡僧之助，得以和心愛的韓玉娥重逢。末尾有眉批：「到底不知胡僧及老叟為何人。」（醒 32，頁 23A）此則也屬懸疑效果。懸疑乃是一方面滋生疑竇，引人好奇，一方面又點出了小說遺留的想像空間。

（五）伏筆

分析小說筆法中，又有埋伏筆這一技巧，甚為切要。因為伏筆，或者能預示未來的情節發展，或者能提供暗示，讓讀者在後來的劇情感受到情節鋪陳的合宜性。

其實伏筆在「三言」正文裡很常見，往往是模仿說書人的口語，講明後續發展。例如「不看萬事全休，只因看了，直教一箇秀才，害了一二年鬼病相思，險些送了一條性命。」（喻 23，頁 88）、「你道只因這箇畫眉，生生的害了幾條性命。」（喻 26，頁 173）後來的情節發展，果然如此。這是說書人的提示，話本和擬話本小說裡經常運用。「三言」評點裡也有，有時直接交代後來簡要發展，有時則稱「伏案」，有時則表明為後續劇情「張本」。

如〈范巨卿雞黍死生交〉（喻 16）。故事裡秀才張劭前往洛陽應舉，途中投宿，照顧隔壁生病的秀才范式，因而誤了考期。張劭不以為意，兩人結為兄弟。半年後重陽日要分別，約定隔年同日范式前往張劭家拜訪。一年後張劭殺雞煮飯準備招待范式，相信范式必定會依約前來。等到半夜三更范式果然來了，但來者是范式的魂魄。原來范式怕不能如期到達，故自刎以魂飛千里赴約，並告知妻子，須等到張劭到來才能下葬。張劭大哭，堅持去見范式屍首，於是交代弟弟照顧母親。他認為范式為守信而死，他不可不守信而不去。眉批評曰：「此去已辦下一死矣。有巨卿之死，自不可無元伯之死。」（喻 16，頁 640）張劭字元伯，范式字巨卿。評點認為范式已死，張劭也會一死，故張劭此去已可預見結果。後來果真如此，張劭見著范式屍體，唸頌祭文後，不願獨生，向范式妻交代葬於范式旁，便自刎而亡。

又如〈游酆都胡母迪吟詩〉（喻 32），其得勝頭迴講秦檜故事。當秦檜從靖康之難中生還，投往臨安高宗，上奏以為「今行在草創，人心惶惶，而諸將皆握重兵在外，倘一人有變，陛下大事去矣。」（喻 32，頁 392）以將領有重兵在外而可能謀叛為由，勸高宗議和。眉批於此下一注解：「伏下殺岳飛案。」

（喻 32，頁 392）後續發展，則是秦檜一日內發下十二道金牌，召岳飛班師回朝。並以素來與岳飛有隙的万俟卨為御史中丞，構陷岳飛入獄，說岳飛、岳雲父子和部將張憲、王貴等人密謀造反。後於獄中縊死岳飛，處斬岳雲等人，合於評點的說法。

又如〈莊子休鼓盆成大道〉（警 2），起頭便說某婦人搧亡夫之墳，莊周代搧。婦人送莊周銀釵和紈扇，但他只接受扇子。回家後莊周告知妻子田氏此事，田氏氣搧墳婦不賢，且自誓就算莊周死了她也不事二夫。莊周懷疑，田氏便說了句：「你如今人不死，直恁枉殺了人。」（警 2，頁 70）眉批說：「只這一句，挑動莊生機括。」（警 2，頁 70）意指田氏的這句話引來莊周設陷阱，是為伏筆。莊周病死後，田氏動心欲嫁楚王孫，甚至不惜劈棺要取莊周腦髓給心疼的楚王孫服用。莊周卻於此時復活了，以詩批評田氏。原來，楚王孫乃是莊周的分身。結局是田氏自縊身亡，莊周鼓瓦盆而歌。

再如〈王嬌鸞百年長恨〉（警 34），女主角王嬌鸞識得周廷章，與廷章偷偷有詩往來，互相愛慕對方。向來和嬌鸞相伴的曹姨見了廷章的來詩，提議可讓廷章來求親。嬌鸞之父王千戶也重視廷章的才貌，但因嬌鸞是愛女，且平日使她處理文書，故遲疑未答應。廷章知道婚事不順，寫了一封信給嬌鸞，信裡提及：「媒妁傳來今日言，為期未決。遙望香閨深鎖，如唐玄宗離月宮而空想嫦娥；要從花圃戲遊，似牽牛郎隔天河而苦思織女。……生若無緣，死亦不瞑。」（警 34，頁 539）眉批評此：「為結束遞〈長恨歌〉張本。」（警 34，頁 539）後來廷章與嬌鸞私下結為夫妻，廷章因父親生病而歸家，誓約若負心則亂箭亡身。但廷章一去不回，嬌鸞託人轉信多次才得知廷章已變心。王嬌鸞知情後痛心，寫了絕命詩三十二首和〈長恨歌〉一篇。都察院的樊祉，惜嬌鸞之才，恨廷章薄倖，在都察院堂上，命亂棒打死周廷章。王嬌鸞寫下〈長恨歌〉，已在先前周廷章的告白信裡埋下伏筆。讀者已有「唐玄宗」的印象，因而故事末尾出現與唐玄宗相關的〈長恨歌〉，便容易接受。

（六）收拾

「收拾」本意指整理，在「三言」評點裡，是指在故事結尾處交代或評價如何完結。

如〈陳御史巧勘金釵鈿〉（喻 2）的故事大意，講家道中落的魯學曾思娶顧家的阿秀。學曾的表哥梁尚賓心術不正，假扮魯學曾赴約，騙到了阿秀。阿秀得知實情後自縊身亡，魯學曾被誤為害死阿秀的兇手。陳御史重審此案，以計得到證物，讓梁尚賓認罪。梁尚賓因被妻子田氏怒罵而故意誣陷她為同謀，然賢而有智的田氏早已和梁尚賓離異，故無關此案。阿秀的母親孟夫人認田氏為義女，嫁田氏予魯學曾，兩人和睦又孝順。末尾正文道：「所生二子，一姓魯，一姓顧，以奉兩家宗祀，梁尚賓子孫遂絕。」（喻 2，頁 172）眉批評此：「收拾乾淨。」（喻 2，頁 172）也就是清楚交代魯學曾、顧家、梁尚賓的下場，以明示讀者：善者有後，惡者無後可傳宗接代。

〈陳可常端陽仙化〉（警 7）裡秀才陳可常三舉不第，於靈隱寺出家為行者。郡王見陳可常有才，有意抬舉，將他剃度為僧。郡王府裡的新荷妓懷孕，冤枉陳可常通奸。陳可常遇刑而招供，被追回度牒。新荷實是與府裡的都管錢原有奸，後向郡王說出實情。郡王要邀回陳可常，但陳可常寫下〈辭世頌〉後圓寂。眉批評：「□首〈辭世頌〉收拾一回小說。」（警 7，頁 261）細看陳可常的〈辭世頌〉：

> 生時重午，為僧重午，得罪重午，死時重午。為前生欠他債負，若不當時承認，又恐他人受苦。今日事已分明，不若抽身回去。五月五時午時書，赤口白舌盡消除；五月五日天中節，赤口白舌盡消滅。（警 7，頁 261～262）

此頌已交代陳可常為還債而來，又於端午還債而去。所以故事末尾陳可常升天，感謝郡王和其他和尚的說法便和〈辭世頌〉是一致的。

〈赫大卿遺恨鴛鴦縧〉（醒 15）中赫大卿勾搭上非空庵裡的空照與靜真等尼姑，留在庵裡與尼姑們風流，卻因病而死，被怕東窗事發的尼姑們埋在後園。赫大卿妻子陸氏認出工匠蒯三腰間的鴛鴦縧是丈夫束腰之物，託蒯三去訪察赫大卿的下落。靜真的女徒弟說溜了嘴，尼姑們逃亡，陸氏等人在非空庵的後園挖出一具和尚屍體，另一名老和尚認定死屍為不肖徒弟去非，又牽扯出極樂庵的了緣尼姑與去非有奸。與此同時，非空庵的病中老尼姑都沒人理會。末了審案清楚，將靜真、空照等人定罪，假扮尼姑的去非也露了餡，了緣於是被官賣為奴。故事將結束，正文道：「那時庵中老尼已是餓死在床，地方報官盛殮。」（醒 15，頁 38A）眉批：「收拾乾淨，無一毫滲漏，的是高手。」（醒 15，頁 38A）馮夢龍認為，作者不忘提及非空庵裡病危的老尼下場，全篇故事交代詳細，沒有遺漏，手法高超。

由以上這些眉批例子，可印證「三言」評點在批評文本時已採用某些概念，如「關目」、「針線」、「照應」、「懸疑」、「伏筆」、「收拾」。雖不若後來金聖嘆評點「六才子書」、張竹坡評點《金瓶梅》的多樣性，〔註 62〕但具體而言，並不止於單純的劇情欣賞了。

〔註 62〕金聖嘆、張竹坡等人的評點及其提出的小說批評概念，已有多人研究，如葉朗：《中國小說美學》（台北：里仁書局，1987 年 6 月）、吳子林：《經典再生產——金聖嘆小說評點的文化透視》（北京：北京大學出版社，2009 年 9 月）、張世君：《明清小說評點敘事概念研究》（北京：中國社會科學出版社，2007 年 8 月）等書。

第六章　結　論

針對「三言」評點，積極來說，由於量多，可討論者眾，還有論述空間；消極來說，由於模糊者亦不在少數，研究過程仍然受到相當大的限制。以下說明本論文的研究成果、侷限與展望。

一、「三言」評點教化研究的成果

本論文經過第二章〈「三言」通俗性的教化意義〉、第三章〈「三言」評點的教化準則及其批判、感慨〉、第四章〈「三言」評點的教化內涵〉、第五章〈「三言」評點的美學觀〉的分析、論述後，獲得如下的研究成果：

（一）了解「三言」評點的成因

「三言」裡除了序跋與每篇皆有的圈點，以及極少量的側批外，絕大多數是眉批。但側批全分布在《醒世恆言》卷 19、23、27、38，一般研究者都沒有提及。可能是「三言」的側批實在太少，閱讀時容易被忽略所致。

「三言」評點的產生原因，不外乎「廣告效果」、「內容引導」、「教化強調」。畢竟有名家推薦，自然對作品的內容作出了品質保證。馮夢龍作為明末編書大家，在出版「三言」之前，已有編寫多部作品，所以在蘇州當地應為人所識，有一定的名氣。當然小說評點史上也不乏託名之例，但這正好證明了評點者名氣的重要，印證出版小說時若附有評點會帶有廣告功能。

評點能為讀者解釋生難字詞，補充說明小說的情節、人物的性格，甚至提出評點者的價值判斷。因此「三言」評點文字，可以說是「三言」的解說者、導讀者。況且字數不多的評點，比起枯燥的理論趣味多了，增多了小說的易解性，進而有利於吸引讀者閱讀，加速「三言」的傳播。

馮夢龍在解釋、引領讀者的同時還加入了教化勸說。這和政治與社會黑暗、人心不古脫離不了關係。從「三言」本身內涵來看，對已充滿道德教化的故事，評點其實是教化的再加深、再強調。

（二）由評點文字考證「三言」的評點者

馮夢龍作為「三言」評點者，是推論出來的，目前為止還沒有一項直接的證據。但考察「三言」的評點文字，其中有多則足以輔助佐證。

評點者極熟悉蘇州人的生活習性，尤其熟知長洲的歷史演變。評點者應是蘇州府長洲人，而且是個對傳奇創作有相當理解的人，馮夢龍正好符合這兩個條件。另外，〈旌陽宮鐵樹鎮妖〉（警 40）的小說原文，在原封不動的情況下被編入馮夢龍的《三教偶拈》，且保留了約半數的眉批，也足為輔證。

（三）教化性提高「三言」評點的價值

「三言」的序言提倡教化，尤其強調通俗性能加強教化性。小說必須具備通俗性，才能深刻地將教化性納入人心，使之「觸性性通，導情情出」。道理講太深，修辭太雕琢，都無法達到觸動、引領民眾的功效。惟有通俗，能使平凡的多數讀者接納，讓人感同深受，自然小說的教化流傳便能更廣泛深遠。

「三言」評點還對世情、社會有極多的批判，其意在引起讀者共鳴。世態人情的虛偽不古或是官場弊政引發的人事爭端，無一不為社會留下佐證，證明道德上人心已然墮落，亟需教化指引，轉化昇華。「三言」雖是小說之言，但情節反映了政治和社會的現實，而評點則進一步標明。

「三言」有不少批評政治的眉批，將批判矛頭直指掌握權勢的官場人物。大官們擁有了權勢，顧及的是自己的利益與升遷，將理應愛護百姓的心意棄擲一旁，於是受冤遭害的、無奈苦痛的人民日益增多；另一方面，有能力的真才被權力壓抑，即使參加科舉考試，也因選才法滲入了私人、金錢的糾葛考量而不公正，無由伸展抱負。

然而，馮夢龍雖明白以評點利刃指向腐敗的統治階層，暴露官場之非的同時，某些地方卻又仍維護封建君主。筆者認為，馮夢龍內心期待的，應是有聖明的君主出現，光明政治，改革社會，以解決民生疾苦。

「三言」的故事具體而微地把世態人情的黑暗面描繪出來，評點對此多抒為感嘆。例如感嘆社會觀感現已大不如前；從前會讚揚之事，如今反而會批評、指責其有罪。這是人情上轉為刻薄、不敦厚處。馮夢龍的遺憾相當明顯，恐怕他的時代，社會上少有樂於助人、積極於事者。甚者，不分智慧、身份的高低，只要有錢，就能攢積攀附於上，人情自然會逢迎、看重。世情如此，勢利眼就跑出來了，當然無錢者會是被看輕的對象。人們對於金錢看重，但因勢利，虛偽之情便多。況且常人之心在於能佔多少便宜就佔多少，一說到出錢，都等著看，要享受卻又不願奉獻。

馮夢龍的生平不算順遂，尤其功名上始終無法更進一步，可是他仍堅持考試到晚年。也許這種堅持，是源於馮夢龍個性上對自己有才的自信，也或許是因為年年考場失利的刺激，由不遇而發的任性。「三言」評點便透露了馮夢龍對小說人物遇或不遇、有助或無助的反思，聯想到自己的遭遇。馮夢龍不平，乃是怨世間不公正，似乎有冤無處訴，有才無人知，好心總沒好報，瓦釜反而雷鳴。故而他總期盼能識貴人，有貴人相助，得以發揮己身長才。

觀「三言」的評點文字，只要與君主選用人才或有得其知音的情節，便見讚賞，究其原因，實出於馮夢龍本身懷才不遇，希冀有賢明聖主可以賞識、提拔他。很自然地流露出他對「君臣遇合」、渴求用世的念頭。至於不能依才擇用的君主，馮夢龍也只是慨嘆可惜，並未深責。因此，儘管馮夢龍未明言，但還是可以推論出他的政治理念——受制於大時代，馮夢龍仍以君主為政治社會的最高指導原則，暗暗希望君主是聖明的，能拔擢人才，針對官場中的腐敗與社會的黑暗提出解答。然而何時才會遇見憐才聖主？現實中，馮夢龍未能與憐才聖主風雲際會，但在「三言」評點中，他透露的看法是頗為一致的。馮夢龍以為時機乃偶然，機會乃湊巧，是否遇合，並非人事所能控制，他將能否「君臣遇合」歸諸於機緣、命運。君主能用即是幸，是遇，不用即是不幸。

關於星法、相法，「三言」故事裡雖然多處談及，馮夢龍主要還是認為算命、星術等未必準確，不可全盤相信，或以為不足以道盡命運之理。馮夢龍認定人世間的一切，如現實的無奈、世局的脫序，或是人事上的巧妙，背後的操控因素乃是命，而命由天決定、規劃，一切是上天有意識的安排。顯然以天命為所有人事變化的準則，人是無法臆測猜度的。例如天子是上天權勢的賜予，他人是不可攫奪的。這是「三言」評點一貫的主張，可是獨有一則眉批例外，馮夢龍並非思想糾結不清，而是在天命籠罩下，他必須提出以鼓勵人有積極性。馮夢龍認為人可以藉由積善去惡，改善命運。命是被決定了的，照理無法更改，但「報應說」予人努力的空間。藉由「報應說」以充實「天命說」，使人能積極地有所作為，使讀者接納、篤行其教化之理。像是在險危時刻又逢生機，實乃平日行善的好報；能子孫繁衍且至宅第眾多，都是因為協助他人的回報。「三言」小說及評點皆運用民間常見的報應說，除了易使讀者接納，避免了人生的消極性，在報應觀念的驅策下，較有動機地為善去惡外，還點出「力行善事」，才是人對於不可知的、掌握一切的天，所能做的最好的回應。

馮夢龍藉佛道輔教，佛道思想頗融入於「三言」故事中，有佛、道色彩的評點很多。在評點裡馮夢龍以佛法說論，如因緣說、輪迴說。又說以實際作為，取代捐錢修觀音佛殿，才是實在的行善。可是馮夢龍不是盲目尊佛，對於佛教中的弊病，如「淫」、「貪」，一樣明確指出。

「三言」小說及評點也頗藉道家、道教之說為助，一方面提醒讀者自身要修行、行善，以及絕斷紅塵俗情，一方面利用凡人求仙的渴望，教人如何處世。藉助神明的力量，度化眾生，在無形中，等同於對讀者置入性行銷，展明了神仙的權威，藉以暗示讀者：平日多行善，必有福報、神助。馮夢龍應是對世俗官吏多有不滿，於是興懷，嚮往神仙般的官吏來治理百姓。一方面是怨懟官員施政不佳，一方面也是透露神仙有智有能，令人欣羨。現實中的道德瑕疵人物，官員與法度無法妥善處理，所以若藉一位可以主持公道的道教神仙，持能發揮功效的器物來度化，或許順此才可圓了馮夢龍教化人心的理想。

「三言」的評點是有破有立的，批判之餘，馮夢龍也有提出道德的標準。談「三言」評點的良善道德標準，從中可看出馮夢龍心目中的社會面貌。

社會風尚方面，希冀復古民風，復圓名教。但馮夢龍也認同要改善社會風俗，提升品德教化，必須付出一大筆代價。

家庭倫理方面，則以存祀為先，有後為重。且視「孝」為第一義。儒家傳統觀念上，衡量女性成就的真正標準，是看她們如何優秀地把孩子撫養長大。馮夢龍並不以此為女性成功的唯一法式，但仍然極讚許這樣的觀念。

朋友交往方面，以真誠守信為朋友交往的基本條件。假使為了守信，而甘願犧牲自己的生命或金錢，顯然更高一層。以信自持，以不棄小信為原則，在生命和信用只能二擇一的兩難中，坦然地挑選守信的堅持是馮夢龍極為讚許的。懂得回報恩德，也是朋友間往來真誠的表現。即使未必已有深交，但為對方義舉所感，而相知相惜者，在馮夢龍眼中是不可多得的。

英雄豪俠方面，凡忠於己應為之事，行合宜之舉，都是正人君子。而在此基礎上還有更高一層的道義考量者，往往會被評為英雄豪俠。心意決絕，斷然割捨男女情長。其豪邁果決，不拖拖拉拉，度量之大，當也屬英雄人物。馮夢龍視「可以不死而主動為道德死」，為更崇高的境界。

才能發揮方面，能知心者，才可謂真的知人。好賢愛才是馮夢龍對掌權者最深的期許。明察政策與人民之間的需求是否一致，居中調解得宜，徹底排除糾紛，成了有才能的官吏應該做到，也必須做到的事。

情愛欲望方面，馮萬龍肯定情欲，但並不與遵守禮教衝突。他教誨眾生的情教意涵，有一大重點是：儘管男女情事之中有「未盡雅馴」者，但「慎勿以須臾之歡，而誤人於沒世」，只要「曲終之奏，要歸於正」，此情便能合禮，此即「善於補過」。「曲終奏雅」，即是馮夢龍的「三言」有情欲描寫的前提和準則。所以馮夢龍並不是反對禮教，而是了解人皆有私欲，正好「情」是人本性所發，順情而又合於禮教才是合宜的。但若違理、違禮，則此發動之情只是矯情罷了。所以違理非情，違情也非理，順人情欲，而非完全禁絕，因為禁也是禁不完的，此亦是為了合於教化，較有彈性，與忠孝節烈的名教並無相背。

順此來說，「三言」故事對於「色欲」情節一般不作掩飾，直言明謂者頗多，但總歸於「曲終奏雅」。因此，小說固然有色情描述，但評點往往批判色、淫的不是，且謂其有害。馮夢龍並未刪修「三言」裡的色情描寫，而是透過評點批評色欲展現的動機，其目的是要「以淫戒淫」。他以為有色欲描寫的小說能刊行於世，非以該種書寫方式為有害，必然是看重於書裡呈現的教化、醒世意義。之所以會如此，其實根源於明代流行縱欲主義。在當時整體社會風氣都流行的情況下，「三言」故事的行文描述，並不隱晦，而是以直筆，實為再自然不過的。書裡一些色情描寫都相當露骨，根據馮夢龍的立場，他並不是鼓勵淫欲。除了商業考量，馮夢龍還著重從「真」及教化角度評論，所以他雖編選了這些色情之作，但還是起到了警醒曉喻世人的功效。

馮夢龍對於貞節觀，基本上站在讚揚的立場，馮夢龍認同於愛情上的理想是從一而終。但守貞節不該是死板地壓抑，而是要考量情理。

馮夢龍很肯定女性勝於男子的才華、堅定的意志，而且認同女子主動追求婚姻、選擇匹配對象的態度。

馮夢龍對情的看法相當明朗：情在理的規範中，理之內也應講究情意，於是肯定男女相悅成親；且事可權宜，禮法並非死板，仍是尊重情欲的。

馮夢龍既讚美女子有勝於男子者，強調貞節重要，肯定男女相愛的情欲，又希望父母聽從子女戀愛自主而婚嫁的心願。一切既以理為情之規範，又以情為理之綱要。情與禮、理是和諧的，也就是「情在理中」、「禮順人情」，這才是馮夢龍情教說的主要精神。

（四）「三言」評點豐富教化意涵

情節與人物對讀者的啟發是一層，評點加諸力道又是一層，就好像在欣賞電影、電視劇途中，無形中受到旁白催眠式的引導。

「三言」評點落實教化，提供生活智慧的參考。馮夢龍再三訴說，以假為害，認錯為上，提醒利口中耳，貪吝得禍，又說富父定生敗兒，得意事莫再做。而且還展示人物道德的正反評價。馮夢龍指出負面人物的盲點或批判其不是之處，進一步寫出惡有惡報的下場，往往能獲得讀者的支持與認同。如「短視近利者」、「陷害忠良者」、「馬泊六」、「惡妻」。相對的，他也指出了幾種代表性的人物，可為讀者在道德上的行事典範，如「爽快者」、「忠義者」、「助人者」。

小說是一種藝術形式，從形式或內容上，都有美的價值可言。而評點附於小說之中，已然成為小說的一部分，不可分割，因而評點的美學，亦是小說美學的一環。「三言」評點的風格，乃是同時雅化、俗化，藉「雅俗交融」達成「雅俗共賞」的目的。評點文字也符合此種「雅中有俗，俗中見雅」的現象。

小說裡的情節大多為虛構，但在描繪時往往採用寫實手法，力求相像。對「三言」評點而言，所謂的相像，即是求真，求現實生活的真實呈現。可見即使俚俗，但情真便不可偏廢。「真」是描摹像，「真」也是指將真性情顯影出來。

合理之奇、劇情之妙，足以為趣為快。實際上這樣也有吸引讀者的效果，原本「至常」之道理，特地用「至奇」來表現，足以導引讀者深入觀賞、體會。「三言」評點中認同的「以妙為趣」、「以奇為快」所在多有，是以誘使聽者、閱讀者注意為目的的創作手段。

「三言」評點者常哀憐故事主角的不堪遭遇，發出無奈的嘆音，同時代的讀者想必最能體會。

「三言」評點的特色是真實為上、妙奇為趣、憐憫為嘆，不管究竟是不是馮夢龍有意的作為，或只是單純地表達他閱讀時的直接感想，理當能吸引心有戚戚的讀者，增加讀者閱讀的接受度。

教化批判和引導之外，「三言」評點對小說劇情、小說的虛與實，小說的筆法等有一定的解釋。雖然未成文章系統，論點也多支離在「三言」各篇小說裡，但筆者以為，這些有助於理解「三言」，理解馮夢龍，所以在中國小說評點的文學史、美學史上不容忽視。

評論小說劇情方面，品評劇情的眉批最多，質疑、批駁、訂正劇情者也不少。馮夢龍還點出佳劇要訣，他對「戲劇性」的看法，大致可歸納出幾點：如夢境能成真，一切皆命定；如有起伏，有懸疑；如戲耍惡人，大快人心；如絕妙，有人情味；如描述細微；如前後呼應，強調今昔之比；如情節有奇異感，奇異感產生張力；如人物分明，足以編寫成劇本。

提出小說虛構方面，馮夢龍以為「虛構」可加強小說所表達的主題，靈活地塑造人物形象。合理的虛構甚至是必要的，只要「事贗而理亦真」，不違背聖賢教化與經典道理，小說裡充斥的假情節或假人物，同樣能有說服力，可以影響讀者的心靈，達到編著者的目的。馮夢龍針對小說的創作技巧，不以「假」為妨害，而在於人物與情節是否能完成小說的藝術價值，達到寫作意圖上的「真」。

分析小說筆法方面，「三言」的評點文字在分析小說敘事筆法時，運用了幾個概念，以說明該故事的創作技巧，如「關目」、「針線」、「照應」、「懸疑」、「伏筆」、「收拾」。「關目」意指緊要的情節或關節，是戲曲文學的專有名詞。馮夢龍借用來指稱小說劇情發展的關鍵。「針線」在評點裡用來比喻「一個個情節段落用針線連綴起來」，也就是串起情節的線索、媒介。像針線一樣密密縫實，使正文敘述能夠明晰推展，敘述筆法如針線般，聯結起來。「照應」當是指劇情前後有互相對照、呼應。「懸疑」是拋出一線索來，造成了懸想疑思的效果。尤其故事已到末尾，懸疑情境並未隨著故事結束而消失，它很容易便在閱讀完的當下，讓讀者繼續留連、回想這故事的一連串奇異。吟詠回味再三，即達成吸引閱讀的目的。「伏筆」，或者能預示未來的情節發展，或者能提供暗示，讓讀者在後來的劇情感受到情節鋪陳的合宜性。其實「伏筆」在「三言」正文裡很常見，往往是模仿說書人的口語，講明後續發展。至於「收拾」，在「三言」評點裡，是指在故事結尾處交代或評價如何完結。「三言」評點在批評文本時已採用這些概念，雖不若後來金聖嘆評點「六才子書」、張竹坡評點《金瓶梅》的多樣性，但具體而言，已不止於單純的情節欣賞。

二、「三言」評點研究的局限與展望

「三言」的研究到現今已是蓬勃的發展，但研究的層面與角度能否更進一步，則有賴新資料的發現，以及研究者鍥而不舍的精神。

現有「三言評點」的文本，其評點部分模糊者仍多，是研究時不得不面對的局限。在目前沒有清楚版本出現的情況下，或許可以期待科學技術的日新又新。重組、再造、或還原可能的評點文字，相信在未來是可能的。如能將新辨識的評點歸納再整理，也許對馮夢龍、對「三言」的認知可以更進一步。

基於現有條件，未來的研究展望方面，或可將馮夢龍的其他著作和相關文獻對比「三言」，互相考證，應也是一條門路。例如將「三言」與《情史》、《新列國志》、《古今譚概》、《智囊補》、《太霞新奏》、《北宋三遂平妖傳》等書的評點作並列式的全盤性查考，相信會有一定的收穫才是。

參考書目

（依作者編者姓氏筆劃為序）

一、研究文本

1.（明）馮夢龍編，李田意編校：《古今小說》，台北：世界書局，1991 年 3 月，再版。

2.（明）馮夢龍編，李田意編校：《警世通言》，台北：世界書局，1991 年 3 月，再版。

3.（明）馮夢龍編，李田意編校：《醒世恆言》，台北：世界書局，1983 年 1 月，三版。

4.（明）馮夢龍編撰，徐文助校注：《喻世明言》，台北：三民書局，2003 年 1 月。

5.（明）馮夢龍編撰，徐文助校注：《警世通言》，台北：三民書局，2008 年 6 月。

6.（明）馮夢龍編撰，廖吉郎校注：《喻世明言》，台北：三民書局，2007 年 1 月。

7.（明）馮夢龍編：《古今小說》，收入於劉世德、陳慶浩、石昌渝等主編：《古本小說叢刊》第 31 輯，北京：中華書局，1991 年 10 月。

8.（明）馮夢龍編：《警世通言》，收入於劉世德、陳慶浩、石昌渝等主編：《古本小說叢刊》第 32 輯，北京：中華書局，1991 年 10 月。

9.（明）馮夢龍編：《醒世恆言》，收入於劉世德、陳慶浩、石昌渝等主編：《古本小說叢刊》第 30 輯，北京：中華書局，1991 年 10 月。

10.（明）馮夢龍：《古今小說》，收於魏同賢主編：《馮夢龍全集》，上海：上海古籍出版社，1993 年 6 月。
11.（明）馮夢龍：《警世通言》，收於魏同賢主編：《馮夢龍全集》，上海：上海古籍出版社，1993 年 6 月。
12.（明）馮夢龍：《醒世恆言》，收於魏同賢主編：《馮夢龍全集》，上海：上海古籍出版社，1993 年 6 月。

二、引用古籍

1.（漢）王充著，黃暉校釋：《論衡校釋》，北京：中華書局，2009 年 2 月。
2.（漢）司馬遷，（日）瀧川龜太郎編著：《史記會注考證》，台北：文史哲出版社，1997 年 10 月。
3.（漢）許慎撰，（清）段玉裁注：《說文解字注》，台北：洪葉文化：1998 年 10 月。
4.（漢）劉向集錄：《戰國策》，台北：里仁書局，1990 年 9 月。
5.（漢）戴德撰，（北周）盧辯注：《大戴禮記》，北京：中華書局，1985 年。
6.（晉）干寶撰，李劍國輯校：《新輯搜神記》，北京：中華書局，2008 年 5 月。
7.（晉）陳壽撰，（劉宋）裴松之注，盧弼集解：《三國志集解》，台北：藝文印書館。
8.（梁）蕭統編，（唐）李善注：《昭明文選》，台南：台南新世紀出版社，1975 年 1 月。
9.（唐）柳宗元：《柳宗元集》，台北：頂淵文化，2002 年 9 月。
10.（宋）朱熹撰：《四書章句集注》，北京：中華書局，2010 年 1 月。
11.（宋）劉斧：《青瑣高議》，台北：河洛圖書出版社，1977 年 4 月。
12.（宋）歐陽脩、宋祁撰：《宋本新唐書》，收於文懷沙主編：《四部文明——隋唐文明卷》，西安：陝西人民出版社，2007 年。
13.（宋）蔡條：《西清詩話》，收於張伯偉編校：《稀見本宋人詩話四種》，南京：江蘇古籍出版社，2002 年 4 月。
14.（元）王實甫著：《西廂記》，台中：曾文出版社，1975 年 2 月。
15.（元）石君寶：《李亞仙花酒曲江池》，收於嚴一萍選輯：《叢書集成三編・古雜劇第二函》，台北：藝文印書館，1972 年。

16.（元）施耐庵、羅貫中原著，李泉、張永鑫校注：《水滸全傳校注》，台北：里仁書局，1994 年 10 月。

17.（明）田汝成：《西湖遊覽志餘》，收於楊家駱主編：《大陸各省文獻叢刊》，第一集第五冊，台北：世界書局，1963 年 5 月。

18.（明）朱棣：《金剛經集注》，濟南：齊魯書社，2010 年 4 月。

19.（明）呂天成撰，吳書蔭校註：《曲品校註》，北京：中華書局，2006 年 7 月。

20.（明）佚名著，林侑蒔主編：《全明傳奇——鳴鳳記》，中國戲劇研究資料第一輯，台北：天一出版社。

21.（明）沈德符撰：《顧曲雜言》，收於（清）永瑢、紀昀等纂修：《影印文淵閣四庫全書》，台北：台灣商務印書館，1986 年 3 月。

22.（明）沈德符撰：《萬曆野獲編》，北京：中華書局，2007 年 10 月。

23.（明）李贄：《初潭集》，北京：中華書局，2009 年 8 月。

24.（明）李贄：《焚書／續焚書》，北京：中華書局，2010 年 10 月。

25.（明）李贄：《藏書》，台北：台灣學生書局，1986 年 6 月。

26.（明）袁宏道著，錢伯城箋校：《袁宏道集箋校》，上海：上海古籍出版社，2010 年 6 月。

27.（明）袁宗道：《白蘇齋類集》，台北：偉文圖書出版社，1976 年 9 月。

28.（明）高濂撰：《重校玉簪記》，收於續修四庫全書編纂委員會編：《續修四庫全書》，上海：上海古籍出版社，1995 年 3 月。

29.（明）許自昌撰：《樗齋漫錄》，收於北京圖書館古籍出版編輯組編：《北京圖書館古籍珍本叢刊》第 65 冊，北京：書目文獻出版社，1988 年 2 月。

30.（明）馮夢龍：《三教偶拈》，收於魏同賢主編：《馮夢龍全集》，上海：上海古籍出版社，1993 年 6 月。

31.（明）馮夢龍：《山歌、掛枝兒》，收於魏同賢主編：《馮夢龍全集》，上海：上海古籍出版社，1993 年 6 月。

32.（明）馮夢龍：《太霞新奏》，收於魏同賢主編：《馮夢龍全集》，上海：上海古籍出版社，1993 年 6 月。

33.（明）馮夢龍：《情史》，收於魏同賢主編：《馮夢龍全集》，上海：上海古籍出版社，1993 年 6 月。

34. (明)馮夢龍:《新列國志》,收於魏同賢主編:《馮夢龍全集》,上海:上海古籍出版社,1993 年 6 月。
35. (明)馮夢龍著,陳煜奎校:《壽寧待誌》,福州:福建人民出版社,1983 年 6 月。
36. (明)鄧志謨:《新鍥晉代許旌陽得道擒蛟鐵樹記》,收於古本小說集成編委會編:《古本小說集成》,上海:上海古籍出版社。
37. (明)瞿汝稷編集:《水月齋指月錄》,台北:老古文化,1985 年 6 月。
38. (明)羅貫中編,(明)楊慎批點:《隋唐兩朝史傳》,收於古本小說集成編委會編:《古本小說集成》,上海:上海古籍出版社。
39. (清)阮元校勘:《周易》,《十三經注疏》,台北:藝文印書館,2001 年 12 月。
40. (清)阮元校勘:《尚書》,《十三經注疏》,台北:藝文印書館,2001 年 12 月。
41. (清)阮元校勘:《詩經》,《十三經注疏》,台北:藝文印書館,2001 年 12 月。
42. (清)張廷玉等撰:《明史列傳》(四),收於周駿富輯:《明代傳記叢刊·綜錄類 10》,台北:明文書局,1991 年 1 月。
43. (清)錢謙益著:《列朝詩集小傳》下冊,收於楊家駱主編:《中國文學名著》第三集,台北:世界書局,1961 年 2 月。

三、今人專著

(一)

1. 王明編:《太平經合校》,北京:中華書局,1997 年 10 月。
2. 王凌:《畸人·情種·七品官——馮夢龍探幽》,福州:海峽文藝出版社,1992 年 3 月。
3. 王鴻泰:《三言二拍的精神史研究》,台北:台大出版委員會,1994 年 6 月。
4. 石麟:《中國古代評點派研究》,北京:中國社會科學出版社,2011 年 11 月。
5. 任宜敏:《中國佛教史——明代》,北京:人民出版社,2009 年 4 月。

6. 任繼愈編：《中國道教史》，台北：桂冠圖書，1998 年 3 月。
7. 吳子林：《經典再生產——金聖嘆小說評點的文化透視》，北京：北京大學出版社，2009 年 9 月。
8. 宋若云：《逡巡於雅俗之間——明末清初擬話本研究》，北京：中國社會科學出版社，2006 年 1 月。
9. 宋莉華：《明清時期的小說傳播》，北京：中國社會科學出版社，2004 年 7 月。
10. 李焯然：《明史散論》，台北：允晨文化，1991 年 12 月。
11. 李惠綿：《戲曲批評概念史考論》，台北：里仁書局，2002 年 2 月。
12. 李豐楙：《許遜與薩守堅——鄧志謨道教小說研究》，台北：台灣學生書局，1997 年 3 月。
13. 汪辟疆編：《唐人傳奇小說》，台北：文史哲出版社，1993 年 10 月。
14. 佘嘉錫：《古代小說叢考》，北京：國家圖書館出版社，2010 年 10 月。
15. 周明初：《晚明士人心態及文學個案》，北京：東方出版社，1997 年 8 月。
16. 林保淳：《經世思想與文學經世——明末清初經世文論研究》，台北：文津出版社，1991 年 12 月。
17. 林崗：《明清之際小說評點學之研究》，北京：北京大學出版社，1999 年 11 月。
18. 胡士瑩：《話本小說概論》，北京：商務印書館，2011 年 9 月。
19. 胡萬川：《話本與才子佳人小說研究》，台北：大安出版社，1994 年 2 月。
20. 胡萬川：《真假虛實——小說的藝術與現實》，台北：大安出版社，2005 年 5 月。
21. 卿希泰：《續．中國道教思想史綱》，成都：四川人民出版社，1999 年 8 月。
22. 高洪鈞編著：《馮夢龍集箋注》，天津：天津古籍出版社，2006 年 5 月。
23. 孫琴安：《中國評點文學史》，上海：上海社會科學院出版社，1999 年 6 月。
24. 孫遜：《中國古代小說與宗教》，上海：復旦大學出版社，2003 年 4 月。
25. 陳大康：《古代小說研究及方法》，北京：中華書局，2006 年 12 月。
26. 陳大康：《明代小說史》，北京：人民文學出版社，2007 年 4 月。

27. 陳洪：《中國小說理論史》，天津：天津教育出版社，2006 年 1 月。
28. 陳沛然：《佛家哲理通析》，台北：東大圖書，1999 年 2 月。
29. 陳萬益：《晚明小品與明季文人生活》，台北：大安出版社，1997 年 10 月。
30. 張世君：《明清小說評點敘事概念研究》，北京：中國社會科學出版社，2007 年 8 月。
31. 張造群：《禮治之道——漢代名教研究》，北京：人民出版社，2011 年 7 月。
32. 張惠芬主編：《中國古代教化史》，太原：山西教育出版社，2009 年 5 月。
33. 張繼軍：《先秦道德生活研究》，北京：人民出版社，2011 年 2 月。
34. 馮秀軍：《教化．規約．生成：古代中華民族精神化育研究》，北京：中國社會科學出版社，2009 年 10 月。
35. 曹濟平等校點：《宣和遺事等兩種》，南京：江蘇古籍出版社，1993 年 3 月。
36. 陸樹侖：《馮夢龍散論》，上海：上海古籍出版社，1993 年 5 月。
37. 彭華：《儒家女性觀研究》，北京：中國社會科學出版社，2010 年 9 月。
38. 程國賦：《三言二拍傳播研究》，北京：中國社會科學出版社，2006 年 12 月。
39. 程國賦：《明代書坊與小說研究》，北京：中華書局，2008 年 10 月。
40. 詹石窗：《道教十五講》，北京：北京大學出版社，2006 年 11 月。
41. 傅承洲：《馮夢龍與通俗文學》，鄭州：大象出版社，2000 年 8 月。
42. 費振鐘：《墮落時代——明代文人的集體墮落》，台北：立緒文化，2002 年 5 月。
43. 葉朗：《中國小說美學》，台北：里仁書局，1987 年 6 月。
44. 董上德：《古代戲曲小說敘事研究》，廣州：廣東高等教育出版社，2011 年 5 月。
45. 董國炎：《明清小說思潮》，太原：山西人民出版社，2004 年 3 月。
46. 楊永漢：《虛構與史實——從話本「三言」看明代社會》，台北：萬卷樓，2006 年 5 月。

47. 溫孟孚：《三言話本與擬話本研究》，北京：中國社會科學出版社，2005年6月。
48. 駱冬青：《心有天游——明清小說美學》，南京：南京大學出版社，2008年9月。
49. 蔣玉斌：《明代中晚期小說與士人心態》，成都：巴蜀書社，2010年7月。
50. 劉果：《「三言」性別話語研究——以話本小說的文獻比勘為基礎》，北京：中華書局，2008年10月。
51. 劉建明：《明代政權運作與文學走向》，北京：光明日報出版社，2010年12月。
52. 蔡鎮楚：《中國文學批評史》，北京：中華書局，2006年7月。
53. 蕭欣橋、劉福元：《話本小說史》，杭州：浙江古籍出版社，2003年4月。
54. 龍潛庵：《宋元言語詞典》，上海：上海辭書出版社，1985年12月。
55. 聶付生：《馮夢龍研究》，上海：學林出版社，2002年12月。
56. 羅小東：《「三言」「二拍」敘事藝術研究》，北京：中國社會科學出版社，2010年6月。
57. 譚帆：《中國小說評點研究》，上海：華東大學出版社，2001年4月。
58. 譚邦和：《明清小說史》，上海：上海古籍出版社，2006年12月。
59. 譚嘉定編：《三言兩拍資料》，台北：民主出版社，1983年9月。
60. 龔鵬程：《中國文學史》下冊，台北：里仁書局，2010年8月。
61. 龔鵬程：《晚明思潮》，北京：商務印書館，2008年6月。

（二）

1.（日）小野四平著，施小煒等譯：《中國近代白話短篇小說研究》，上海：上海古籍出版社，1997年10月。
2.（美）韓南（Patric Hannan）著，王秋桂等譯：《韓南中國小說論集》，北京：北京大學出版社，2008年3月。

四、學位論文

1. 王珍華：《馮夢龍三言小說寫作藝術之研究》，台北：中國文化大學中國文學研究所博士論文，2007年。
2. 曲成艷：《三言的教化藝術——馮夢龍民間信仰的利用》，長春：東北師範大學碩士論文，2006年。

3. 江海鷹：《敘事視角下的明清小說評點》，廣州：華南師範大學碩士論文，2002 年。
4. 金明求：《三言的死亡故事探討》，台北：國立政治大學中國文學碩士論文，1998 年。
5. 金艷：《論三言的教化色彩》，呼和浩特：內蒙古大學碩士論文，2005 年。
6. 林漢彬：《三言福禍始微觀念研究》，花蓮：國立東華大學中國語文學系博士論文，2009 年。
7. 胡萬川：《馮夢龍生平及其對小說之貢獻》，台北：國立政治大學中國文學系研究所碩士論文，1972 年。
8. 柯瓊瑜：《三言教化功能之研究》，台北：國立台灣師範大學國文研究所碩士論文，1995 年。
9. 孫健永：《明清小說評點的文學闡釋學研究》，西寧：青海師範大學碩士論文，2008 年。
10. 唐婷：《論明清通俗小說評點》，烏魯木齊：新疆大學碩士論文，2008 年。
11. 曹月：《明代話本小說的教化功能》，西安：陝西師範大學碩士論文，2005 年。
12. 張曼娟：《明清小說評點之研究》，台北：東吳大學中國文學研究所博士論文，1990 年。
13. 張惠玲：《俗與雅的辯證——馮夢龍三言美學探究》，彰化：明道大學中國文學系碩士論文，2010 年。
14. 陳妙如：《古今小說研究》，台北：文化大學中國語文學系碩士論文，1980 年。
15. 陳裕鑫：《細緻與奇巧——「三言」福禍始觀念研究」》，台北：輔仁大學中文系碩士論文，1999 年。
16. 陳曉蓁：《三言人物心態研究》，台北：中國文化大學中國文學研究所在職專班碩士論文，2006 年。
17. 黃昭憲：《三言二拍中的官吏形象研究》，高雄：國立高雄師範大學回流中文碩士論文，2009 年。
18. 楊孟儒：《三言異類故事之研究》，台南：國立台南大學國語文學系國語文教學碩士論文，2004 年。

19. 蔣美華：《馮夢龍文學研究》，台中：東吳大學中國文學研究所博士論文，1993 年。
20. 蔣慈玲：《三言案獄訴訟故事研究》，台南：國立台南大學國語文學系碩士論文，2009 年。
21. 蔡佩潔：《三言、情史共同本事作品之比較研究》，台北：國立台灣師範大學國文學系碩士論文，2008 年。
22. 劉純婷：《三言貞節觀研究》，斗六：國立雲林科技大學漢學資料整理研究所碩士論文，2005 年。
23. 劉翊群：《三言二拍佛道人物形象研究》，台北：國立台灣大學中國文學研究所碩士論文，2003 年。

五、期刊論文

1. 王啟忠：〈試論中國古代小說崇尚教化的傳統〉，《南京社會科學》，1995 年 4 月。
2. 高洪鈞：〈馮夢龍的俗文學著作及其編年〉，《天津師大學報》第 1 期，1997 年。
3. 黃東陽：〈「騎鶴上揚州非殷芸《小說》佚文辨正」〉，《文獻季刊》第 4 期，2007 年 10 月。
4. 傅承洲：〈王陽明先生出身靖亂錄作者小考〉，《南京師範大學文學院學報》第 2 期，2007 年 6 月。
5. 程毅中：〈試探隋唐兩朝志傳的淵源〉，《文獻季刊》第 3 期，2009 年 7 月。
6. 楊力：〈試論「教化為先」的文學傳統觀念對中國古代小說的影響〉，《現代語文》，2006 年 8 月。
7. 趙益：〈明代擬話本小說中的道教角色及其意義〉，《江西師範大學學報》第 43 卷第 2 期，2010 年 4 月。
8. 歐陽代發：〈三言中的馮夢龍作品〉，《湖北大學學報》第 1 期，哲學社會科學版，1996 年。

六、網路資料

1.《殷芸小說》卷 6，http://zh.wikisource.org/wiki/%E6%AE%B7%E8%8A%B8%E5%B0%8F%E8%AA%AA/%E5%8D%B706，2011 年 10 月 18 日。

2. 袁震宇：〈務頭考辨〉，http://www.literature.org.cn/Article.aspx?id=20345，2011年10月21日。

3.「伯牙台」，http://www.hyxmzj.gov.cn/city/jgdm.htm，2011年10月21日。

4.「古琴台」，http://baike.baidu.com/view/21576.htm，2011年10月21日。

5.「(鳩摩羅什)忽聞肩上二小兒啼」，出自(明)曾鳳儀：《楞嚴經宗通》，引自 http://www.cbeta.org/result/normal/X16/0318_006.htm，2012年4月1日。

6.「研究三言論文表」，各論文資料皆引自「臺灣博碩士論文知識加值系統」，http://ndltd.ncl.edu.tw/cgi~bin/gs32/gsweb.cgi?o=dwebmge，2012年6月1日。